Contra fogo

Pablo L. C. Casella

Contra fogo

todavia

Para Clau, Guto e Flora. Amores-rizoma.
E às chuvas ancestrais.

Chapada Diamantina:
à terra, ao povo e à luta.

Percebi quando Bel afastou a canga que fechava o vão de entrada do quarto, mó dum vento maneiro que triscou minhas costa.

Pela demora dos passo, imaginei que tivesse parada me espiando de longe. Mais certo que pensava na nossa conversa de antes.

— Dormiu? — pricurei sem precisão, já sabia a resposta.

Principiou uma caminhada de pisada leve, rumando pro meu lado. A cabeça balangava devagar, mesmo que respondendo: "Sim, que bobagem perguntar".

Não entendi aquela marcha dengosa. Mais cedo naquele dia a gente teve um trupelo brabo. Continuei ajeitando minhas roupa na cadeira.

As mãos dela seguraram meus ombro e com os dedão ela dava uns apertos na carne da pá. Isso costumava ser o sinal dela pra apaziguar as peleja de casal. Desceu as mão como se cada dedo fosse a perna dum bichinho caminhando pesado, fundando os pé na minha pele até triscar no vazio do lombo. Torceu meu tronco e me deixou de frente pr'ela. Pelo jeito das venta não era briga. Segurei a cintura dela.

A ponta de uma bota empurrou o calcanhar da outra e o pé ficou nu.

— Não tava brava?

— Fico, depois. — Ela se achegou pra perto do meu peito. A perna dela contornou a minha e com o dedão do pé ela empurrou minha outra bota pro chão.

Rumei minha mão por dentro da bata, os dedo grosso lixaram a pele das costa dela até os cabelo do cangote.

Uns carocinho de arrupio brotaram no braço dela junto com os ombro que arribaram encolhendo o pescoço. Ela dobrou a cabeça pra baixo e deu uma risada com o nariz quando reparou na corda que amarrava minha calça.

— Esse nó vai dar trabalho — ela brincou.

Com a outra mão tirei minha faca da bainha e ofereci, brincando de volta. As boca ainda riam quando a gente se beijou, um puxava o outro até as barriga se amassar, a bata dela se embolava já passando dos peito até que uma zuada de motor a diesel parou na frente de casa.

— 'Umbora, Deja! — Jotão gritou da rua.

Não duvidei o que significava aquilo. Pela careta, Bel torceu pra não ser o que ela sabia que era. Puxei a mão de dentro da bata e dei um passo de lado pra rumar até a porta, mas a mão aberta e firme de Bel, virada pra minha cara, lembrou que eu tava em dívida e achei melhor concordar. Naquela manhã ela tinha pirado comigo porque eu cancelei uma guiada pra representar a brigada numa reunião importante.

No caminho pra porta ela ajeitou a bata, os cabelo e a raiva.

Dava pra ouvir outras voz gritando e batendo as mão na lataria do carro, do jeito mesmo que os guerreiro faz quando farejam fumaça de incêndio.

— Já falei pra não fumar aqui dentro, xibungo! — Conheci Abner pela voz, fingindo que tava bravo.

— Virge Santa, peraí... — Pela fala mansa, era Cunga tragando com saudade o final do último baseado.

— Tá rolando. Vamo! — insistiu uma voz avexada, qu'eu não identifiquei de quem era.

Pelo abrir da porta deu pra sentir a brutice de Bel.

— Tem criança dormindo, porra! — Ela sussurrou um grito. Chega imaginei as mão dela, nervosa, agitando no ar, mandando falar baixo. — E aí, Jotão, tu tá bem? — cumprimentou nosso compadre, com a voz mais calma. A amizade com Jotão não deixava ela ralhar com ele.

— Depois é aquela marofa — Abner ainda dava bronca, talvez em Cunga, que devia mesmo tá fumando no carro. — Boa noite, Bel. Foi mal a zuada!

— Cadê Anori, Bel? — Jotão pricurou pelo afilhado.

— Se vocês não acordaram ele... tá dormindo.

— É foda, a galera não respeita. — Ouvi a zuada da porta do carro abrindo e a voz de Jotão foi aumentando. — Pessoal, fica quieto aí, vai — trovejou com o vozerão corpulento que nem ele. — E Deja, Bel?

— Tá não, Jotão.

Fiquei confuso. Ou indignado. Bel tava mesmo mentindo assim, na caradura? Mentiu pro amigo, prum compadre, tangida no medo d'eu perder o trabalho que já tava agendado pra manhã seguinte?

— Teve que resolver um negócio na casa de Betânia — ela reforçou a mentira, colocando minha irmã no meio!

Fazia uns dia que eu não pegava um serviço e, nas conta dela, umas semanas que a despensa da casa era abastecida só pelo bisaque dela.

No quarto, fiquei de pé, agoniado, feito galinha dos pé queimado andando dum lado pro outro. Não tava certo ficar escondido ali. E depois da mentira de Bel, também não era boa ideia aparecer.

De cima da caminhonete um dos brigadista deve ter me enxergado através do vidro da janela do quarto, mó de que ele gritou: "Olha lá", e em seguida veio a gritaria e o meu vexame.

Rumei a gandola por riba do ombro, saí descalço mesmo com os coturno na mão. Bel soltou um bufo raivoso quando percebeu que eu tinha chegado perto da porta e esticou os braço pro chão, um sestro que ela costumava fazer nas vez que ficava contrariada.

— Tenho que ir — falei no ouvido dela. — Preciso ir. — Dei um beliscão levinho na cintura dela e o coice do cotovelo quase quebra meus dedo.

Pros colega dei um sorriso forçado, envergonhado do vexame, enquanto subia na carroceria da Formosa, a Toyota Bandeirantes de Abner.

O carro arrancou. Bel balangou a cabeça e entrou batendo a porta. Ia ser duas guerra pela frente: o incêndio na serra e a mulher, quando voltasse pra casa.

Cada pedra, cada buraco da estrada que liga Palmeiras ao Guiné parecia desmontar um pedaço da velha Formosa. Me ajeitei na carroceria, caçando um espaço entre os peão, as mochila, enxada, abafador, bomba costal e o Mutuca, o vira-lata de Cunga.

— Onde é? — pricurei pra Zia.

— Pros lado dos Vieira.

— De novo?

Cada um dava seu jeito pra labutar contra a poeira fina que acompanhava o carro por todo o caminho. A maioria usava as camiseta encardida nos incêndio antigo pra cobrir os cabelo, boca e nariz, na esperança de se livrar um pouco daquele talco fino e grudento.

Nossas cabeça cortava o frio da noite e naquele negrume só dava pra enxergar os companheiro quando os rosto se avermelhavam ou pela luz de freio, ou pela brasa na ponta dum cigarro.

— Coração e juventude assistem ao brigadista — falou alto Firóso, cheio de dente pra mim.

— Como é? — pricurei gritando. A batedeira dos ferro da carroceria falava mais alto que nossa voz.

Firóso balançou a cabeça e deu um tapinha lento no ar.

— Nada, não. Não é importante.

Os menino chacoalhavam, se segurando com força nas lateral da carroceria quando a caminhonete fazia uma curva mais forte ou dava uma freada seca.

— Conforto não é condição ao guerreiro — falou, outra vez, o brigadista que despertava estranhamento nos colega mó de sempre tá com um livro por toda parte. Quando era rapazote, o irmão dele explicava pros outros a mania: "Robério diz que é firóso". O povo achou graça e nunca mais Firóso desgarrou do apelido.

Numa das curva, margeada cuma cerca de pedra empilhada a seco pelos antigo, Zia deu umas pancada no teto da cabine gritando:

— Para, para! — Não deu nem tempo de Abner terminar de descer o pé no pedal do freio e um vulto de brigadista saiu voando da carroceria pro chão, do lado do motorista. Zia caiu que nem um goleiro, rolando pra proteger uma bola encaixada na barriga. Aos pouco ele levantou, se desenrolou todo, mostrando o peba que tinha agarrado no pulo e ninguém tinha visto.

— Tá doido, Zia? — pricurei, segurando a risada. — Quase mata o bichinho de susto!

De primeiro, um tempo atrás, era certo que aquele tatu ia pra panela. Mas ali tava a nossa brigada, dos cabra que se arriscava na serra, passando frio, às vez fome, justamente pra salvar uns bicho que nem aquele. Zia soltou o tatu e a carreira dele pro meio do mato abasteceu a brigada de riso, alimento importante pra enfrentar a labuta e a madrugada.

Aproveitando a parada, uns desceram pra mijar, outros pra fumar.

— O que foi assim, Deja? — Jotão falou com cuidado pros outro não ouvir. — Demorou muito pra sair de casa.

— Tarde é melhor que mais tarde — respondi, disfarçando, mas no fundo concordava com ele.

— Aí a gente chega lá e o bicho já tá pegando forte!

— O bicho tá pegando é lá em casa, compadre. Fica aí! Tu tá por fora.

No ponto mais alto da estrada, depois da Passaginha, já dava pra ver a mancha alaranjada-cinzenta que entrava no escuro do céu, arriba do contorno da serra.

— O bafo do dragão! — pensei alto.

— Vamo entrar pela Escadinha — Cunga sugeriu.

— Nada... pelo Esbarrancado tem subida e é mais perto — Zia retrucou. Ele vinha frequentando bastante o povoado do Esbarrancado mó dum namoro proibido mais uma menina de lá.

Toda saída tinha que ter uma discussão retada pra escolher o melhor acesso pro fogo. Era um ritual da brigada. Cunga mesmo acreditava de verdade que a gente só ganhava do fogo nos dia que tinha aquela peleja antes do combate. Mais de uma vez a brigada se apartou em duas banda, cada uma prum rumo, e acabou virando uma disputa. Ninguém falava, mas todo mundo sabia: o grupo que chegasse na linha de fogo primeiro iria esquentar o juízo dos outro até umas hora.

— A Escadinha é mais maneira, vamo cansar menos — opinei. — E a trilha do Esbarrancado deve tá bem fechada.

Normalmente, quando eu concordava com um dos lado da discussão, os que acreditavam na outra opção fraquejavam a opinião e a brigada seguia comigo.

O carro parou perto do começo da trilha da Escadinha. A fumaça saía da serra e vinha pra riba de onde a gente tava, formando um teto que borrava o céu. Subimo a trilha debaixo desse teto.

Afora isso, era noite escura e com poucas lanterna, um precisava iluminar o caminho pra dois, às vez três brigadista. Apesar de atrasar um pouco a caminhada, os tropeço nas pedra do caminho rendiam umas risada e umas provocação que também faziam parte da tradição.

Logo que a gente rompeu a serra, chegando no assentado, deu pra ver o fogo formando uma linha que subia uma encosta de serra sentido Candombá e acabava na margem de um córrego, no sentido da Serra do Esbarrancado. Foguinho grande, considerando que a gente tava em onze brigadista e só com duas bomba costal, das rígida, que maltratavam os lombo dos guerreiro.

Depois das discussão de costume pra mó de escolher qual parte do incêndio atacar primeiro, um e outro perdidinho sem saber onde era a banda, onde era o rabo do bicho, alcançamo concordância de que a gente já tava de frente pra cabeça do dragão, vindo certa pra riba de nós. Até um incêndio manso fica perigoso na cabeça. Ali o vento instiga o fogo pra fazer o seu serviço com mais apetite.

Chegamo na linha na hora que as labareda lambia uns carrasco mais cerrado, duns arbusto fechado e umas arvoreta. Era cada labareda mais alta que um sobrado e, na regra da obediência cum vento, elas deitava formando umas língua raivosa pra riba de nós. Os brigadista mais velhaco recuaram, a gente sabia que não era hora de atacar o bicho. Adobim, o novato da brigada que tava no primeiro combate, não sabia. Ele, sem malícia, achou que dava pra enfrentar aquele fogo e não recuou mais a gente. As labareda passaram uns dois metro acima da cabeça dele, o calor deve ter sido brutal, tomando por base a cara de assombro do infeliz quando ele se jogou no chão fugindo do calorão e da fumaça. Saiu de quatro apoio, ligeiro e desnorteado, os zóio fechado por causa das lágrima.

— O abafador, Adobim, pega! — gritei percebendo que ele tava abandonando a ferramenta.

Mas ele mal conseguia olhar pra trás, não sabia nem onde tava. Só fez continuar agachado, esfregando os zóio, tentando respirar algum ar sem fumaça. Tirei a bomba das costa, cobri o nariz com a camiseta e corri na direção do fogo, com o ar preso no peito. Apanhei o abafador um instante antes do fogo triscar nele.

— Moço, sem sua ferramenta tu não ajuda muito, guerreiro. — Lancei o abafador no chão, perto de Adobim. — Fica esperto, contra o fogo não pode ter afobação. É sua primeira vez, olha nós... pra aprender, porra! Fogo adora carne de herói.

Os menino não deixaram barato, tiraram tanta arrelia com Adobim, chega o infeliz abusou. Depois que as justificativa não vingaram, até ele riu da imitação que Cunga fez dele, fugindo de quatro do fogo. Mais uma resenha pra brigada se divertir depois da guerra.

Recuamo pra mó de esperar a hora certa, uma brecha do fogo. Assim que aqueles arbusto e arvoreta foram queimado, as labareda acalmaram.

— 'Umbora! — gritei. — Agora é nossa vez.

— U-u-uuuugh! — Fui acompanhado por Jotão que tem vez turra feito pintada, tem hora que é mais pra um urro de barbado. — Vamo derrubar dragão!

O fogo chega encrespou. Os brigadista pareciam que tava com as veia mais quente que o fogo.

As bomba costal tava mais eu e Jotão. Escolhemo a parte da linha com as labareda mais maneira e espirramo um pouco d'água, só o suficiente pros abafador chegar perto e conseguir trabalhar. Os primeiro abafador foram de Cunga, Zia e Trote. Eles já tinham trabalhado junto num bocado de fogo, eram entrosado, levantavam os cabo junto e desciam o braço, ao mesmo tempo, fazendo as borracha amassar um pedaço maior do fogo. Batiam, seguravam, levantavam, de novo e outra vez até fazer um buraco na linha de fogo, um golpe certeiro na cabeça do dragão. Desse ponto apagado, separamo em dois grupo, cada um seguindo numa direção.

Jotão mais quatro brigadista seguiram sentido Candombá. Eu mais cinco seguimo na direção do córrego.

Ainda gastamo um tempo na cabeça do fogo. A gente ficou numa dança mais o vento, uma hora avançando, ganhando do fogo, noutra recuando, escapulindo do bafo quente. Um passo atrás pra avançar três, ou quatro ou cinco. Às vez, depois de uma recuada, quando a gente atacava, tinha uns que gritavam como se isso amarrasse um no outro pro grupo trabalhar junto. Outras vez, esse grito ajudava um mais esmorecido a encontrar força em algum lugar escondido. O caboclo tem certeza que num aguenta mais e de repente tá lá, batendo abafador até umas hora do lado do parceiro.

O fogo também tinha seus momento. Tinha hora que ele revidava com força sem ninguém tá esperando. Aí os grito era outro, era mais uns "corre, corre", ou "sai da frente" no desespero e depois, mais afastado em segurança, alguém sempre falava um "hoje morre gente" junto cumas risada de aflição. Era um foguinho chato, cheio de turfa e fenda ni pedra.

A gente gritou um bocado, mas deixou pra trás umas tanta tarefa de fogo apagado. Firóso e Abner seguiam mais atrás, cuidando pra gente não perder o trabalho, fazendo o rescaldo. Eu seguia à frente mais Trote, puxando o ritmo. Cunga e Adobim no meio, apagando as rebarba que a gente deixava. Nesse rojão, chegamo até rápido no córrego.

No córrego demo uma parada pra mó de descansar a turma, engolir algum de-comer.

— Se não rolar um pretinho, falta o combustível — Abner falou agachado, acendendo uma fogueira e ajeitando a caçarola véia, preta de vários fogo, numa trempa armengada pra mó de fazer um café de garimpeiro.

— Se não rolar o chá, aí é que trava tudo — Cunga falou rindo e espalhando um restinho de maconha num papel amassado que tirou do bolso da calça. Pra ele nunca perdia a graça falar “chá”. De quando em vez os menino muda os apelido da erva, teve vez que era “bala”, “chicletes”, “bombom”. Naquela época era a vez do chá.

— 'Umbora, seus moitero — chamei. — Adianta, que fogo não para pra descansar. — Apontei pra linha que continuava queimando perto do córrego. E saí na frente.

Mutuca passou por mim numa carreira em direção ao fogo. Perto do córrego, ele desembestou a latir de frente pro incêndio. Coloquei o passo adiante até alcancei o cachorro. Mirei a lampra e descobri o motivo dos latido: um ninho de jiboia, debaixo duma laje de pedra. O fogo quase chegava nelas.

— Bora! Ligeiro aqui mais eu — gritei, já espirrando água no fogo que tava mais perto do ninho.

Quando Cunga e Trote chegaram e viram as jiboia no apuro, num esperaram nem as labareda abaixar. Caíram pra cima do fogo. O jeito foi guentar o bafo quente, queimar as pestana, té os primeiro jato d'água fazer algum efeito nas chama. Por obra duns abafador doido assim que aliviamo aquele trecho da linha. Os outros brigadista chegaram pra engrossar o ataque e conseguimo proteger o ninho. O restinho d'água da bomba deu preu resfriar as bichinha, agoniada, se espremendo no fundo da loca. Tinha pelo menos umas quatro cabeça naquele embolado de cobra.

Depois que deixamo o ninho garantido, a gente seguiu o combate no sentido da cauda do incêndio, onde o fogo costuma ser mais maneiro, mais rápido pra apagar.

— Eita, porra! Ó pra lá, Deja — Abner gritou, apontando prum fogo que tava voltando onde era a cabeça do incêndio, o lugar que a gente apagou primeiro naquela noite.

— Pó deixar que eu vou. Cês continuam — falei pros outros, trocando de equipamento com Trote.

Voltei, sozinho, direto pela área queimada, uns oitocentos metro até essa nova cabeça que tava ressuscitando. Cheguei por trás dela, me aproveitando do vento, e comecei a abafar com facilidade as chamas, mas um negócio estranho me apertou o juízo, dizendo que daquele jeito não era leal. Contornei a linha de uma tarefa de largura, mais ou menos, pra ficar de frente pro avanço do fogo. Abri os braço.

— Tem tempo qu'eu não encontrava mais tu, assim, sozinho — falei.

Deitei o abafador no chão e panhei o ramo dum arbusto que tava perto. A quentura tava crescendo, umas labareda ganharam confiança e começaram dançar por riba da minha cabeça. Agachei rindo.

— Bestagem, não precisa... — falei baixinho. — Tu já tem meu respeito — disse mais alto.

As língua de fogo trançavam no ar. Recuei, levantei, encarei o fogo. Na pele, um tição de quente. Já as tripa, ou no oco do peito, num sei bem, tinha até uma friagenzinha, mó dum alívio de não pensar, ou de não lembrar dos aborrecido da rua, das dívida... dos devido.

O fogo é um lutador de arrombar. Gastei foi ramo e ele sem jeito de ir embora.

— Vum'bora embora, tu já ficou bastante nessas banda aqui.

Apaguei as derradeira labareda dessa reignição. Chutei umas brasa pra dentro da queimada. Na em volta toda, escuridão. Enxerguei uns clarão longe, onde os outro brigadista deviam tá, e atalhei, pela queimada, que o caminhar é mais ligeiro.

A brigada tinha trabalhado bem na cauda do incêndio e agora já dava pra ver o grupo de Jotão do outro lado duma baixada, que separava nossos grupo. A gente seguiu a linha de fogo, o grupo deles descendo uma encosta mais maneira, o nosso uma encrenca mais sem jeito, um no rumo do outro.

O dragão, naquela hora, parecia cansado. A brigada tinha amansado ele. Teve uns que deixaram o cansaço amuntar, esmoreceram. O céu, aos pouco, mostrava o dia chegante. Os dois grupo alcançou, quase junto, a baixada. A gente tava apartado mais ou menos uma tarefa duma linha de fogo mansa, queimando gerais contra o vento. Umas labareda baixa, dava pra apagar de pé.

O sol saiu de trás dos morro na altura da Engrunada e, feito um feitiço, atiçou o fogo na mesma hora. As chama, que vinham frias da madrugada, fizeram foi aumentar a caloria, espantando os brigadista que tavam mais perto da linha. O vento, mesmo, já fazia hora que não balangava nem capim e, do nada, apareceu todo saliente, como se tivesse sido parido pelo sol.

Reparei no susto de Adobim e acheguei de perto.

— Com respeito, não medo — eu disse. — Vem mais eu.

E seguimo, lado a lado, de abafador na mão.

O novato batia o abafador com pressa, num tinha ritmo.

— Faz igual, ó: levanta, bate, segura — falei, mostrando o movimento. — Junto comigo... aí, isso. Vai tu sozinho, agora... esbagaça... boa.

Adobim quis superar o cansaço com a empolgação e começou a arribar o abafador muito alto, dando pancada forte no chão e tornando a levantar muito depressa.

— Calma, não precisa tanto — falei. — Bate e segura: um, dois e levanta. Isso! Tem que segurar um pouco, senão, ao invés de abafar, tu atiça o fogo. Só usa o tanto de força que o fogo pede, se dá pra apagar cuma pancada maneira, tu economiza energia; se tem que dar aquela pancada firme mesmo, daí tu desce o braço com vontade. Entende o fogo, sente ele.

Aquele reavivar do fogo, mostrando que, até o fim, o dragão é tinhoso e merece respeito, também empolgou a brigada. Uns minuto antes parecia que tava todo mundo morto, que os guerreiro num tinha mais força pra nada. Só que pra nós, que apaga fogo na serra, a montanha faz uns milagre, dá uns presente. Quando parece que não vai dar mais, vem uma energia nova; quando a sede maltrata de verdade, é vem uma poça ou uma bromélia com água; se a gente perde o rumo certo, aparece uma trilha.

Olhei pra Jotão e nós dois rimo. Ele deixou a bomba costal vazia de lado, pediu o abafador de Abner, que tava só o bagaço de cansaço, e deu um daqueles berro, pra mó de chegar até nos outro mais distante, os que tava vagaroso.

— Vamo nessa, cambada! — Jotão turrou e era o mesmo que uma ordem de capataz. — Bora acabar logo com isso que eu quero almoçar em casa!

Até Abner remoçou. Os onze brigadista atacaram os último metro da linha de fogo num apetite. A gente já tinha apagado o fogo todo e os menino dos abafador nem deram fé, continuaram batendo as borracha no chão, nas cinza, gritando, formando uma nuvem de poeira escura, pra fazer graça só, devolver pra serra aquele resto de energia que ela emprestou e a gente não ia mais precisar. Era o jeito bruto dos guerreiro aplaudir o trabalho da brigada.

Depois do derradeiro golpe teve o mudo da natureza amanhecendo o dia, a zuadinha dos passarinho, do vento. Durou pouco. Logo teve um arranhando a goela cum grito ardido e vários outro seguiram com cadas grito, uns bicho! Feito um bamburro pelo bem cumprido.

— Tu vai chegar a tempo de ir pro Rio Grande? — Adobim lembrou do trabalho que eu tinha pr'aquela manhã, motivo da raiva de Bel quando saí de casa. Tamém me lembrou dumas conta que tava certo d'eu pagar com a nica daquele serviço.

— Não podemo sair agora, Adobim — respondi. — Só saímo dum incêndio depois de andar a linha inteira, revirando tudo.

Fizemo uma parada pra descansar, lanchar e ouvir umas resenha engraçada sobre aquela e outras noite de combate. Os assunto geralmente eram umas imitação, umas provocação e uns problema do mundo lá de baixo, fora da serra. Uma farofa sobrevivente apareceu na roda e cada companheiro apanhava seu bocado, de mão, e rumava pra dentro da boca. Se algum vacilava na pontaria e acertava farinha no nariz, as risada era certa mó de que, na vitória, todo mundo ficava fácil de alegrar. Alguns pão amassado tamém apareceram, saídos do fundo de alguma bolsa. E sempre sobrava um pacotinho de suco em pó, o famoso mancha-pulmão, refrigerante de brigadista.

Abner não deixou a caçarola descansar e passou mais um café. Depois de beber do pretinho, voltamo a dividir a brigada pra mó de percorrer todo o contorno do incêndio mais rápido. Cada grupo seguiu num sentido, pisando sobre a linha que apartava a mancha escura, de cinzas e carvão, do mato verde. Chutamo os toco queimado que encontramo no caminho pra dentro da área queimada, mó do risco dum toco desse ter uma brasa escondida e recomeçar o incêndio. Reviramo a terra e as folha morta que ficavam dentro dos canalão, pricurando alguma brasa viva. As bomba costal precisava usar a água com sabedoria, mó de que a fonte d'água ficava a uns quarenta minuto de caminhada. Já era umas onze da manhã quando os grupo se encontraram no começo da trilha da Escadinha e começamo a rumar pro carro.

Eu ia atrasar um bocado no trabalho. Se é que ainda tinha trabalho.

Com doze anos comecei a lutar, tocando gado do sertão pra região do Guiné. Tinha vez ia mais meu tio, tinha hora que ia mais outros menino, tamém. O gado da região a gente tirava, vez em dia, pra Palmeiras ou pra serra. Gostava quando tinha uma parada ni Palmeiras porque dava pra passar na casa dum primo e romper a tarde inteira assistindo Chaves, às vez no video game. Prum menino da roça, sem televisão, era uma viagem de graça prum mundo que nem em sonho nós ia.

Tinha vez que a gente pegava um gado lá pras banda do São Francisco, Santa Maria, essa região, pra abater no Guiné. A gente levava dois dia de viagem pra ir e três pra vim. Era cinco dia em cima dum lombo dum burro. Cavalo não prestava não, porque o casco num guentava. Tomava um cafezinho de manhã, saía quatro, tinha hora que saía às três, madrugada ainda, e tocava no mundo. No meio-dia comia uma bolacha ou alguma coisa, montado mesmo, em cima do animal, pra mó de não perder tempo. Só de noite, na hora que chegava no pouso, que ia fazer um arroz, fritar uma carne e comer.

Às vez o trabalho era buscar gado em Jussiape pra matar no Guiné, pros açougueiro da região. Assim que fui, aos pouco, trabalhando mais frequente pra Vitalício, dono do açougue na Barriguda. Com uns dezesseis ano eu era o braço dele, que já não guentava mais alguns serviço sofrido. Buscava animal na serra, desossava e, às vez, tamém abatia. Com a idade de dezoito já tinha a confiança de Vital que nunca tinha deixado o açougue nem com os filho sozinho.

As crise frequente de dor vinham afastando o velho dos trabalho mais pesado. Nos dia de gota, a lida no açougue ficava mais comigo. Quinta-feira era o dia mais pesado, gente dos povoado tudo da região vinha procurar carne no cômodo de adobão que tomava poeira da estrada desde os tempo do fifó. Até pra feira de Mucugê a gente mandava umas peça.

— Ô meu filho, a gota tá me arruinando hoje, chega dói no osso.

— Oxe, Vital, descansa, vai cuidar dessa carcaça. Eu abro o açougue pra tu amanhã — ofereci.

Às cinco horas abri as duas banda da antiga porta de madeira do açougue, que ficavam de frente pra estrada e era a entrada dos cliente. Nas primeira hora do dia as peça boa já tinha vendido tudo. A carga pra feira de Mucugê a gente rumou sobre o couro na carroceria da Saveiro de Cosminho, tomando cuidado pra não bulir no bujão, mó de não vazar o gás e o carro parar no caminho.

Entreguei as encomenda tudo antes do meio do dia: o bofe pra dona Rosa, o fato pra Pedro Piroca, osso com mocotó de Zildinha de Tontom.

Cum sol no alto do céu, tranquei a porta menorzinha por onde entravam os quarto e outras peça dos boi abatido a marretada no fundo do terreno. Puxei uma das banda da porta da frente, baixei o ferrolho no buraco afrouxado pelos ano da soleira da entrada. Pisei do lado de fora, já pronto pra sair, assuntando o apetite que falhava ni mim igual os outro dia de trabalho no açougue. Virei pra fechar a segunda banda e passar a corrente na porta.

— Deja! — Virei pra pricurar a voz de mulher. — Espera, fecha inda não. — Era uma moça, vinha quase correndo, balangando o vestido.

— Êa, Flaviana. — Reconheci a filha mais moça de Lice depois de uns segundos forçando as vista e a memória. — Tu vai querer alguma coisa? Tem quase nada mais.

Fiquei de frente pra estrada e as costa virada pra porta.

Ela terminou o trotezinho e parou na minha frente enquanto eu desfazia o nó do avental nas costa.

— Ave... tá quente demais aqui fora, não? — ela disse, depois de três respiração avexada, fazendo vento com a mão, o rosto aceso, lustroso de suor.

— Hoje o sol botou pocando, mesmo... de rachar cabaça. Numa hora dessa, até aqui dentro fica um forno. — Tirei o avental pelo pescoço e pendurei no prego, do lado da porta.

Ela avançou um passo pra frente e, no susto, recuei um passo adentro do açougue. Os pé dela alcançaram o piso de cimento queimado, manchado por uns pingo de sangue mais véio que o véio Vital. Cuma das mão ela fechou a banda da porta que tava aberta. Só percebi que andei mais ainda pra trás quando a beirada do balcão cutucou na espinha. Flaviana fazendo mira sem piscar, feliz com não sei quê, estendeu uma mão de cada lado do meu corpo até segurar no tampo do balcão.

Ficou vistosa essa moça, pensei, lembrando da menina que conheci.

— Queria conversar contigo. — Ela segurou no cabo da faca que tava em cima da tábua toda riscada do balcão, bem atrás de mim, e afastou de lado. A barriga dela topou no meu cinto.

— Flaviana... — a voz faiou mó duma secura que colou na goela. Enxuguei a testa com a manga da camisa. Reparei na sujeira do balcão. — Tu vai se sujar.

Ela arribou na ponta dos pé e puxou uma mão minha pra cintura dela. O calorão do dia esquentou o vento morno que saía dela e chegou fervendo no meu queixo, no nariz, misturando com o cheiro inflamado das peça pendurada nos gancho.

O ar pareceu mais grosso, mais moroso pra entrar nas venta. Respirar tava trabalhoso.

— Besteira... ligo não — ela disse com a voz mansa, espalhando a molhação da língua nos beiço.

A boca brilhante na pele acostumada com sol lembrou as folhas nova que nasce depois da chuva, o verde fresco que chega brilha em comparação com os tronco pardo.

— Tu não tem namorado? — pricurei.

Balangou a cabeça num não e com a mão me puxou pelo cinto. Nunca fui de importar mais as mosca. Naquele dia elas tinham feito parte com o celerepo, uma zuada da pêga no meu ouvido!

Eu também era solteiro. Ela devia saber... talvez nem importava com isso.

A mão que segurava meu cinto deixou os dedo escorregar aos pouco pra dentro de minha calça. Uma gota de sangue desgarrou das carne pendurada nos gancho e fez um estalo no chão que misturou co'a zuada de várias voz na minha cabeça. As coisa que Betânia vivia reclamando dos homem, os apuro que mãe passou mais pai, a confirmação que Flaviana devia ser de maior, até mais velha que eu, junto com aquelas outra voz que quase sempre estrói o silêncio no meu juízo.

Tá tudo certo, vai ser bom, pensei numa conversa comigo mesmo. Em parte cheguei a animar, mas os joeio não deixava de não vibrar com os músculo das coxa faiando.

A estiagem da goela alcançou a boca. Sem pensar apertei a cintura dela. Preocupei se a força foi muita. Flaviana parecia que não incomodou, o contrário. Senti as unha afiada riscando de leve dentro da cueca, provocando um pulo da barriga pra dentro, mesmo que um soluçar sem soluço.

Vai, covarde... tá tudo certo. Deixa de bestagem. Um pensamento labutava pra me convencer, preu fazer como os outro, só luxar o momento, aproveitar, não estruir uma mulher daquela.

Ela se levantou um pouco mais na ponta dos pé e triscou a boca molhada no meu queixo.

Umas fala cochichando tudo embolado no juízo e eu sem entender direito. A camisa empapada nas costa suada me deu uma gastura sem costume.

Não tinha nada de errado. Assim mesmo estranhei que os pelo arrepiado do braço dela me lembraram a pele do porco que mandei pra Mucugê semana passada.

Dei um beijo sem sinceridade e achei que as boca se estranharam. Chuva na terra seca. Afastei o rosto pra mó de ver a reação do beijo e assombrei com a imagem deformada que refletia curvada na bola molhada do zóio dela.

— Zuada dos inferno! — falei, sem perceber que tinha falado, pensando nas mosca gritando na oreia.

— Que foi? — ela pricurou sem entender as palavra que falei.

— Essas mosca... — Abanei o ar em volta da cabeça.

Ela, sem ligar pra conversa de mosca, pegou minha mão que segurava o balcão e colocou por debaixo do vestido, enquanto a língua dela aliviava a secura na minha boca.

Tá vendo aí, bestão? É isso, é sua...

Escorreguei os dedo pra baixo do umbigo empurrando o elástico da calcinha. Os dente dela roeram meu beiço de leve.

É muito bom pra alguém... não, não posso merecer isso.

Trisquei nos primeiro pelo do caminho e tive a sensação dum choque que fez meus dedo darem um repuxo. Flaviana não percebeu. Os dedo retomaram o rumo de antes, embrenhando, rompendo o carrasco até a pele fina, morna, visguenta. Do mesmo jeitinho da carne meio viva dos animal que acaba de ser abatido, deitado, só que ainda pulsando debaixo do couro molhado pelo sangue grosso, quente. Flaviana tremeu deixando sair um bafo arisco que esquentou meu pescoço, cuma zuada que só dava pra ouvir a um palmo de distância. Lembrei dos animal morrente, naquele esforço tremendo, quase quieto. A agonia silenciosa de um, satisfação no outro. As perna que dobra sem o dono querer. O baque fofo do tombo no chão. Sem licença. O animal tolo, enganado e condenado. A pulso. O cheiro de sangue... de culpa.

— Tu tá bem? — Flaviana pricurou. — Não tá gostando? — Talvez ela tenha percebido na mão minha reação às mosca, ao monturo de ideia torta que não apartava de meu juízo.

Parei o beijo, quietei a mão.

— Essa ideia besta de vir me caçar aqui — tentei falar bravo. Ela estranhou, tirou a mão da minha calça. Afastou, quieta.

— Vai desculpando, Flaviana. — Segurei no braço dela, olhando pra porta. — Não leva a mal. É melhor tu ir.

— Achei que tu tava gostando.

— Aqui não é lugar... essa imundice — falei alto, irritado com as mosca, com a zuada das mosca, das voz, dos pingo de sangue. — É meu trabalho... e tem Vital...

— Nossa... — disse, estranhando meu exagero. — Desculpa, então — falou e fez como um vento que se mete num capão de mata sem maneira de escapulir enquanto virava pra sair.

— Ei. — Segurei o braço dela. — Qualquer homem vai ficar besta contigo. Minha cabeça que não tá boa. Esquece disso.

Flaviana aliviou a carranca e quase sorriu sem entender bem o acontecido. Me beijou o rosto, abriu a porta e saiu.

Apanhei a faca do balcão e cravei até topar o cabo numa das peça pendurada no gancho. Lá fora um clarão que chega cegava. Depois das vista acostumar, enxerguei Flaviana se virar no meu rumo antes de atravessar a estrada. Ela não deve ter percebido quando esfreguei o avental no rosto. O aguaceiro que antes tava nela, agora tava nos meus zóio.

Soldado alegrava quando reconhecia o ponto de parada depois da descida do Beco. Era de entender a alegria do velhaco, um tempinho aliviado do meu peso no lombo, beber do rio, na sombra, e babujar no capim novo brotado na borda da matinha. Tamém devia ser bom pras oreia do burro o cessar da zuada do cincerro preso no pescoço do sinueiro, soando o caminho todo no balangar da vaca antiga.

— Mano véio, Deus abençoa. Foi boa a jornada mais tu — falei com Robertinho, que tinha sido meu companheiro na empreita.

— Eu vou mais tu até seu Vital, Deja.

— Não tem precisão, moço. Daqui tá fácil, já tô em casa. Segue em paz.

Enquanto Robertinho partia, gastei mais um dedo de hora ajeitando umas trenhada na capanga, esperando Soldado empapuçar antes de prosseguir. Escutei um assobio, mesminho o som dum burro, vindo de trás das árvore do outro lado do rio. Soldado zurrou de volta.

— Ah! Seu porqueira. Aparece, filho duma rapariga — falei alto, rindo. Já sabia quem tava assobiando.

Trote saiu de trás do mato, satisfeito com a qualidade do assobio, no dizer dele nunca falhava.

— Moço! Tu demorou, não foi? — ele falou.

— Esses animal tavam longe, enfiados nuns perdido de serra. — Apontei pra vaca e os três novilho. — Pra lá da entrada do Cachoeirão.

— Precisava falar mais tu. Cansei de esperar em Vital, resolvi te atalhar.

— Oxe! E o que foi, assim, essa agonia? Algum problema?

— Não, moço. Tá tudo bem, não é nada assim, não. Só preciso de uma resposta tua, pra hoje.

— Se tu pricurar...

— Não quer ir mais eu numa guiada, não? Amanhã.

— E como é isso? Eu não sou guia, tu sabe.

— Bestagem, Deja. Tu conhece essa serra melhor que a tua fuça. Vive enfiado nesses embrenhados.

— E pra que tu precisa de mim? — Puxei Soldado pelo cabresto e, no rastro dele, vinham os animais seguindo o chocalho da cabeça de manada. Seguimo a pé, eu mais Trote, pra render a prosa. — Tu já trabalha nisso faz tempo.

Trote foi dos primeiro guia na Chapada. Na época, ninguém dava valor pr'aquele negócio de turismo. O povo só pensava mesmo em garimpo ou em criar animal. Depois dele apareceram outros em Lençóis, Andaraí, Capão e Mucugê, mas ele era dos mais procurado. Um turista indicava pro outro e ele não ficava parado, só se queria. Quando a gente era menino, Ronílson caminhava no mato ligeiro feito uma raposinha e mexia as perna dum jeitinho gostoso que os outros menino acharam parecido com cavalo de raça, desses que têm trote bom. Dessa gaiatice, pegou o apelido.

— Dá um dinheirinho até bom, Deja. E eu digo que nem é tão sofrido como isso aí. — Ele apontou pros animais. — Amanhã tô com um grupo que não quer levar peso. Tô precisando dum carregador.

— Filho dum cabrunco! Nem limpa a cara pra falar isso comigo? Deixa ver se entendi, tu veio aqui me chamar pra fazer o papel do Soldado? — Dei dois tapas no lombo do burro, balangando a cabeça, fingindo que a comparação me ofendia.

— Moço, é assim que começa. Depois de um tempo, se quererer, tu vira guia mais eu. Forte e burro tu já é! — falou rindo e levantando o braço pra se proteger, achando que ia receber um tibefe.

— Não sei... tenho que fazer um serviço mais Vital.

— Já conversei com ele. Por ele, tu pode ir.

— Tu fez uma arapuca bem tramada num é, caboclo? Vamo ver como é esse negócio aí, então. Tava mesmo precisando duma nica.

Seguimo junto até a estrada do Guiné combinando uns detalhe do serviço. Trote panhou a moto que tinha deixado debaixo dum pé de pau. Eu montei em Soldado e segui com os animal até o açougue de Vital.

Naquela noite mesmo seguimo pra Palmeiras, eu, Trote e Madonna, a moto dele, sem placa, sem espelho, sem o marcador de velocidade, sem farol e bem pouco juízo.

— Quase sem farol — ele corrigia nas vez que eu reclamava do perigo daquela máquina. — Quieta, Deja. Com essa jega nós vamo até São Paulo.

Afora um potro tordilho que atravessou a pista quase atropelando Madonna, chegamo bem e dormimo na cidade. Pela manhã fui apresentado aos turista, que tinham dormido no Capão e chegaram em Palmeiras com a Formosa de Abner. Trote deu a ideia de levar umas tralha do pessoal, mó deles caminhar mais leve. O que era mais pesado ou sem jeito foi parar na minha cacunda, numa mochila que Trote emprestou. Quem visse de longe podia achar que a bolsa era um peão meio sem jeito e eu, a montaria.

Seguimo junto com Abner até Lençóis, mó de começar a trilha da Fumaça por Baixo de lá e terminar no Capão. A manhã todinha ficou embaçada. Uma bênção, céu nublado. Tempo bom é chuva. E enfrentar a subida do Veneno, se tivesse naquele sol de Lençóis mesmo... morre gente.

O grupo até que tinha uma coragezinha. O mais coroa, Bernardo, às vez até deixava os mais moço pra trás.

— Tão costumado com serra, n'onde cês moram?

— Imagina! Serra para nós só na descida para a praia. — Laura riu.

— Não exatamente serra, mas eu frequento a academia — Renato falou.

— Esse aí — Fernanda apontou o namorado — mal tem tempo pra mim. Passa dez horas no escritório, de frente para o computador, e depois, academia. Eu fico com as sobras.

— Exagero, Fernanda.

Foi daquela vez que conheci gente que passava o dia, as semana, a vida quase toda na frente dum computador. Eles tinha um jeito diferente de andar, parecia que estranhavam o chão, pisavam mais leve nas pedra... estacavam antes dum buraco ou dalgum pau atravessado no caminho. Na época do Estreito, teve um dia pai chegou cumas galinha de granja, tinha ganhado numa viagem pro oeste. As bichinha só ficava no terreiro batido, não ciscava no mato, que nem as nossas galinha pé-duro que tinha no quintal. Mãe falou que nas granja elas vivia espremida, num galpão coberto, cuma luz de lampra acesa o tempo inteiro. Que o quintal de casa devia ser muito mundo pr'elas. Tem gente que é pé-duro. Tem gente que é de granja.

Ver o esforço deles pra romper serra me fez pensar numa vara com vontade de sustentar um telhado.

As duas muié andavam na serra que nem menino visitando a casa de tia rica na cidade, olhando tudo, curiosas, cheias de vontade de pegar ni tudo mas sem coragem mó de não estruir nada. Elas caminhava guardando um gole de força, cabreiras sem saber se iam precisar de mais gás no fim dum dia inteiro rompendo carreiro. No fim, sempre acabavam o dia cuma boa sobra de energia.

No começo, estranhei o rojão de parar-caminhar-parar dos turista. No primeiro dia, chega dava agonia.

— Quieta, moço. Uma caminhada que a gente leva três hora de relógio, os turista gastam o dia inteiro. É tanta foto, tanta merenda que sai daqueles fardo, tanta coisa que eles caça pra ver no meio do mato, na beira da trilha — falei com Trote numa das parada.

— É assim mesmo, Deja — ele disse, rindo da minha agonia. — É pra isso que o povo vem de longe pra cá. As coisas que são comum pra gente é a novidade pra eles. Alguns turistas fazem tanto esforço pra registrar as coisas diferentes que veem aqui, que parecem caminhar a trabalho, não de férias. Mesmo aqui, na serra, eles não conseguem sair da cidade, sabe? — Deu umas batidinha com o dedo na cabeça, como se a cidade ficasse no juízo deles, e apertou a boca, com pena.

Em algumas parada, Trote me chamava de canto pra mó de deixar os turista mais à vontade, sozinhos entre eles. E aproveitava pra explicar as manha do serviço de guia, contando seus aprendizado, sua experiência.

De longe, a gente percebia uns sinal de que a parada do grupo já tinha sido suficiente, parecido com a lida mais o gado, que dava seus sinal pra parar e pra voltar a caminhar.

A primeira dormida foi no Palmital, de frente pra cachoeira. Não sabia se era o cansaço ou se a alegria de estarem naquele lugar que fazia as pessoas conversarem sobre uns assunto muito diferente. Bernardo explicava, enquanto a gente preparava o jantar, sobre a respiração, umas coisa que acontecia com o ar na barriga, no peito. Falaram muito de mente, concentração. Um tanto de palavra e umas ideia que eu não conhecia, que estranhava, mas até interessava.

Cada um deles sabia falar sobre os sentimento de algum momento do dia e perguntavam pra gente sobre nosso sentimento!

Senti o pescoço esquentar, fiquei embaraçado, não sube o que responder e calei.

Naquela noite, mesmo cansado, demorei pra dormir. No meio de tanta ideia voando perdida no juízo, pensei na respiração. E nos meus sentimento. E ni como as duas coisa, respirar, sentir, era até parecido. Claro que a gente sabe que respira o tempo todo, mas só percebemo mesmo a respiração quando ela sai do normal, se fica afobada ou mais travosa. Mesmo jeito assim, os sentimento, eles deve tá lá, o tempo todo, mas é num galope vexado ou num engrunado esquisito que a atenção põe reparo neles.

De manhã, tomamo o café rindo da dor na coxa dum, do mau jeito nas costa da outra, sem costume de deitar ni barraca, da demora pra dormir mó das zuadas da noite, no meio do mato — da "natureza", como eles falava.

Nesse dia teve muitos momento de banho de rio, caminhando dentro dos vale, e um bocado de comentário dos turista, impressionados com aqueles paredão visto por baixo. Bernardo caminhou mais eu por um bom trecho e contou sobre seu trabalho numa ONG que ele criou em São Paulo e que ia abrir uma frente em Salvador. Ele tinha acabado de mudar pra Bahia, os filho vieram visitar e resolveram conhecer a Chapada, que era um sonho antigo da família.

— É muito impressionante a cor da água, não acha, pai? — Renato pricurou, se achegando mais nós na trilha. — Parece Coca-Cola!

— Eu achei parecido com chá-mate — respondeu Bernardo. — Mas se fosse uns vinte anos atrás, eu diria que parece uísque. — Riu.

— E pra você, Deja, Coca ou chá-mate? — Renato pricurou.

— Toda vez que encho uma garrafa com água da serra, lembro de chá de barbatimão vermelho, bem forte.

No poço do Capivara o pessoal se demorou mais no rio. Depois deitaram nas pedra, aproveitando os fiapo de sol que escapulia das sombras das árvore naquela hora. Trote tava mais Laura, embolado nalguma prosa. Eu tava ajeitando as tralha da mochila, sentado na boca da Toca do Capivara. Bernardo se achegou mais eu, olhando satisfeito pros filho no rio. Ele falou sobre uns tipo de lagarto que gostam de sol, mó de esquentar o sangue.

— Tão treinando pra batixó — comentei, rindo.

— O que é isso, batixó?

— Umas lagartixa, que andam nas pedra, ni parede, balangam a cabeça pra riba e pra baixo, ligeiro.

— Toda vez que vejo uma lagartixa, lembro de uma garotinha. Ela ficava hipnotizada com esses bichinhos, passava longos minutos olhando as lagartixas no quintal da Acolher, achava lindo o jeito delas se movimentarem — Bernardo falou e parecia que a menina tava ali perto, na nossa frente.

— Quintal do quê?

— Acolher. Uma ONG que ajudei a fundar.

Bernardo percebeu minha cara de tabaréu que não sabia dessas coisa.

— É uma associação, feita por um grupo de pessoas, sem ligação com o governo. Acolhemos crianças abandonadas ou maltratadas, que precisam ficar afastadas dos pais, e ajudamos a encontrar alguma família que pode cuidar da criança, por um tempo, até que a criança seja adotada de vez.

— Vai desculpando a pergunta, doutor, mas se não é o governo, quem que paga esse trabalho?

— O meu trabalho, especificamente, é voluntário. Mas há outros profissionais que são contratados e nós precisamos sempre encontrar doadores para manter a ONG.

— Voluntário quer dizer que não ganha dinheiro, é? — pricurei e ele confirmou com a cabeça, rindo. — E como arruma sustento?

Bernardo guardou o riso como se quisesse economizar pra outra hora.

— Nessa altura da vida, não tenho que sustentar ninguém mais. Os meninos já são adultos. — Apontou o nariz na direção dos filho. — E sou divorciado há alguns anos.

Ele levantou um pouco a cabeça pra mó do sol bater direto na cara. Com os zóio fechado, disse:

— Mas entendo o que quer dizer. Eu tenho umas economias que são suficientes.

Tentei imaginar quanto dinheiro alguém precisava ter pra não preocupar mais com trabalho. Ele parece adivinhou meus pensamento.

— Já ganhei muito dinheiro na vida, Deja. Mais do que devia.

Eu ri. Pensava que era gaiatice dele. Vi que não era, mais depois.

— Fui sócio de uma empresa, grande, uma construtora, sabe? Nós construíamos muitas obras públicas, ponte, estrada, escola. Cada contrato desse dava um bom dinheiro. Mas parece que gente não se satisfaz nunca, não é? Em vez de quinhentos mil, por que não setecentos? Se vamos ganhar um milhão, por que não um milhão e meio? E é aí que a gente se suja. Faz porcaria. Condena a vida.

Ele se levantou, desceu até na beira do Capivara, fez uma concha com a mão e jogou água na cara, no cangote, cabelo e tornou sentar mais eu.

— Na nossa primeira ponte, eu me senti realizado. Era um sonho de menino, ligar dois mundos, conectar pessoas.

Ele fez duas pilha de pedra por cima do lajedo, colocou um pedaço de pau apoiado. Construiu uma pontezinha.

— Deve ser bonito fazer um trem desse.

— É... foi bonito... até deixar de ser.

Bernardo falava e ia colocando umas pedra mais pesada sobre a ponte de pau. Parecia testar quanto o garrancho aguentava.

— Teve uma estrada. Uma rodovia de uma cidade pequena. Eu era o responsável pelo contrato, engenheiro-chefe. O povo da cidade estava feliz com a obra, fazia anos que a estrada estava ruim. O contrato era para uma estrada completa, pista, acostamento, sinalização. — Ele apertou as bola dos zóio com os dedo. — O dinheiro que restou para a obra era pouco e eu decidi fazer o que nós sempre fazíamos para economizar, material ruim e um acostamento de qualidade inferior, com asfalto bem fino. — Ele mostrou com os dedo a grossura. — Acaba uns cinco centímetros abaixo do nível da pista. Claro que isso é errado, eu sabia.

Com os zóio fechado, Bernardo parecia fazer força pra respirar. Colocou uma pedra maior que as outra na pontezinha.

— Quatro meses depois que entregamos a obra aconteceu um acidente. — Ele tornou a apertar os zóio. — Um carro foi forçado a sair pro acostamento, por causa de um caminhão que ultrapassava no sentido contrário. O carro se descontrolou com o desnível.

Ele encheu o peito três vez, olhando pro alto da serra na nossa frente. Ficou quieto um tempo, com os zóio meio fechado com a claridade do sol. O ar fazia o peito tremelicar na saída.

— O carro capotou. Algumas vezes. — Bernardo olhou pra filha, que tava se esquentando numa pedra com os pé balangando na água. — Os pais morreram. A filha sobreviveu. A menina tinha sete anos. A mesma idade de Laura, na época.

Estiquei a mão pra oferecer água. Levou um tempo pra Bernardo se mexer, com um suspiro e uma piscada demorada. Ele bebeu da água.

— A empresa arrumou um jeito, ninguém foi responsabilizado. Mas todo dia, quando eu voltava para casa e encontrava Laura, a culpa também estava lá, com o rosto da minha filha — ele enxugou a bochecha. A barba bebeu o resto.

— Até hoje é assim, ainda vive com esse emburrado no peito? — pricurei.

— Por dois anos a culpa não deu trégua. Até uma amiga me dizer: "O que você fez, o passado, não vai mudar. A questão que importa é 'o que você pode fazer hoje?'". Depois dessa conversa, foi a pergunta dela que ficou a maior parte do tempo comigo, martelando minha cabeça o dia inteiro. A ONG surgiu por isso, enquanto trabalho pelas crianças, sinto que o bicho asqueroso, intimidador, que vivia pisando no meu calcanhar se afasta um pouquinho, pelo menos um pouquinho.

Eu olhava pro rio, acompanhava as espuma rodopiando, lutando pra não desgarrar duma grande mancha de espuma num remanso. Nem sei se naquela hora pensava na água que nunca para de correr, ou se isso só fui pensar depois, mais tarde. Não falei nada. Depois que Bernardo parou de falar, não ouvia nada. Até a zuada do rio, poucos metro da gente, parecia calada. Os passarinho, sem um pio. O vento, quieto. Nós dois ficamo mudo, afundado no próprio juízo, pelo tempo dum pau atravessar todo o poço na nossa frente.

— Quem nunca fez uma merda das grande na vida, doutor?

— Às vezes é mais fácil desabafar com um desconhecido. Deve ser por isso que o padre fica escondido no confessionário... — Ele riu e no mesmo riso parecia esperar eu confessar alguma coisa.

— Uns ano atrás... — O som da minha voz chegou esquisito pra mim, pareceu que era a fala dum estranho, afastado de mim, falando com a minha voz. Eu que não era de falar de mim, fraquejei a língua. Mas aquela conversa dele fez meu juízo parecer um mandacaru cheio de botão esperando a noite pra se arreganhar ni flor. — Eu tamém... — parei assustado com o marrão que repicava sem ritmo na caixa do peito — fiz uma coisa...

Um assobio rompeu o sereno da cachoeira que cobria o poço feito um espinho e tirou uma bucha de estopa das minhas oreia. De repente a cachoeira do Capivara, os passarinho, o vento e as pessoa, tudo voltou a zoar. Era Trote tangendo a gente de longe, tava na hora de tocar as mula.

Levantei, estiquei o braço pra Bernardo. Ele segurou minha mão, primeiro com uma, depois com as duas mão. Enquanto ele levantava, aproveitando meu apoio, ele falou: "Obrigado". Acho que eu falei tamém.

Naquela noite a dormida foi na Toca do Macaco. Enquanto um rabudo malinava nas sacola de comida que Renato deixou pendurada na toca, a zuada do rio lavava meu juízo. No sonho, uma mulher toda coberta duns trapo, sem rosto, falava: "O que você fez, o passado, não vai mudar. A questão que importa é 'o que você pode fazer hoje?'". E as palavra "o que você pode fazer?", "o que você vai fazer?" ficaram repetindo e estalando no meu lombo como se elas fizesse parte duma taca na mão de alguém que não aparecia ou nem existia. Acordei moído, ainda no escuro. O melhor pra fazer era adiantar o café da manhã do pessoal, fiz um banquete antes da pernada subindo o rio da Fumaça até o poço da cachoeira.

— Bem-vindos — gritou Trote, com os braço aberto de frente pro grupo e de costa pra cachoeira. — Vocês estão nos pés da cachoeira mais alta do Brasil. — Essa era a notícia da época. Ninguém sabia, ainda, de outras mais alta pras banda da Amazônia e no Rio de Janeiro.

A noite seguida tamém foi na Toca do Macaco, e de manhã começou a derradeira caminhada até o Vale do Capão, finalizando o passeio dos turista e o trabalho de carregador. A gente deixou os paulista na Pousada Verde, a única do Capão na época. Eles me adularam tanto que não consegui negar o convite preu ir mais eles na vila, comemorar o fim do passeio.

— Valeu, me'rmão — Trote disse segurando minha mão. — Tu gostou do trabalho?

— Moço, não é ruim, não. Eu que agradeço tudo que tu fez nesses dia aí por mim — falei enquanto o aperto de mão virou abraço.

— Bom que tu aceitou o convite deles.

— Vai ser bom comer uma coisinha diferente. — Ri. — E tu reparou que dia é hoje? — Pela cara, não. — Faz um bocado de tempo que vim numa festa de são Sebastião aqui no Capão Grande.

— Verdade! Viva são Sebastião, padroeiro de Caeté-Açu!

Tinha bem mais gente naquela festa do que na minha última vez, fazia uns seis ano. Os paulista não aparentava o cansaço de poucas hora atrás, quando disseram que ia morrer gente se tivesse mais um quilômetro pra andar. Na mesa dum bar, no canto da praça da vila, eles era só beber, dançar e rir. Bernardo tava mais eu numa ponta da mesa fazendo uma entrevista sobre uns costume da gente chapadeira.

— ... quem tá de regra não pode pôr a mão em muda de planta.

— O que é isso, "de regra"?

— É quando a mulher tá no período.

— Claro, claro. — Ele riu feito garimpeiro que encontra pedra graúda. — E o que acontece com a planta?

— Não é bom, pode até morrer, assim dito pelos antigo.

Trote levantou e rumou até o lado de Bernardo pra agradecer a confiança. Bateram um copo no outro prometendo que não ia demorar muito pra fazerem outro passeio junto. Trote rumou na direção de Laura e voltaram pruma palestra na outra ponta da mesa. Renato e Fernanda levantaram pra dançar um forró na praça. Bernardo mirava o filho levando a namorada feito bezerro farto olhando pra teta da mãe. Depois dum pouco, tornou ao debate, falando mais baixo.

— Sobre aquele dia... se ainda quiser falar, estou à disposição — ele falou, e percebi que não tinha pra falar.

— Pai, vô, alguns do tempo antigo, dizia que não pode apontar com o dedo pra foto de quem morreu.

— Que interessante! — Bernardo balangou a cabeça, mostrando entendimento, ou do que eu tinha falado ou do que não quis falar. — E o que acontece se fizer, a pessoa que aponta o dedo também morre?

— Um dia, mais tarde ou menos tarde, que vai morrer, isso vai — falei rindo.

Ele tamém riu e aproveitou o que eu disse.

— Um dia, mais tarde ou menos tarde, podia ser bom para você tentar falar...

Enquanto Bernardo falava isso, percebi uma claridade por detrás da cabeça dele. Com o clarão derredor a cabeça, Bernardo parecia um daqueles santo pintado na igreja. A luz aumentou, ficou toda embaçada e eu espichei a cabeça de lado, mó d'eu espiar melhor na direção da serra. Bernardo quietou e virou pra trás.

— Doutor, licença... — eu disse enquanto virava pra cutucar Trote.

Ele entendeu e também virou na direção da serra. Eu olhava pra Trote, pra serra, pro povo na praça, sem parar a visão em ninguém.

— Disgrama... — falou baixo Trote, como se tivesse falando só pra ele mesmo, enquanto deu uns passo pra frente, saindo do passeio onde tavam as mesa, sem tirar a atenção no pedaço de serra iluminada.

A música nos falante continuava na disputa pra ganhar do converseiro do povo na rua. Mesmo com a zuada, uma voz do meio da praça chamou a atenção. Não só a minha, teve um povo parando de falar pra caçar a fonte das palavra estranha.

— ... nossa serra... o berço de nossas águas... a mãe Terra... pedindo socorro... vamo lá, minha gente...

Era um dos filhos de seu Tió, Joás, o que só andava descalço e usava uma corda enrolando um pano pra cobrir a cabeça. As pessoa que tinham calado pra ouvir, num instante perderam o interesse. Num instante a zuada voltou na praça.

— Ser grato é uma virtude — ele continuou, agora com mais força na voz — e a ingratidão é veneno, que intoxica como essa fumaça. A gente já foi muito ingrato com nossa Terra... por ela, sagrada Mãe, eu imploro — abriu os braço e colocou os joeio no chão.

De novo a zuada baixou, mais gente parou pra ver.

— Não é possível que não vai ter um punhadinho de diamante nesse tanto de cascalho. 'Umbora apagar esse fogo, povo gostoso! — gritou mais alto que o falante do palco. — Bora mais eu.

O figura olhava em volta, assuntando o resultado de suas palavra, e firmou a mira pra riba de nós. Levantou e caminhou no rumo da nossa mesa.

— Vamo subir essa serra, os menino? — Joás pricurou pra mim e Trote.

O convite foi uma alavanca mexendo uma pedra que já tava quase tombando dum barranco. Levantamo e saímo mais Joás, cada um prum canto da festa, caçando outros doido pra empreitada. Rumei até a mesa dum rapaz, conhecido de vista, e pricurei se ele num tinha coragem de vir tamém.

— Moço... quem apaga fogo é chuva — ele respondeu com os braço cruzado, mirando pra baixo.

— Às vez, nós até apaga argum fogo se ele aproxima duma roça, duma casa, duma criação, que isso é obrigação de quem zela por um pedaço de terra — explicou um homem mais velho sentado do lado do meu conhecido. — Mas no gerais, nesse meião de serraria, aí num é tarefa pra nós, não, meu filho. Aí é labuta do Maior. — Apontou pra cima.

Testei uns dois ou três sem fortuna até Joás mais Trote se achegarem com outros quatro peão.

— Ei, pessoal. Tô nessa, também — Renato gritou, correndo, mó de alcançar nosso grupo que já deixava a praça.

Não achei um reforço dos bom, não, mas a tarefa pedia muita gente e nós era só sete naquela hora.

A zuada da festa ficou pra trás e a trilha que seguimo afundou no breu. Só tinha uma lanterna no grupo, de duas pilha pequena. A gente se amontoou em volta dela, alguns aproveitando só uns restinho de luz, tropicando um no outro.

— Quieta, moço — falei depois do segundo chute no calcanhar. — Aqui na serra a gente faz nossa lanterna... dos antigo! — Cortei a galha dum candombá e só fiz triscar com o isqueiro pro danado acender formando uma tocha retada.

Os outros copiaram e a comitiva desgarrou melhor na caminhada. Depois que largamo da trilha, enfrentamo mais duas hora de pedra solta, torando mato no peito.

— Finalmente, parece que chegamos na parte plana da serra! — Renato falou, aliviado.

— Não tem nada ganho — Trote respondeu. — Tem vez que é no plano que a gente se perde ou até gasta mais tempo.

— Nada, agora tá perto — um dos nativo que tava mais nós falou.

Em meia hora a gente tava na linha de fogo. Quebramo uns ramo com as mão pra bater no fogo, isso quando a caloria deixava. Até de longe, o bafo das labareda secava as folha verde dos ramo. Quando a gente batia com o ramo ele incendiava e a gente tinha que fazer uma nova bassoura. O combate daquela noite foi todo nesse rojão, mais queimando ramo que apagando o fogo.

Às vez o fogo dava uma maneirada, quando as chama chegava perto dos lajedo, onde o mato raleava mais. Nessas hora a gente tinha uma chancezinha.

— Tixé! — um companheiro xingou, olhando pra linha que tava mais longe. — Nós apaga meia tarefa e ele cresce vinte.

Renato começou a inginhar a cara mó dumas fisgada na coxa, quando a gente viu um fogo começando uns quarenta passo afastado da linha principal.

— Tu segue direto? — pricurei pra Joás. — Eu vou resolver aquele foguinho antes dele crescer e ness'tante chego mais vocês.

— Rumbora, guerreiros! — Joás gritou, arrebanhando os outros. Pareceu o jeito dele concordar.

No caminho pro fogo arranquei outro galho, levantei a gola da camisa pra cima do nariz e me joguei no bafo quente. Uns tufo grosso de fumaça me engoliam sem mastigar, entrando por tudo quanto é buraco da minha cabeça. A garganta seca e as bola dos zóio cozida. Teve vez d'eu usar um braço pra proteger o rosto, enquanto o outro batia o ramo sobre as chama. Se o braço cobria o nariz, queimava a testa; se cobria as pestana, sapecava as bochecha. Ri quando senti o cheiro de cabelo queimado que vinha do braço e lembrei da coberta pequena que não cobre a cabeça e as perna.

Percebi que tinha ficado encurralado bem na saída da fumaceira. Dei uns passo pra trás, mó de achar um caminho pra escapar. O inimigo, que não tava moscando, percebeu minha intenção e tratou logo de jogar duas ponta de fogo pra riba de mim, como as garra duma lacraia ofendendo a presa.

Na hora do aperto uma ideia, solteira, me acudiu. Saltei pra dentro do fogo, mó de chegar na área queimada atrás das chama. Tive que apoiar os pé dentro do fogo umas duas vez, ligeiro, antes de alcançar a parte escura atrás do fogo. A fumaça nessa área saía do chão inteiro. Não queimava mais a goela, mas o ar era grosso, difícil de respirar. No chão, um tapete de brasa, cada uma querendo seu bocadinho de borracha da minha bota.

Não enxergava nada além de fumo. Os zóio lavava o ardido com um tanto de lágrima, chega molhava as bochecha. Se eu parava, um pouco só que fosse, sentia o chão mole, a sola derretendo e umas agulhada ardida das brasa que travessavam minhas meia.

— Tu já não teve o bastante? — falei baixinho com o fogo. — Não pegou o quanto queria do que tu precisa?

Enquanto os zóio não enxergava quase nada, a mente foi clareando. Primeiro pensei que aquilo era um sofrimento que depois passa, o ar vai tá puro de novo, o capim rebrota e até as bolha da mão e dos pé se curam em poucos dia. Depois, calculei que se uma banda era esse castigo, então a outra era a culpa. Clareei, naquela hora, que eu subi a serra pra intrometer numa briga, mal conhecendo os motivo de cada lado da peleja. Lá, de frente pro fogo, não veio raiva. Não escolhi um partido pra brigar coligado, vá lá saber se as duas parte não tinha suas razão. O que eu tinha ido fazer lá, no derradeiro, não era brigar. A labuta, entendi, era apartar a briga do fogo contra a Chapada.

De cima dum lajedo visei o longe té enxergar onde tava a linha. Comecei a pensar num jeito de chegar na frente do fogo e percebi que ali dentro da roda das chama o vento tinha um movimento todo doido. Dava pra ver o trabalho do vento deixando as cinza tudo enfileirada, se organizando numa ciranda que começou a girar na minha frente. Um redemunho de fumaça, cinzas e umas fagulha rodopiava avexado e cada vez aumentando mais seu rodo. As fuligem chegaram pra perto ligeiro e, de repente, passaram por mim, que nem uma nuvem que atravessa as planta na serra, e quando eu fiquei todo cercado dentro do redemunho ele parou de crescer. E ficou girando na minha volta, bem em cima da linha de fogo, puxando as labareda pra riba e pros lado, até se juntaram. Eu tava dentro dum curral de fogo brilhante.

A zuada do redemunho e do fogo diminuiu e eu já não ouvia nada mais. A fumaça não se espalhava mais pros lado, subia direto pra cima e o ar ficou leve, fresco até.

Desci do lajedo e fui pro meio daquele cercado. As labareda se juntaram, tão pareadas... esquisitice, sem brecha nenhuma, liso todo. Digo qu'eu até consegui me enxergar naquela parede de fogo.

Olhei pra banda onde o sol entra, vi meu reflexo. Fui chegando mais perto, o calor aumentava, mas num ardia. Bem perto das chama, achei graça de perceber o que eu tava enxergando. Que nem encontrar um amigo num lugar desconhecido. Devia ser eu, só não parecia comigo, ali tinha janeiro, acabado de velho.

Curti o coroa um tempo e depois virei, fui pra perto das chama do lado contrário. A cabeça desaprumou, os zóio se abriram e a boca se esticou nas bochecha quando vi um menino novo, quase um nenê, refletindo no fogo na banda do nascente. Me enfiei numas lembrança de menino, num bocado de coisa que eu nem sabia que lembrava. O menino parou de olhar pra mim e reparou nalguma outra coisa nas chama do meu lado esquerdo.

Quando pensei em espiar a banda do fogo que tava pro sul, um arrepio frio fez minhas pá tremer. A quenturinha boa que tinha enchido o peito virou um frio esquisito na espinhela. A cabeça torceu de frente pra essa parte do fogo, mas os zóio não abriram. Uma força labutava pra desvirar a cabeça, uma disputa que chega doeu os nervo da garganta. Ganhou a peleja a força que segurou a cabeça de frente pras labareda do sul e não adiantou o cerrado dos zóio, mó de que o clarão do fogo iluminava por dentro das pestana, feito uma luzinha de fifó alcançando uma gruna funda, escura toda. Era um tantinho só de luz, mas ajudou enxergar o que eu não queria.

Pra não ficar na dúvida, abri os zóio. E eles tava mesmo lá. No meio do fogo azulado, a figura vermelha, grande, de mulher. Do lado dela uma labareda amarela fraca, quase branca, parecendo uma falha na parede de fogo mais forte. No pé da falha, a figura menor, um tição com pouca brasa, escuro como o céu atrás do fogo.

Tornei fechar os zóio, sem saber que assim ia ser mais fácil dar nome e lembrança pro que aparecia no fogo e sentir que meu corpo inteiro era só gastura. Nem frio, nem quente, nem doce, nem fel, só um aperto que fechava o oco do bucho, mas tamém deixava o corpo num oco por inteiro. Um nó que doía o pé da barriga e a goela no mesmo tempo, tudo junto.

Não sei quanto tempo fiquei de frente pr'aquela banda do incêndio. Sei que foi até doer os joeio, que tava no chão sem eu ter lembrança disso.

Olhando pra figura, soltei um ar do peito, mofado de velho, guardado de tempos. Abriu espaço e o que topou o vazio nem foi um vento vexado. Foi brisinha, fresca, mansa. Um trem novo de sentir, pra mim.

Por detrás uma zuada arruinou o silêncio. Parecia um bocado de gente conversando do meu lado, falando baixinho. Uns sussurro rodopiando dentro da cabeça, procurando um buraco pra escapulir. De tanto girar, essas voz fizeram vento, um chiado que aumentou aos pouco até virar uma ventania, de tempestade. Só que, no lugar de chuva, fogo. As labareda se arrebanharam, tangidas pelo rodopio do vento, até se juntaram num ponto só, formaram uma figura de fogo, da altura de três homem. Levou um tempinho até, co'essa figura me encarando, sem raiva, mais um bicho curioso, até desatar uma tremedeira duma febre que chegava ni mim. E desabou. Na queda, umas labareda arroiaram um calorão de arder a pele toda.

Dei umas três passada de retro e voltei pro lajedo, onde tinha deixado os ramo. Agachei, sem tirar os zóio do fogaréu, apanhei as galha e fui pra riba.

A cada pancada minha, aumentava o rastro escuro de fogo apagado que eu ia deixando. E diminuía a gastura e as dor, talvez pelo fogo que queimava a peia que me acochava as tripa, pode ser o contrário, que era o apagar do fogo que aliviava o laço. Prum caso ou pro outro, suei, lavei a serra, até que só restou a treva, a pele ardida, os zóio cunzido, o coração avexado e quase o contrário da gastura.

Quando eu era menino fui mais pai na Zabelê e ele me mostrou um boi, que era grande pra ele, um gigante pro juízo dum menino, desses fornido puxador de moenda de cana. A imagem ficou incutida ni mim uns dia e eu pensando que devia existir um bocado daquelas rodas de moenda pra fazer o mundo girar, prele funcionar direito. Me pricurava se todas roda do mundo era um boi que puxava. Naquele combate, eu puxei uma roda dessa, eu fiz girar uma das moenda que ajustam o mundo. Quando pensei assim, um ar frio entrou pela base da espinha e subiu com pressão até a cabeça, saindo molhado pelos zóio.

— Conseguimo — falei pra escuridão que me arrodeava um instante antes de perceber o clarão distante, onde o restante dos companheiro ficaram.

Segui o rumo da luz e dos grito dos parceiro no combate. Ainda tinha muito fogo pra apagar, nem dava pra enxergar o fim da linha. Quando alguns começava a pensar em desistir, outros gritavam e o grupo animava mais um pouco. Seguimo assim por umas duas hora, até que um sopro de vento fresco começou a empurrar o fogo com mais força. O incêndio cresceu num instante, galope bruto. O fogo corria dois passo, enquanto a gente apagava um ou menos. Aquele vento arrastou uma nuvem de desânimo pra riba de nossas cabeça, que apagou também as estrela. Chão e céu viraram uma treva só. Quando sentimo o ar molhado, percebemo que o vento tava era trazendo um presente, alegria em forma de chuva.

Logo que as primeira gota caíram chiando nas brasa do fogo nós gritamo que nem uns doido, agradecendo aquela ajuda do céu. Em pouco tempo já não dava pra ver nenhum clarume e nem os outros companheiro que tavam com Trote. Nessa hora os grito mudaram, servia prum grupo sinalar pro outro o rumo que tava, pra mó da gente se encontrar naquele breu. Alguns gritava pra apartar o frio que as roupa molhada passava pra pele e já começava a ofender os osso.

Os grupo se juntaram, de novo, e logo principiou as discussão.

— Moço, precisamo voltar logo pra vila. Ficar na serra com essa chuva vai ser barril.

— Quieta! Melhor esperar passar essa chuva, periga a gente ficar andando perdido pela serra sem achar o caminho certo pra voltar.

— Mar'moço! A vila fica pra esse lado, tenho certeza.

— Tu tá doido, o Morrão tá pra lá, ó... então o Capão fica é pra cá, do outro lado.

No meio da discussão, Renato, na hora que a chuva apertou, deu uma carreira no rumo duma encosta de serra que alguns escolheram pra abrigo. Ele tropeçou numa pedra e apoiou o braço pra proteger a cabeça na queda. Resultou num pulso magoado e muita dor. Pros companheiro de Lençóis e Capão aquela noite caminhava pra ser das pior da vida. Depois do acidente de Renato, eles tava jurado que nunca mais ia pra negócio de apagar fogo, que isso era coisa de doido mesmo.

Como acordo não teve, acabamo amontoando pra debaixo dumas laje que só dava pra cobrir metade dum homem. Acabou que dois homem dividia o espaço que não cabia nem um. Nós tudo encharcado, o frio açoitando com chuva de vento, uma tremedeira geral. Aos pouco um foi se abraçando no outro pra mó de esquentar pelo menos uma banda do corpo.

— Eu dei foi sorte, acabei acostelado no mais cheiroso daqui — falou alto o companheiro que tava mocozado na mesma loca que Renato.

A chuva afinou quando os primeiro contorno da serra separaram o céu da terra e mostraram o rumo certo pro Capão. A caminhada de volta esquentou um pouco o sangue e outra discussão apareceu.

— Se não chuvesse, nós apagava aquele fogo.

— Maria, moço! Graças a Deus choveu. Nós não tava dando conta daquele fogo lá, não.

— Quieta! A gente ia apagar, num apagava o quê? Eu queria que a gente tivesse apagado era sem ajuda de chuva nenhuma. Agora vai ficar essa conversinha que o fogo acabou só porque choveu.

— Na próxima vez — eu disse — nós apaga antes de chover e não volta pra casa com essa dúvida.

Jotão rompeu vexado no meio das barraca da feira, direto no meu rumo.

— Já sabe de Badega?

Eu não sabia.

— Tá sumido, desde ontem.

— Vou deixar esse bocapio em casa e ligeiro a gente se encontra — falei.

— Eu vou atrás de Trote e dos menino, tu me espera na casa de pró Adélia.

Com os pé na varanda botei a cabeça pra dentro da porta que já tava aberta.

— Dá licença, pró Adélia — falei pros móvel de madeira escura cheio de livro.

— Entra, meu filho — a velha professora respondeu alto, do fundo da casa.

Fazia uns ano que não entrava naquela casa e o cheiro das lajota de barro do piso era o mesminho de quando eu era menino. Parei na porta da cunzinha e vi pró Adélia sentada mais uma moça vistosa que virou pra mim quando cheguei.

— Oi, Dejanir, tá sumido, meu filho — a professora falou, tentando disfarçar a voz pesarosa.

— Ah! pois, pró. Passei uns tempo pras banda da Barriguda. Vim de volta pra Palmeiras no começo do ano…

— Deja, é tu? — a moça falou de repente, jogando a cabeça pra frente pra mó de confirmar que era eu.

— Bel? — arrisquei sem certeza.

— Faz tempo, hein!? — ela disse, confirmando que era mesmo a filha de pró Adélia que eu não via fazia anos.

— Sube de Badega, pró — falei pra mãe, desviando dos dente brilhante da filha. — Num preocupa, a gente encontra ele.

— Deus abençoe, Dejanir — a velha agradeceu.

— Era bom se nós subesse pelo menos o rumo que ele seguiu. Algum lugar que ele costumava ir?

— Nada, meu filho. Por enquanto, é um tiro no escuro.

Escutamo uns passo ligeiro entrando na casa.

— Deja — Trote chamou da sala e se achegou mais nós na cunzinha. — Há Deus, como vai, dona Adélia?

— Ô meu filho, nesse drama, né? E como vai você, Ronílson?

— Tô bem, pró, graças a Deus.

— Lembra de Isabel, minha filha?

— Avemaria, pró, claro que lembro — Trote falou esticando os braço pra Bel. Os dois se abraçaram, ele chega deitou a cabeça no ombro da mulher. — Hum, quanto tempo, Belzinha! Tá bonita, hein?

— Que foi mesmo que tu ia falar, Trote? — pricurei pra lembrar Trote da urgência que a gente tinha pra resolver.

— Fininho, de Zé Gordo, disse que viu Badega passando pras bandas do morro da pedreira, no Mandacaru.

— Quando foi isso, meu filho?

— Ontem, de manhãzinha.

— Bora, então — falei. — Já temo um rumo. Inté mais, pró. Inté, Bel.

— Vou mais vocês — Bel falou segurando meu braço antes d'eu virar pra sala.

Não tinha achado boa ideia, mó das coisa que pode acontecer nessas missão, dos encontrado ruim de se ver.

— Então, bora — concordei contrariado com o calor da mão dela derretendo os pensamento que endurecia meu juízo.

Dividimo os voluntário pra mó de varrer o morro por duas banda. Uma entrando pela antiga torre de telefone. Eu segui pela estrada, num dos carreiro do povo que vai pra lenha. O mato tava bem fechado e o sol tava fastigando. E, pra completar, o caminho era pura unha-de-gato e uns cansanção brabo que se triscasse na pele era como fogo. Às vez os espinho prendia uma calça, tinha hora arranhava a pele formando uma linha pontilhada de sangue nos braço e nas mão.

De quando em vez espiava o céu, caçando sinal de urubu. A gente se embrenhava por uns carrero antigo só pra retornar, poucos minuto depois, sem novidade. Outras vez era algum que trepava pra riba dum murundu, mó de enxergar mais longe, do alto, e tornava descer fracassado.

No meio da tarde um rebuliço começou com uns camarada que seguiam mais na frente. Aproximei e vi Bel na frente dum outro de facão na mão.

— Tem nada que matar, não — ela falou. — Deixa que ela segue em paz.

Percebi que ela apontou pro chão. Tava protegendo uma cobra. Entrei na frente.

— Eia! Bel tem razão, moço — falei. — Não carece fazer nada pra bichinha, não.

— Bestagem! — retrucou o do facão.

— Aqui é longe da cidade, das casas, não oferece perigo pra ninguém — Bel falou. — Nós é que entramos na casa dela.

— Isso é traiçoeiro — ele disse, apontando com o facão pra cabeça-de-capanga enrodilhada. — Tá até na Bíblia...

— Deixa isso quieto, vamo concentrar ni Badega — falei mais calmo, balançando a mão pro lado do morro que nós ainda não tinha andado.

O grupo seguiu adiante. Bel parece ter pensado o mesmo que eu, esperar um pouco pra garantir que a cobra tava segura.

— Afe! Que mania do povo, querer matar toda cobra que vê.

Achei foi bonito, a brabeza. Estaquei, calculando nisso, enquanto ela tirava uma garrafa da mochila. Foi tanto pensar, que chega ela ofereceu um gole. Achei foi bonita.

— Na primeira vez que vi uma cobra, menino pequeno ainda, mãe me disse: "Bicho só ofende quem tá com maldade no coração" — falei.

A cobra se desenrolou, arrastou uns dois metro, virou pra trás e eu sube que ela queria mostrar alguma coisa.

— Bel, vou por esse rumo aqui. — Apontei o rastro da cobra.

— Por quê? — ela pricurou, e antes d'eu responder, completou: — Vou mais tu.

Seguimo pelo meio do mato, sem caminho, riscando a pele nas unha-de-gato e nos croá.

— Então vocês apagam fogo, é?

— Infelizmente — falei. — O bom era não ter incêndio, mas se tem, a gente tenta apagar.

— Avemaria! Deve ser um trabalho de doido.

— É o que todo mundo acha, mesmo. Só doido pra labutar com fogo. — Ri e procurava o rastro da cobra debaixo das folha seca. — Pra mim não é bem um trabalho, é que nem… como chama essa palavra mesmo…?

— Vocação?

— Pode ser que num seja… a palavra, essa. Esse rompante, os combate… é feito obrigação, não teve nem escolha.

Ela riu e não entendi o que era engraçado.

— Faz quanto tempo? — ela falou e não sube o que pricurava. — Que você apaga fogo?

— Meu primeiro combate foi uns dois ano atrás. A brigada ainda tá engatinhando, mas já apagamo mais de uma dúzia de incêndio.

Chegamo na beirada dum valo com mato um pouco mais cerrado e verde que nas cercania. O rastro da cobra acabava onde começava um outro, descendo pro valo.

— Tem rastro aqui, olha! — falei apontando pro chão.

— Pra mim, só enxergo folha seca — ela disse, balançando os cabelo amarrado com um pano.

— Tu pode esperar aqui, dou uma olhada mais pra baixo e volto rápido.

— Sem maldade no coração não corro risco nenhum, é isso? — ela falou. Fiz ranram com a goela pra mostrar que tinha percebido, até ri, mas só entendi uma horinha depois, na descida do valo.

Escutei uma zuada de folha seca e vi Badega deitado, debaixo dum pé de licuri.

— Achamo, Bel!

Amarramo uns pau com fibra de croá pra carregar o véio até a casa de pró Adélia. Ele tava fraco, confuso, mas são. A notícia chegou mais primeiro que nós. Quando entramo na rua meio mundo de gente aplaudiu o véio Badega, e no quintal uns caldeirão cunzinhava a quenga mó da festa que já tava animada.

Fiquei um pouco e saí mais cedo que os companheiro. Na porta da rua ouvi Bel chamando. Só olhei, sem pergunta. Contei três respiração dela antes de arribar o braço, deixando a mão aberta na altura do peito, com a palma virada pra mim. Parecia que queria que eu parasse, mas tamém pareceu uma despedida. Balancei a cabeça, ou pensei que tinha balançado, e segui pra casa.

Tinha vez que mãe pedia ajuda pr'algum serviço no quintal dela. Sempre acontecia que era o quintal que me ajudava, distraindo os pensamento e aprendendo com as planta. Tava numa distração dessa quando Jotão me encontrou.

— Moço, tu é retado mesmo — ele falou de longe, com aquela voz que os vizinho da rua de trás podia ouvir.

— Que foi, assim? Tá falando de quê, moço?

— Fazendo de besta, Deja — disse arrancando umas folha de novalgina, amassou e cheirou. — Tu bem sabe...

— Apois, sei de nada não — retruquei e era verdade.

— Ô bicho de sorte! — ele me deu um beliscão no vazio do lombo mudando a voz pr'aquele jeito de quem quer comer a manga que o amigo apanhou. — Bel perguntou por tu, queria saber se tava pela cidade.

— É nada — falei duvidando e sem atinar palavra melhor.

Jotão continuou a palestrar, numa mistura de comemoração com inveja. Mesmo o vozerão dele foi diminuindo em meu juízo, abafado por umas outra voz que parecia conversar comigo.

"Tá bom assim, sem mulher, não vai se complicar."

"Uma boa companheira, ela. Essa é uma empreita de valia."

"Quieta com isso, não sou homem pruma mulher daquela."

"Pode ser que já esteja mesmo na hora de acabar com isso, arranjar uma parceira pra vida."

"Não vai fazer bobagem, fazer mal pra moça."

— E tu não venha com desculpa dessa vez, tá ouvindo, Deja? — Jotão falou por cima do meu ombro.

A conversa com Bel me fez esquecer, na maior parte da noite, que tava sentado numa mesa de bar no meio da praça. Só não foi esquecimento total porque um tanto de gente chegava de tempo em tempo pra dizer: "Oxe, oxe, oxe, Deja, tu por aqui vadiando?", "Deja na praça? Hoje chove!", e um gaiato ainda disse: "Eita, Bel! Só tu mesmo pra conseguir esse milagre".

— Tu não é muito de sair, né? — Bel notou meu corpo pelejando com a cadeira.

— Não muito. Sou mais entocado.

— Tá ruim pra tu, aqui mais eu?

— Avemaria, não. Não é isso — falei nervoso, trupicando com as palavra. — Até que tô distraído, tu é boa companhia.

— E tu também não bebe — ela falou, voltando a uma conversa do começo da noite. — Não gosta?

— É... — Pensei em parar nessa resposta. — Não é isso, não gosto do que pode acontecer — resolvi explicar. — A gente pode fazer o que não deve quando bebe.

Ela contou que não era muito de beber, mas que gostava da companhia dos amigos, por isso que de vez em quando bebia.

— E essa noite é pra celebrar — bateu o copo de cerveja no meu copo d'água. — E pra agradecer por ter achado meu tio.

Ela falava dum jeito fácil. Os assunto dela brotavam como minação na serra depois que chove. Eu pensei como devia ser pras pedra que ficam debaixo dumas pingueira.

Teve uma hora que só escutei a voz dela, mesmo que ouvir uma zuada de vento que não deixava escutar nada fora de nossa mesa. A espécie de vento que afasta as nuvem depois duma chuva pra mó do sol espreitar nas fresta. Lembrei da serra, quando o calor é brabo e a sede é muita e tu acha uma água fresca, só a alegria de ver já mata a sede.

— Por que tu voltou pra Palmeiras? — ela pricurou.

— Tenho família aqui e lá na Barriguda. Tava labutando com gado, ajudava num açougue. Trote que me levou pra trabalhar com turismo. Eu até que gostei e aqui na Palmeira é melhor pra ser guia. E tem a brigada...

Naquela noite, com Bel, era mesmo assim, só de olhar a sede saciava. Ou era assim que eu queria que fosse.

— O cara entrou no ônibus — ela contou uma de suas aventuras na capital —, falou para passar o dinheiro. E eu disse: "Aonde? Sou estudante, e tabaréu, não tenho um puto na carteira. Tu aceita passe?" — Ela riu de sair lágrima. — Tu acredita que eu perguntei assim para o cara?

A pingueira vertia muita água.

— Lembra da pró Ozenira? Afe! Cada bolo que a gente levava. Isso era um pecado, gente! Que coisa medieval. — Segurou em minha mão simulando um golpe de palmatória, balançando a cabeça em negação ao mesmo tempo que ria, talvez porque as lembrança que ela tinha dos tempo de escola conseguiam empacotar sofrimento num embrulho engraçado. Eu mesmo esqueci na hora a vergonha que era levar bolo da professora quando senti a palma da mão dela.

A minação formou um rio.

— Moço, quem diria que você ia… — Ela virou o rosto pra baixo e riu como se tivesse olhando alguma coisa engraçada no chão. Escorregou até a ponta da cadeira, chegando mais perto. A mão ainda apoiando a minha. — … ficar bonito desse jeito!

O rio fez enxurrada.

Rumei minha boca na dela e achei que minha mão tinha apertado com muita força a nuca dela.

— Desculpa. — Afastei do rosto dela. — Machuquei você?

Ela dobrou a testa sem entender a pergunta e puxou minha camisa até o beijo voltar pra mesma força de antes.

A enxurrada derrubou as barranca.

O corpo inteiro arrastado por um redemunho, uma tontura que lembrou brincadeira de menino. Aos pouco, esse rio me afobou. Um gosto na boca que não lembrava mais. O peito arfando com a inundação. Não sei quantos pensamento se atropelaram pra entrar ao mesmo tempo, no juízo. Junto com um gosto leve da cerveja na boca dela.

— O que foi, Deja? — Ela deve ter percebido alguma coisa ni mim.

— Nada… nada, não — falei com a voz fraca, falhando. — Vai desculpando. — Levantei tonto e me afastei deixando Bel sozinha na mesa.

Os pensamento da noite mais Bel não desgarravam. Parecia que tinha uma pedra no meu lado na cama, a madrugada toda malinando o juízo e continuou incutida mais eu até o almoço.

O calor da tarde parecia que podia queimar aquela ruína, que nem roupa mofada quarando no sol. Juntei uns trocado de coragem que encontrei nos bolso furado e acabei suando um bocado dela na caminhada até a casa de pró Adélia, pensando em meia dúzia de jeito de conversar mais Bel.

Chamei da rua, sem entrar. Pró Adélia respondeu de dentro que Bel não tava em casa. Uma banda minha voltava pra casa triste, a outra, aliviada. Dobrei a esquina do beco do fórum ainda perturbado e só vi que Bel vinha no contrário quando a gente quase chocou.

— Oi — cumprimentei sem saber se ela conseguiu ouvir minha voz seca. — Vou fazer uma trilha na quarta. Um lugar novo que vou conhecer pra ver se levo turista pra lá. Quer ir mais eu?

De todas as conversa que eu tinha pensado antes essa que acabei falando nunca tinha passado pelo juízo.

— Boa tarde pra tu também, Deja.

— Vixe... mesmo... — Reparei na minha grossura. — Boa tarde, vai desculpando o trupelo... e esse meu convite tamém, nem sei o que me deu.

— Bestagem, moço — ela falou séria, mas eu tive impressão que escondia um sorriso. — Depois que a gente conversar sobre ontem, posso até aceitar seu convite. Faz anos que não faço uma trilha, seria incrível.

Sem combinar, a gente seguiu caminhando no rumo da praça da igreja. Eu mesmo não sabia por onde começar a conversa, apertava o juízo e nem sinal dum sumo de ideia, nem cheiro duma explicação pelo que tinha feito na noite anterior.

— Não vou mentir — ela começou —, fiquei puta com você.

— Avemaria! Vai desculpando, mesmo. Não é nada com você...

— E o que é, então?

Eu não sube explicar. Nada. Não falei que tinha gostado muito da companhia dela, nem que fazia tempo que não saía com moça nenhuma, que tava sem o costume nessas labuta. E não comentei que o gosto da cerveja tinha trazido uma lembrança ruim, com força suficiente pra me desaprumar.

— Acho que foi só… o dia errado, umas preocupação minha nesses último dia…

Passamo da igreja e sentamo no cais atrás do estádio.

— Eu vinha muito aqui quando era menina, a gente acompanhava as lavadeiras que eram mães de umas amigas.

— Cheguei a trabalhar uns dia ali — apontei na direção do barranco de seu Tico —, numa draga. Aquilo não era labuta pra mim, não… Quando vi o que a gente tava fazendo com o rio, num guentei ficar muitos dia, não.

— E tu acha que suas preocupações acabaram? — ela voltou pra nossa prosa. — Não tô a fim de ser deixada sozinha de novo.

Não tinham acabado, mais certo que nunca se apartariam de mim. Mas Bel me fazia sentir que os tempo de preocupação de aproximar duma mulher tavam caducando.

— Não vou fazer aquilo de novo — prometi —, se tu ainda quiser tentar outra vez…

Na quarta-feira, quase no nascer do sol, eu tava mais Bel na carroceria da Formosa, sentados nos sacos de adubo de gado que Abner tava levando pra vender no Capão. Antes do sol quente nós já tinha terminado a subida da serra, mesmo com o meio mundo de parada que Bel fez pra admirar cada flor do caminho. Chegamo na cachoeira do Bodão com tempo suficiente pra armar a barraca dela e escolher uma lapa preu passar a noite.

— Ah! Essa água da Chapada — ela disse, parecendo uma menina banhando no poço da cachoeira. — Meu cabelo é outro quando lavo na água daqui, em Salvador ficava uma palha.

Enquanto ela banhava, cacei uns galho morto pra acender a fogueira. Na boca da noite preparamo o jantar, conversamo sobre as luz misteriosa que aparecia no céu da Chapada e ela pricurou sobre o trabalho de apagar fogo.

Depois, arrodeei a barraca dela pra mó de garantir que não tinha algum perigo. Mostrei onde tava a pazinha e o papel, pro caso dalguma emergência na noite.

— Qualquer coisa é só chamar, eu tô bem ali — falei apontando pra loca que eu ia dormir.

— Tu é besta, Deja... até parece. Tu dorme aqui mais eu.

Se não fosse a noite, aposto que Bel veria meu rosto mudar de cor. A garganta, seca. O coração, disparado. Insisti que era melhor não. Ela disse que não tinha discussão.

Bel foi a primeira namorada mesmo na vida, assim de ser um negócio mais sério, comprometido. Ela descobriu isso poucas semana depois do acampamento no Bodão e aproveitou pra dar uma aula sobre o assunto, sutacando as coisa que gostava e aquelas que desaprovava num namorado.

Passamo dois ano nessa escola, praticando as lição dela, conhecendo as mania, aprendendo onde cada um tinha a pele fina.

Nós não combinamo, mas acabamo num acordo, um dijuntório de dois: ela trazia da sabedoria da cidade, das letra. De mim, pode ser que colhia umas besteira sobre a terra, que fosse instigada nas lembranceira dum pouco do conhecimento dos antigo, um mói de adubo nas raiz chapadeira dela.

Numa travessia do rio Preto, no rumo da trilha pra Conceição dos Gatos, vimo umas lavadeira na beira do rio.

— Passei muitas manhãs nessas margens do rio — Bel falou, descalçando as sandália. — Sempre que dava eu vinha mais uma amiga e a mãe dela, que era lavadeira. Cada uma tinha seu cantinho da beira do rio, com uma pedra pra sovar a roupa. Enquanto as mulheres ensaboavam, quaravam e estendiam roupas, as crianças vadiavam. A gente brincava por horas na água ou saía caçando fruto de menino nas margens.

— Num era o quê?! — falei. — Tamém fiz muito disso. Tinha época de boquinha-doce, de murici e quase sempre dava pra empapuçar de remela-de-cachorro.

— Sabe do que lembro?

Sabia nada.

— Das cuecas, calcinhas, sutiãs e uns lençóis com manchas suspeitas — ela respondeu —, tudo pendurado no arame farpado das cercas, expostos pra quem quisesse ver...

— Às vez a gente encontra umas roupa dessa mais pra baixo — falei, lembrando duns mutirão de limpeza do rio que participei —, enroscada nas unhas-de-gato...

— Naquela época eu já estranhava como elas lidavam com a privacidade... quer dizer, do mesmo jeito das roupas, as notícias sobre a vida dos outros também passeavam pelo rio, saíam de uma boca pra outra, saltando de pedra em pedra, lavadas no sabão e estendidas ao vento.

Era até comum eu não entender tudo que Bel falava, o sentido de algumas coisa que ela matutava. Assim mesmo eu gostava, admirava como as ideia brotava dela.

— De vez em quando — ela deu continuação — alguma conversa me interessava e eu quietava no rio, perto de uma delas, pra ouvir. As mais velhas preferiam lembrar dos tempos antigos, elas diziam que as coisas eram mais certas que no nosso tempo. As mais moças faziam as reportagens sobre o que estava acontecendo. O patrão rico que não pagava direito, a patroa que não chamava para almoçar junto, alguém voltando de São Paulo, uma adolescente com saliências com homem mais velho...

Do outro lado do rio a gente colocava os calçado de novo. Bel não tirava os zóio do rio. Era mesmo que ela tava enxergando aquelas mulher ali, na nossa frente.

— Todo dia tinha alguma história de infidelidade — ela disse, segurando ni mim pra prender a correia da sandália. — Se fosse a esposa, era ousada, vagabunda. Fosse um marido, então era só coisa de homem.

Eu não tinha opinião naquela prosa e Bel parecia que não tava mesmo conversando comigo. Não só comigo. Ela falava mais pra ela e nem me provocou, como de costume, mó d'eu não tá falando muito.

— Chega dava gastura pensar em crescer como elas. Minhas primeiras aflições de menina, a teimosia para estudar fora, sair de Palmeiras, digo que essas ideias nasceram aqui, na beira do rio Preto.

— E tu acha que é o lugar que decide o rumo duma vida? Nós que nascemo e nunca saímo daqui, mesmo assim, a gente não é tudo parecido, não é tudo a mesma coisa — falei cismado se Bel podia achar que tinha errado em voltar pra Palmeiras. — Cada qual sela sua vida, pode variar o animal, mas qualquer montaria conduz pro seu destino... tenho pra mim que a sina dum sujeito é plantada nas atitude dele. A terra pode mudar um cisco na qualidade da colheita, mas em todo lugar algum fruto vem.

— Não sei, nego. Naquela época eu tive certeza que o futuro de uma menina de Palmeiras tinha um rumo definido. As que tinham sorte, ou capacidade como diziam, arranjariam um homem para quem lavar as roupas e cozinhar. As outras pulariam de galho em galho até que o viço esmorecesse, talvez virassem mães solteiras e assim tivessem para quem lavar roupa, cozinhar, cuidar, educar, deseducar.

Estiquei a mão, Bel me puxou um pouco pra levantar da pedra que tava sentada. A zuada da água nas pedra do rio parecia sair de dentro dela mais o calor que vazava manso de suas venta.

— Não lembro quando decidi comigo mesma meu destino — o rio dentro dela falou. — Minha adolescência fez crescer os pelos, os peitos e a vontade de ser uma mulher diferente da minha mãe, tias, avós, amigas.

— Parece que deu certo. Tudo isso cresceu vistoso — falei, apertando ela —, e tu é bem diferente das outra mulher daqui.

Ela fez uma força pra botar um sorriso. Parecia ter gostado do que ouviu, sem muita fé de que era verdade. Segui na frente, iniciando a subida da trilha. Seguimo quieto até a sombra duma imburana. Bel aproveitou pra descansar, olhando no rumo da cidade que parecia encolhida na lonjura. A zuada começava a apagar no meio do mato que cercava a gente.

— Palmeiras fez meu projeto "maternidade" pular dos sete para os vinte e seis anos de idade ignorando os quase vinte anos que foi ignorado — ela falou e virou pra mim.

Um frio encostou no lado de dentro da pele. Durou uma piscada, logo virou uma quentura no corpo todo. Olhava pra Bel esperando a chuva que ia aliviar aquela caloria.

— Adivinha? — ela pricurou com o queixo encostado no peito, as mão cobrindo a barriga.

— Grávida? — O vento puxou a palavra pra fora da boca. — Você tá grávida?

Ela negou com a cabeça, rindo.

— Nós estamos grávidos — ela corrigiu.

Ri mó de que palavra nenhuma acudiu na hora. Rumei a bolsa das costa no chão. Cobri as mão dela com as minha. Um ar escapou da boca aberta fazendo uma zuada que podia parecer alívio mas foi mais um não saber o que pensar dum futuro inteirinho que se espremeu naquele segundo. Foi o jeito que saiu o estranhamento pelo tal futuro parecer uma história já vivida, conhecida, com cara tamém de passado.

— Que coisa boa, minha cabocla — falei abrindo os braço dela mó da gente topar as barriga preu encostar na cria que labutava naquele bucho. Meio mundo de coisa apeou e desapeou no meu juízo, os dia que nós tinha namorado aceitando que podia ser e deixamo ser, a casa que agora ia precisar duma reforma, a alegria de igualar mais as criatura da natureza, sentir mais outra vez que os bicho, as planta e eu era tudo quase a mesma coisa, os conhecido que só reclamava a trabalheira com os filho, a mesa de casa, no tempo do Estreito, com os irmão tudo comendo cuscuz, pai ensinando a labuta mais o gado pra nós, Bel dizendo, debaixo da cachoeira do Riachinho, que não queria se sentir mãe solteira casada, o mundo que precisava ser melhor pra receber essa criança, meu serviço malfeito, meu quinto pago pra afundar um bocadinho mais o mundo ni lama... — Que coisa boa, minha cabocla — repeti, mó de não saber nem pilar de volta, pro buraco donde saíram, aquele tanto de pensamento, nem como separar, fora da cova, uma ideia, uma lembranceira de outra. Não era só aquilo que pensava, mas foi aquilo que a boca conseguiu dizer e beijar.

A gravidez de Bel foi toda tranquila. Ela me acompanhou nas trilha até o barrigão não deixar mais. A gente queria parteira, pró Adélia não aprovava, mas tamém não pelejou contra.

Dona Cota já não pegava menino fazia uns ano. As parteira da região tavam quase acabando. O parto de Bel deve ter sido o último pra ela, mas deve ter sido especial mó de que tinha sido dona Cota que pegou pró Adélia, com uns quinze ano de idade, começando o ofício de parteira. Pegou a vó e sessenta e quatro ano depois o neto, Anori, meu filho.

Na única conversa mais calosa que mãe e filha tiveram sobre esse assunto, escutei Bel falar alguma coisa sobre a história banguela dos parto da família, mó dela ter nascido em hospital.

— Como é que a senhora — Bel provocou — abraçou a ideia de parir deitada na cama de um hospital, sobre um lençol sem cheiro, debaixo de luzes brancas, frias, sob orientação de uma pessoa que ao invés de útero tem um diploma?

Anori nasceu em casa. Teve fogueira e foguete. Mãe preparou a bacia pro primeiro banho dele com erva e a água de São João.

Por mim levava o menino pro rio com vinte dias, mas mãe e Bel não deixaram.

— Tu tenha paciência, meu filho — mãe disse. — Carece aguardar três lua, na instrução dos antigo. Deus haverá de conceder muitas pra vocês fazerem essas aventura, não tem precisão de avexamento.

Depois dos três mês, Anori banhou em tudo quanto era rio da Chapada até quando esfriou. Nesse tempo a gente trocou os banho de rio pela fogueira e sanfona da trezena de santo Antônio da Conceição dos Gatos. Comparecemo quase os treze dia.

No dia treze, Jotão e Trote foram mais nós. Depois que acompanhamo as mulher mais velha da comunidade rezar em latim, seguimo o cortejo que levou a bandeira do santo da igreja até a casa de dona França. Enquanto o forró assentava na sala, eu mais Trote atacava uma panela de amendoim cunzido do lado da fogueira. Jotão mais Bel tavam na missão de degustar os licor e Anori dormia embrulhado no meu peito.

— ... a velha sobreviveu àquela seca braba, de mil novecentos e bolinha, que morreu meio mundo de gente — Jotão falou sobre a dona da casa.

— De 1934, não foi? — Bel disse.

— Num sei, não, nessa faixa aí — Jotão continuou. — Assunta, ela fala que teve uma hora não tinha mais gente pra abrir as cova. Teve morto que ficou sem enterrar.

— Maria, Jotão.

— Foi... uma desgraça...

— ... boca, Jotão — Trote esbravejou, mó da palavra que não se deve falar.

— Vai desculpando — Jotão disse e bateu na boca com a mão. — Moço, os antigo que sofreram, não foi? Hoje a gente fica com essas bestagem, reclamando dum nada.

— Quando os filho dela era pequeno — falei baixinho, mó de não acordar Anori —, material de escola era caro. Teve vez dela não ter dinheiro, saía daqui de pé, subia essa serra — apontei pra escuridão —, ia até perto do Morrão pra apanhar candombá. Amarrava tudo num feixe e levava na cabeça, cuma rodilha, até a Palmeira pra vender na feira, arranjar dinheiro e comprar os caderno dos menino.

— Quieta, Deja — Bel duvidou. — Isso tá errado, vê só a distância disso...

— Dá pra mais de dez quilômetros — Trote disse —, e não é só a distância, tem serra pra subir e descer nesse trajeto.

— Tu tá por fora um eitcho — falei —, ela fazia o trecho, sim, sozinha... e fez várias vez.

— Retada demais! — Bel disse.

Jotão buscou mais licor de jenipapo. Ninguém mais quis, mas ele tava animado pra ver o fim da garrafa. Bel encostou mais eu e segurou meu braço.

— Ô Jotão! Antes que tu não se lembre mais dessa conversa, a gente queria saber — ela falou olhando pra mim e depois pra ele de novo —, tu aceita batizar Anori na fogueira?

A conversa era tão nova pra mim quanto pra Jotão. A barba rala dele se abriu mostrando os dente sem acreditar. Ele matou o gole de licor no copo e abraçou eu mais Bel junto, fazendo força pra tirar a gente do chão, como se erguesse um punhado de macela.

— Cuidado, compadre — falei rindo —, tu esmaga seu afilhado.

Dez dia depois, na béspa de são-joão, a gente reuniu na fogueira. Betânia foi nossa convidada pra madrinha. Ela mais Jotão ficaram dum lado da fogueira escutando as instrução de mãe que fez suas reza passando o ramo e os padrinho pularam a fogueira com Anori, repetindo: "Eu juro, são João Batista, são Pedro, são Paulo e todos os santos do céu e da terra que serve de testemunha neste mundo e no outro, que Anori é meu afilhado e Bel e Deja são meus compadre".

Naquela noite Jotão seguiu de fogueira em fogueira, de licor em licor, até a alvorada. Betânia escapuliu pouco depois, mó de fazer seu primeiro favor de madrinha, cuidar de Anori enquanto eu mais Bel ia no rio buscar a água santa de São João.

Perto das quatro e meia a gente chamou mãe e seguimo junto pra encontrar as outras pouca senhora na frente da casa de Tozinha. Naquela hora as última fogueira desistia do serviço da noite, quem sabe por respeito com o sol que, não tardava, ia chegar. Trote e a mãe tamém apareceram.

No caminho, cada um fez sua rodilha de melãozinho. Chegamo na beira do rio no escuro e fizemo uns pai-nosso.

— Rio de Jordão, senhor são João — Tozinha falou pro rio, com os braço aberto —, saúde pra mim e minha família, até o ano que vem, se Deus quiser.

A gente começou a entrar no rio levando as vasilha pra carregar a água.

— Vem cá, minha filha — Tozinha chamou Bel de dentro do rio, com a água cobrindo os joeio e a saia arribada presa na cintura.

Ela explicou pra Bel a última parte do ritual.

— Tem que contar os dez dedo, minha filha. O reflexo deles, na água. Se tiver tudinho ali, ano que vem tu tá mais nós, se Deus quiser.

— Os meu tão tudo aqui, ói só — mãe falou, balangando os dedo.

— Os meus também, todos aqui — Bel falou olhando pra mim mais mãe, como se precisasse tranquilizar a gente que Anori ia ter a mãe por todo aquele ano.

— E pra que serve essa água? — Bel pricurou.

— Essa água, hoje, nessa hora, é o mesmo que do rio Jordão, onde Nosso Senhor foi batizado — Tozinha respondeu. — Pode fazer chá e dar pra menino, é remédio. Pode jogar um pouco no quintal em dia de tempestade, acalma os raio.

— Também pode dar banho ni menino novo, ni bebê — mãe disse, lembrando que o primeiro banho de Anori foi cuma água daquela.

No clarear do dia a gente voltava pra rua. Trote contou que mais cedo tropeçou ni Jotão, que tava deitado no jardim da casa dele.

— Quase pisei em cima — ele disse. — Parecia um saco de adubo, mas era Jotão, bebo, dormindo no chão.

Alguns mês depois, quando o tempo voltou a esquentar, acampamo no mato, mó de Anori receber as bênção da montanha. Num final de manhã, na beira do poço do Gavião, Anori dormia debaixo dum mucugê do meu lado e Bel banhava no rio. Ela sentou numa pedra e ficou olhando pro nosso rumo, por uns minuto dum comprimento medonho.

— Sabia que eu tive muito medo quando soube que tava grávida? — ela falou de dentro do rio. — Não devia, sei que não era bom sentir assim. Mas senti.

— Medo do quê? — pricurei baixinho, mó de não acordar Anori.

Ela olhou pro menino, balançou a cabeça.

— Nem sei. Pode ser coisa de grávida, os hormônios, como dizem — ela deu uma risada arrastada.

— E esse medo, ainda tá aí, mais tu?

Ela arrumou os cabelo e mergulhou. O rastro claro que ela formou na água escura do poço chegou até a laje de pedra onde eu tava.

— Agora não — ela cochichou com metade do corpo fora da água —, agora ser mãe ao lado do famoso guia e brigadista Deja é uma certeza.

Ela se levantou um pouco mó de alcançar um beijo e trazer metade do rio pra riba de mim. Um arrupio veio e não era causa da água ou do frio. Por um fiapo de tempo a serra pareceu falar mais eu, sem palavra, mais uma sensação, que o medo dela tinha passado pra mim.

A Chapada tava sacudida com a notícia da visita da autoridade mais importante que já tinha pisado naquelas bandas.

— O ministro, Bel. O chefão mesmo.

— Será que vem mesmo, Deja? Tu já sabe como é, político diz que ama a Chapada, mas ajudar que é bom, nada. Capaz até de nem vir.

— Vem, moço. É certeza. E a gente tá organizando um fuá brabo pra receber o excelentíssimo.

— Aí pronto... vocês não vão fazer besteira, viu? Essas autoridades devem vir mais um bocado de polícia — ela disse, parecendo a mãe quando dava maçada nos aluno. — Você agora tem filho, lembra? E eu que não quero cuidar de menino sem pai.

— Oxe, mulher. E o que tem a polícia? O que tu pensa que a gente pode fazer?

— Nem sei. E deve ser melhor ficar sem saber.

Segurei os braço dela num abraço por trás e falei baixinho como se fosse um segredo perigoso:

— A gente vai levar ele pruma toca lá no Gerais. Só vamo soltar quando eles garantir o apoio que prometeram pro Parque.

Ela arqueou o corpo, arriando a cabeça bem rápido e rumando a bunda contra meus bago. Desisti do abraço na hora, acudindo os cunhão com as mão.

— Tu é besta mesmo. — Ela riu. — Ia acabar cuidando do homem... e de graça!

Demorou uns segundo pra passar o efeito da bundada.

— Maria, Bel... — gemi com as mão no meio das perna. — Assim tu me quebra... golpe baixo.

— A gente se vira com a ferramenta que tem, não é o que tu fala pros meninos? — Eu ficava besta com as coisa que ela prendia na memória, uma arapuca de lembranceira, uma coisinha de nada que eu falava, capaz dela registrar, guardar bem mocozado, só prum dia, sem anúncio, jogar numa conversa mó de me deixar sem jeito.

— Deve aparecer meio mundo de gente, de todo canto da Chapada, um bocado de brigadista. O povo vai levar uns cartaz, umas faixa, abaixo-assinado, essas confusão aí.

— E tu acredita mesmo que o ministro vai ler faixa, homem de Deus?

Levantei num pulo, achando que tava atrasado. Bel segurou meu braço e revirou a língua pensando que tava falando qualquer coisa baixinho. Pensei que era sonho dela. Cheguei perto, beijei e, antes d'eu arribar, ela falou, dessa vez sem embolar as letra, dum compromisso importante, uma reunião que podia virar um novo trabalho. Falou que eu precisava voltar até as seis.

— Sem falta, viu? É importante... manda um beijo pro ministro.

Saí com um copo de café frio na mão, umas banana e uns pedaço de rapadura na bolsa. Vários carro seguiram pro Rufino, no Capão. As parede do prédio véio já tava cheia de cartaz e faixa. Lembrei de Bel perguntando se o ministro ia ler faixa... naquela hora achei que não.

Gente era o pau que tinha lá. Na minha conta, tinha três qualidade de gente por lá. Os político de várias cidade da região, meio mundo deles, puxando o saco do único ministro que já tinham visto pisar na Chapada. Tinha tamém um bocado de curioso, caçando saber qual era o artista que tava visitando o Capão. E os ambientalista, talvez os de menor quantia, com a esperança do tamanho do Morro Branco, achando que a visita do ministro era a melhor chance que a gente tinha pra resolver uns pepino de vários ano, o principal ia ser a criação de dois parque municipal.

Foi uma enxurrada de falação. Vários que pegavam no microfone faziam que nem um jogador nervoso pra chutar um pênalti, decidindo qual chute era certeiro. E depois das palavra, fosse feia ou fosse bonita, saía comemorando o gol.

O prefeito foi um dos primeiro a falar. Ou tentar, mó da embolação de língua que era o jeito dele falar ni público. Mesmo sem entender o discurso teve gente que aplaudiu e gente melhor que vaiou.

Acordo os plano do nosso grupo, aquela era a hora pra apresentar os decreto de criação dos parque do Pai Inácio e Riachinho. Uma confusão entre uns apoiador e uns contrário do prefeito quase virou briga e atrapalhou a chegada dos papel até o palco. Depois de apaziguada a contenda, foi a vez do ministro falar, receber umas flor, camiseta, mel, um tanto de papel e prometer meio mundo de coisa.

Depois deram espaço pruns artista de teatro com saco de lixo na cabeça e prum pernambucano poeta que tomou um tempo danado no palco só pra dizer: "Sertão, choraram as montanhas do Capão", e ainda umas criança tocando música de adulto e um adulto cantando música de criança. Quando o berimbau berrou na roda de capoeira, alguém ficou sabendo que o ministro tinha saído mais o prefeito pra caçar um almoço.

A volta foi no coreto. O pessoal da Prefeitura fez uma presepada cheia de suspense pra anunciar que faltava poucos dia pra começar o calçamento da entrada da vila, ganhando aplausos da maioria dos presente.

— Essa é a hora, Sílvia — disse Juca, um advogado de Feira de Santana que tinha escrito os decreto.

Sílvia era a representante que os ambientalista tinham escolhido pra entregar os papel na mão do prefeito. Era miudinha, quando ela falava parecia um cochicho, sempre educada e gentil, dos pouco ambientalista que não tinha criado problema com o prefeito. Naquele trupel de gente, ela não ia conseguir atravessar sozinha até a mesa das autoridade.

— Prefeito! Ei, prefeito! — gritei agarrado num braço de Sílvia, abrindo caminho entre a multidão. — Assunta, moço, tem outra notícia boa aqui.

As autoridade ainda procuravam donde vinha os grito quando cheguei na mesa mais Sílvia. Cumprimentei o ministro e balancei a cabeça pro prefeito. Perto da gente tava o rapaz do som, garrei o microfone da mão dele e antes dele falar qualquer coisa entreguei pra Sílvia.

Ela falou como estava feliz e que o povo da Chapada toda lembraria daquele dia histórico. E o prefeito, sem atinar o que Sílvia falava, concordava com a cabeça sorridente. Parte das pessoa ainda tava influenciada pela notícia do calçamento e continuava aplaudindo. Sem dar muito tempo pro prefeito entender, Sílvia anunciou, entregando os papel e uma caneta na mão dele:

— Senhor ministro do Meio Ambiente, todos agradecemos sua vinda até aqui. E como demonstração de nossa gratidão, tendo as montanhas da Chapada Diamantina como testemunhas, o povo de Palmeiras, representado pelo seu prefeito, criará hoje dois importantes parques municipais.

Um tanto de palma e um trupelo de grito explodiu no coreto, era parte do nosso combinado pra parecer que tinha muita gente a favor dos parque. O ministro aplaudiu também.

— Parabéns, muito bom, senhor prefeito — ele falou empolgado, balançando a mão do prefeito.

Não tinha mais volta. O prefeito tinha um sorriso colado na cara, sem nem saber o que tava fazendo. Ele não tinha ideia do que era um parque municipal. Olhava pros lado, dando uns socos no ar como se tivesse vencido uma batalha. Assinou os papel e apontou a caneta para cima como um herói de desenho animado levantando a espada pro céu, aproveitando, pelo menos, o gostinho de cinco minuto de aprovação do povo.

— Parabéns, prefeito, parabéns, Palmeiras, parabéns, Chapada Diamantina. Estão criados os parques naturais municipais do Morro do Pai Inácio e do Riachinho, dois grandes símbolos da Chapada e da Bahia — Sílvia gritou do meio dum bolo de não sei quantas pessoa abraçada.

Percebi que já passava das cinco e as comemoração ainda ia longe, era certeza que Abner ia ficar até mais tarde. Cacei uma carona pra Palmeiras e consegui uma vaga no carro dum pessoal de Seabra, já perto das seis.

No caminho a gente comemorava as conquista do dia. Eu conhecia cada buraco daquela estrada e, mesmo de noite, sabia o tipo de mato que arrodeava o carro. Mais perto do Capão é floresta, mato alto mais molhado. Conforme segue, a mata vai secando e raleando. Passa por um gerais nos Campos, uns embrenhado de pedra no Capão Seco, e vai virando o carrasco caatingado um pouco adiante do Rio Grande. Dum jeito parecido, a alegria foi raleando e misturando com a secura da preocupação que agitava meu peito.

Eu ia falhar de novo com Bel e a reação dela ia ser espinhenta como as unha-de-gato que arrodeia Palmeiras.

Cheguei em casa umas sete e percebi que Betânia tava no quarto de Anori, fazendo ele dormir.

Ela saiu do quarto logo depois.

— Como foi lá? E o ministro?

— Deu certo. O prefeito assinou! — Abri a geladeira.

Ela quis gritar e tapou a boca com a mão, me abraçando. Ela tinha participado dumas ação em defesa do Pai Inácio e sempre torceu pro Morro virar um parque.

— E Bel? — Tirei uma garrafa de refrigerante sem rótulo.

— Tá pirada, né? Claro! Sorte sua que hoje eu não dava aula.

— Obrigado, mana. Tô devendo mais uma. — Enchi dois copos com a bebida preferida da nossa infância.

— Deve não. Sei o que tu tem feito e é importante. — Ela cheirou o copo pra ter certeza que era o que tava pensando. — Não acredito! Que delícia. Quanto tempo não bebo umbuzada.

— É de ontem. Anori estranhou no começo, mas depois gostou.

Ela bebeu o copo todo. Aposto que tamém pensou na casa de vó, onde a gente, quando menino, chupava umbu do pé até desbotar os dente.

— Mas Bel também tá certa. Tu tem que guiar mais, não pode dispensar tanta guiada assim pra ficar só metido nesses trabalhos voluntários. Tu tem família agora, moço.

— Tu deve tá certa. Tu mais Bel, cês devem tá certa mesmo.

Bel chegou logo depois que Betânia saiu. A bronca não foi tão feia como eu esperava. Ela tava bem animada com o resultado da reunião dela e não acreditou que o plano dos parque deu certo.

— O Morro agora tá na mão da Prefeitura. Vamos torcer pra não ter saído da panela pra cair na frigideira — ela disse.

— Como diz mãinha, "Deus proverá". A gente continua de olho, lutando.

— É. Mas tu não esquece que também tem que lutar por teu filho.

— Oxe... se é isso mesmo que tô fazendo, uai. Lutando pelo futuro dele, pelo futuro de todos nós.

— Não se faça de sonso, Dejanir de Oliveira Dourado. Não tô falando desse futuro de gente rica... planeta, biodiversidade, gerações futuras. Guarda esse pras tuas entrevistas em jornal, revista... Bora terminar de construir essa casa, falta pouco. Dedica um pouco pro teu trabalho também. Tu pode ter um monte de cliente, já tem um tanto de gente que vive te procurando pra guiar. Não tô pedindo pra parar com a brigada, com o movimento, nada disso. Mas precisa equilibrar. Fica pesado se a gente só contar com o meu salário. E hoje tu dorme na sala, seus vacilos não vão passar batido, não.

Uma vez encontrei um chegante do Capão que eu tinha conhecido num combate na serra do Mocó Bravo. Ele fez uns elogio e palestrou sobre a força da união. Ele falou várias vez: "Um mais um é mais que dois", e pra provar ele apanhou um graveto, um pauzinho fino que tava no chão, trançou nos dedo duma mão só e quebrou. "Viu como é fácil?", e depois catou um bocado de graveto, juntou tudo num punhado grosso que encheu a mão, entregou pra mim: "Agora é você, quebra aí".

— Mas nesse mói tem uns vinte pauzinho! — eu falei sem entender o que os pauzinho tinha a ver com a matemática dele.

Ele saiu sem explicar.

— Você é esperança, Deja — falou arreganhando os dente, olhando pra trás enquanto caminhava. — O mundo precisa de mais gente como você, reunidores de gravetos.

Não entendi toda a conversa, mas por bastante tempo gostei de acreditar na história dos pauzinho. Lembrei de novo dessa história quando o chefe do Parque Nacional da Chapada Diamantina pricurou se nossa brigada podia dar uma ajuda num incêndio dum parque lá no sul da Bahia.

— A situação parece estar bem difícil por lá.

— Oxe, claro que a gente vai — falei, animado com a chance da nossa brigada mostrar o trabalho fora da Chapada.

— Lá é Mata Atlântica, é bem diferente do tipo de vegetação que vocês estão acostumados por aqui — insistiu o chefe, testando nossa vontade.

— Quieta, moço, nós apaga qualquer fogo, aqui é os guerreiro da Chapada — respondi.

Juntamo os melhor brigadista, uma equipe pra representar mesmo na região do Monte Pascoal.

O fogo lá não era grande que nem alguns que a gente costumava enfrentar nos gerais na Chapada, mas a floresta era cerrada mesmo, cada pé de pau grosso que dois homem não abraçava, tinha até fogo de copa. Quando a gente tava embrenhado no meio daquela mata, não dava pra saber qual era o pau que tava queimando. A gente só ouvia a zuada, uns estalo assombroso. Teve vez que uma árvore caiu bem no nosso rumo, não deu pra ver donde veio, as galhada mais fina chega triscaram em alguns dos brigadista. Por pouco não morre gente ali.

Mas quase todo o trabalho era tentar apagar fogo de turfa, cavar trincheira até umas hora, por vários dia. Não tinha a emoção do combate direto, os menino sentiram falta de queimar a pestana. Mesmo assim, o pessoal de lá reconheceu nosso bom trabalho, tanto que o chefe da operação pediu pra gente ficar mais dez dias, até a situação tranquilizar de vez.

Nossa brigada fez sucesso na região, até a televisão foi entrevistar a gente. Foi bem no dia do aniversário de Anori. A jornalista fez umas pergunta de gente que nunca nem chegou perto dum incêndio.

— É muito calor quando vocês estão frente a frente com o fogo?

— Moço... donde nós vem, mãinha costuma cozinhar no fogo... Deve ser quente, né?! — Cunga disse e eu dei uma joelhada bem no nervo da coxa dele, disfarçada pra jornalista não perceber.

— Oxe, cada pergunta besta... — Cunga falou baixinho quando encolheu de dor da pancada.

No meio da entrevista fiz uma surpresa pra Anori e falei: "Feliz aniversário, papai! Papai te ama". No final a jornalista disse que gostou da entrevista e que ia sair no jornal do meio-dia. De tarde liguei pra Bel, pricurei se ela tinha assistido a entrevista, se tinha mostrado pra Anori.

— Seu filho tá fazendo dois anos! — ela falou quase gritando. — Ele não assiste jornal na televisão, Deja. E nem eu! Ele queria era o pai do lado dele no dia do aniversário.

Ela desligou o telefone e eu não consegui falar com Anori. Desde quando contei pr'ela que a gente ia ficar mais tempo na missão do sul da Bahia, a bicha azedou mais eu.

— Tu tem esposa, não é, guerreiro? — pricurei pra Goiano, o motorista que tava levando nós dum canto pro outro naqueles dia.

— Tô na terceira.

— Apois, explica aí, sua mulher é complicada também?

— Rapaz, você ainda é novo. Com o tempo vai entender. Não é complicada, é mulher — ele gargalhou, mas eu não entendi bem se era uma piada.

Jotão chegou mais eu, arrodeou cumas coisa de trabalho e depois começou a dar uns conselho.

— Deixa o barro secar, compadre — ele falou —, Bel fica braba mas depois entende.

— Pelo tanto que ela fica braba eu devo tá fazendo muita besteira, meu irmão.

— Faz também... — Ele riu. — Mas nossa brigada precisa de tu, a Chapada precisa. Olha — apontou pra direção da floresta que fumava —, até a Mata Atlântica precisou de tu, guerreiro.

— É, eu vou nessa e quando vejo... já faço merda com a família de novo.

— Não sei como, mas tu vai ter que dar seus pulo e arrumar um jeito de se equilibrar. — Jotão encolheu os ombro.

— Moço, de quando a gente se conheceu e foi ficando mais coligado, tava tudo bom, o meu jeito com a brigada, com as questão ambiental, era tudo lindo. Isso que fico retado, ela já me conheceu nessa pisada. E fez questão de juntar mais eu... até filho quis fazer... depois veio essa agonia, esse aperto de mente pra me mudar?

— Só pedra parada que não muda, compadre — Jotão falou e não era piada.

Eu não disse nada, mó dum guerreiro da região, um dos originais da terra, que tava chegando mais nós. Não sei se ele escutou alguma parte da conversa, parecia que ele tava longe demais pra ouvir, mas ele chegou quieto e de repente começou a falar.

— Se a luta vem da alma e o corpo trabalha pra alma, a Natureza ajeita as coisas no seu caminho — disse o pataxó, guerreiro retado, tinha idade pra ser meu pai e combateu mais nós desde o primeiro dia. — Precisa ver o que aconteceu com essa alma, que pedaço tá faltando. — Ele encostou a mão aberta na minha barriga, na altura da boca do estômago. — Se alma não tem saúde, luta não tem igual.

— Tá certo, parente — ri com a palavra que os pataxó usam entre eles. — Acho que preciso fazer uns acerto com essa alma aí que tu fala.

— Gente defendendo nossa Mãe... é gente boa — ele segurou eu mais Jotão nos pulso, calado, um morro. — Se lá pras bandas da nascente o rio inundou roças, derrubou barranco, arrancou árvores, do mesmo jeito ele continua seu caminho, chega no mar. Na demora do caminho, o que foi problema lá atrás vai transformando, até que chega e traz de presente pro mar um pouco mais de nutrientes.

Jotão ainda demorou um tanto parado, olhando o pataxó se afastar. Depois a gente se olhou. De tanto se conhecer, chega a gente adivinha alguns pensamento do outro. Se não adivinha, pelo menos entende que o outro tá no meio duma lembrança triste.

Pelo menos, eu tava assim, pensando como um erro sozinho, lá atrás, invés de ter transformado, tinha crescido, virado um cipoal de erro, tão cerrado que chega prende eu mesmo, enroscado nos erro menor que só vão juntando e engrossando esse carrascado. Bel tinha razão dos meus erro do presente.

No almoço, Goiano chegou mais nós na mesa. Um caboclo fornido, duma alturinha pouca e a cabeça calva que só vivia coberta por um bonel escrito em gringo, cuma figura dum helicóptero jogando água numa floresta pegando fogo. Ele contou que ganhou aquele bonel numa missão pra apagar fogo no Pantanal, da mão de uns gringo que tinham ido ajudar nos plano dos bombeiro de lá. Goiano tinha costume de viajar pr'esses lugar que tinham problema com fogo. Foi proseando mais ele que eu sube melhor como é que o povo apagava fogo em outros lugar. O mais certo era dizer: como o povo não apagava.

Uns causo que ele contava trazia a lembrança dumas imagem que eu já tinha visto na televisão, desses combate grande que virava notícia no jornal. Quieta com aquilo! Um fogaréu queimando meio mundo e os pessoal segurando o abafador de longe, batendo sem vontade, fazendo carinho no fogo. Parece que não tem coragem, não parte pra cima do fogo que nem nós. Assim ninguém apaga fogo mesmo, não!

— Ninguém apaga fogo de noite não, baiano! — ele me disse.

— Oxe, não apaga como? É o que nós mais faz lá na Chapada! — Jotão falou.

— Ocês são tudo maluco, pelo que já vi aqui nesses dias — Goiano provocou, rindo.

— Mar'moço, quem é que consegue apagar um fogo de dia, meu Deus do céu? — eu pricurei.

— É, é duro mesmo.

— É duro, mas apaga? — insisti.

— Uai, tem que apagar, não é? — Goiano tirou o bonel pra enxugar o suor. — Algumas vezes não apaga mesmo, não. Passa semanas, às vezes mais de um mês, e só apaga mesmo com a chuva. Na maioria das vezes, na verdade.

— Pois se de dia o guerreiro tem que labutar com dois sol, um arriba da cabeça — Jotão falou mexendo os braço por cima da careca de Goiano — e outro por debaixo, no chão.

— Eu não sei, não. Não conheço os outro lugar. Mas acho difícil controlar um incêndio se não for de noite — eu falei. — De dia é apagar dez braça e o fogo cresce vinte. Como é que ganha dele? Já de noite, aí nós apaga vinte e ele cresce pouco, quase nada.

No fim daqueles dia no Monte Pascoal uma ideia chegou alvinha no meu juízo e ficou incutida ni mim.

— A gente podia fazer mais disso, hein, Jotão? — cutuquei o compadre numa lanchonete de beira de estrada, na viagem de volta pra casa.

— Tá falando disso? — Ele mostrou o ovo cunzido cor-de-rosa, mordido, tirado do balcão da lanchonete depois de sabe lá quantos dia de poleiro de mosca.

— Tu não é desses que têm muita pena dos bofe, não é, compadre? — brinquei. — Tava falando de viajar pra apagar fogo em outros lugar...

— Hum! — Jotão me interrompeu com a boca transbordando o rosa do ovo. — Isso, sim. Foi porreta demais.

— Quantas vez a gente não fica sabendo dalgum fogaréu pras banda da Amazônia, do Pantanal, ou outros lugar importante.

— E tu acha que alguém vai chamar nós, Deja? Quá! Nosso canto só é famoso por causa das cachoeira, ninguém sabe nada sobre nós, moço.

— Moço, não viu lá a prosa de Goiano? Pelo jeito dele falar, nós podia ajudar meio mundo de lugar desse Brasil. Apagar esses fogo que o povo peleja e não consegue resolver. A gente vai, apaga, e ainda dá exemplo pros brigadista voluntário nos torrão desse mundo. Depois que a gente passar num canto desse, certeza que fica nosso rastro pra trás... acordar os guerreiro bom do lugar... vai sobrar um bocado de brigada boa, alinhada com o nosso padrão Chapada.

— Ia ser bom demais, meu irmão — Jotão falou jogando meio copo de suco vermelho pra ajudar descer o resto de ovo na goela. — Mas antes de tudo isso acontecer, tu ainda precisa resolver sua dor de dente lá com Bel...

A volta pra casa depois da missão no sul da Bahia teve gosto de fruta pêca, estragou no pé sem ter amadurecido. Eu todo contente com a primeira viagem da brigada, animado por ter feito um bom trabalho, pela brigada ter sido reconhecida. Esperando os braço da muié, fogosa, com saudade, a vadiagem mais o menino, malinando. A capanga cheia de esperança que a saudade devia equilibrar a bronca. Mas quá! Foi ilusão sem doce. Bel de cara fechada, só falou que era bom eu ter voltado mó de cuidar de Anori naquela noite pr'ela ir num compromisso de trabalho.

No dia seguinte a mesma coisa, sem melhora.

— Assunta, Bel — falei quando ela acordou —, vai me desculpando. Tu tá certa, eu fiz besteira. Não fiz pra pirraçar, não quero que tu fique assim. Bora acertar as coisa, que valia tem se tu fica assim? Vou dar uma ideia, nós tamo em fevereiro, bora terminar a casa até o derradeiro dia de abril.

Peguei umas guiada e quando não tava na trilha adiantava alguma coisa na obra. No meio de abril faltava poucos dia pra terminar a parte da obra que a gente tinha combinado.

Jotão tinha combinado de dar uma força pra mim numa sexta-feira. Era quase nove quando ele chegou todo avexado.

— Moço, tá cedo pra amanhã — falei.

— Tu não tá sabendo ainda? Tem uma novidade aí pra gente, apagar um fogo fora. Acabei de encontrar com um dos analista do ICMBio. Ele tava caçando a gente, disse pra gente montar um grupo bom pra dar apoio num combate lá no Itatiaia, entre Minas e Rio. O negócio lá tá feio, ele falou que o certo era a gente sair amanhã cedo, no máximo no domingo.

A gente comemorou junto. Parecia que nossa conversa tava virando verdade, a brigada ia viajar pelo país, mostrar o valor dos guerreiro da Chapada.

De noite dei a notícia pra Bel feito menino, mas ela não ficou animada.

— E o final da obra, Deja?

— Avemaria, falta só um nada pra terminar. Quando a gente voltar de lá termino. E dentro do prazo que combinamo, garanto.

Nossa brigada chegou na parte mineira do Itatiaia no domingo à noite e seguimo direto atrás de fogo. Em dois dia de combate debelamo um incêndio na Pedra Furada que o pessoal do ICMBio de lá achou que ia demorar mais de semana. Seguimo pra outra região do Parque e juntamo com os brigadista mineiro. Foi uma noite e um dia pra controlar o incêndio do Alto dos Brejos. Na quinta-feira a situação no Parque Nacional do Itatiaia tava tranquila. Os guerreiro de lá fizeram questão de levar a gente pra conhecer o pico das Agulhas Negras na sexta e no sábado a gente pegava trecho pra Bahia.

Se não fosse um incêndio novo ter começado na sexta, enquanto a gente escalava o pico das Agulhas.

O chefe do Parque implorou pra gente ficar mais uns dia e na sexta à noite seguimo pro combate. Dessa vez o fogo tava no tal Rancho Caído e resolveu jogar duro. Levamo mais de semana pra controlar.

Voltamo pra Palmeiras no último dia de abril. A obra em casa ia atrasar e como cupim rói a tábua que mora, o pagamento que o ICMBio ia mandar pelos dia da missão no Itatiaia não tinha previsão.

— Pa porra, Deja — ela rompeu quando voltei do fogo. — Tá insuportável. Não vou pedir à mãinha que compre comida pro nosso filho.

— Moço, acalma — falei. — Não tem precisão de tanto nervoso, a gente dá um jeito.

— Queria que tu desse um jeito nisso, Dejanir, não a gente, tu. Só pra variar, preu não ter que carregar sozinha a família.

— Maria, muié! Não é assim, tamém. Daqui a pouco aparece uma guiada e a gente paga a quitanda...

— ... e o mercado, e o gás, e a Embasa. — Ela jogou duas conta de água atrasada na mesa.

— Bel, tu sabe que essa missão era importante pra brigada...

— E eu, Deja? E Anori? Tua família é que precisa de tu. Parece que não quer aprender o que é ter família. Tu não é mais moleque... pelo amor de Deus, cresce, homem — continuou turrando, aproveitando que Anori dormia na avó, cada palavra dela um arreio arrochando um vazio por dentro, e eu caçando entender como um vazio podia ser doído.

Uma coisa quando era menino que amargava o fel era ver pai destratar mãe.

Num casório dum tio, no São Gerônimo, os home da família aglomerava na mesa principal e não desgarrava de lá, bebendo e fumando, enquanto as muié corria avexada no preparo todo da festa. Era a primeira vez que via um meio mundo de homem da mesma qualidade de pai. Lembro de ouvir um par de vez eles falar como suas muié eram complicada. Que toda muié era muito complicada.

Em casa pai falava que preferia labutar mais o gado que lidar com mãe.

Decerto que a natureza teimosa me governou, me fez crescer tangendo minha opinião pras banda contrária do que falavam aqueles home da família. Entender Bel era trabalhoso, mas tinha a mesma arroba que a empreita de entender malmente eu. Labutar mais o gado era bom, só que a lida com as pessoa, ainda mais as de muito gosto, tinha obrigação de ser melhor.

No começo Bel me explicava os desagrado dela. E eu não entendia. Depois teve o tempo sem explicação, ela só desgostava. E eu entendia errado. Por derradeiro, até o gosto calou. Aí eu entendi.

— Seria mais fácil se eu só odiasse você — ela falou, sem raiva, uns dia depois da briga. — Sabia que eu até tentei algumas vezes?

— Oxe, oxe, oxe. Que coisa ruim...

— Mas no máximo surpreendi em mim uma habilidade de machucar. Não quero machucar ninguém, Deja, muito menos o pai de meu filho.

— Claro... Avemaria, não tô entendendo...

— Não combina comigo — continuou. — De repente tava lá eu, cutucando, abrindo feridas em tu... só pra me arrepender, de todas, antes mesmo de sangrarem.

— Por que tá falando essas coisa, Bel?

— Sinto sozinha, várias vezes triste. Porque tô me sentindo abandonada. Eu achava que minha incapacidade de te odiar tinha relação com o meu amor por tu. Por isso que sempre concluía que a gente devia ficar junto.

Com os cotovelo na mesa, deitei a cabeça nas mão e cocei os cabelo.

— Foi muito rápido, bem menos tempo que eu podia imaginar. Eu olhei pra trás e lá estava: uma repetição das vidas que eu quis tanto evitar.

Levantei do tamburete e ofereci a mão pra ela.

— Eu conversei, eu pedi bastante, não foi, Deja? — encostando a mão fria na minha. — E eu quero te respeitar, se tu não fez nada, não mudou mesmo com tanta briga... eu fiz questão de deixar claro, não dei chance de tu dizer, depois, que não sabia. Se é assim que tu quer, se não consegue entender que tem uma família, que não é mais só você...

— Mas se tu me conheceu assim, se quis ficar mais eu do jeito que eu era...

— A gente pode mudar! — ela falou num grito amarrado e soltou minha mão. Juntou as dela, cruzando os dedo. — Precisa mudar. Não é tu mesmo quem diz que até as montanhas estão sempre mudando?

— É diferente. Elas mudam, mas a gente continua reconhecendo que um morro é aquele mesmo morro, e uma serra, um vale...

— Tu agora tem um filho. Não é mais apenas o brigadista, o herói da Chapada. Tu até pode continuar sendo, mas também tem que dar conta da sua nova condição. Tu não vai deixar de ser quem é. O rio Preto não deixa de ser o rio Preto quando tá mais seco, só passa por fases diferentes.

— Isso é o que eu sei fazer, é no que sou bom.

— Se tu tentasse, pode ser que descobriria ser bom também como pai, marido. E tu é um ótimo guia, bem procurado. Se trabalhasse só um pouco podia garantir o mês todo e ainda sobrava tempo para sua causa.

— Não é bem assim, Bel. É complicado... às vez não tenho escolha...

— Sempre é uma escolha. Mas nem é isso agora... tá vendo? Já começamos de novo. Não tá certo, para mim não. Não quero viver pedindo, lembrando que preciso de seu apoio, que quero ser um casal mais tu. Ficar nessa é uma puta agressão para mim.

Aquela conversa calma, aquele tom de voz, Bel sem gritar, sem nem parecer a muié braba que eu conhecia, isso tudo fez eu pensar que daquela vez nós tava num despenhadeiro.

— Parece que não tenho jeito pra isso... — falei. — Vai desculpando, não queria que tu sentisse tudo isso, essas coisa ruim aí.

— Não tem manual de instrução mesmo, não — ela falou e até achou graça do que disse. — Mas precisa ter vontade para aprender, para mudar.

Eu não consegui dizer mais nada. Fiquei preso numa arapuca de pensamento. Cercado numa banda pelas ação errada do passado que não tinha arrumação, noutra banda tinha Bel acusando meu mau proceder do presente, que fazia mal pra família, e pra complicar mais ainda tinha uma última banda, arruinada pelo jeito maletoso d'eu mudar minha natureza, d'eu ajeitar algumas coisa pra melhorar, pelo menos, o tempo vindouro.

Das outra vez que Bel reclamou uns assunto aparentado com aquele eu tinha noção que alguma coisa, mesmo pouca, eu tinha mexido, tinha mudado. Quando menos via, tava noutra conversa daquela, à moda duma taca açoitando meu juízo pra mó de ver se remediava esse burro empacado.

No vento desembestado dos pensamento, tinha vez duma fisgada ligeira numa ideia, que assuntava sobre o que a gente pensa que é. Sobre a confusão entre o que nós fala, as coisa que nós faz, e o que um sujeito é no fundo. Que nem confundir um cavalo de pisada boa com a natureza sincera do animal. Imaginar se esse mesmo cavalo, não fosse domado, a pulso, se ele aceitava algum caboclo montado no lombo. Quem é o cavalo, na verdade, o manso, bom de sela, ou o brabo, que ruma peão pro chão?

— No início tu soube ser pai, ser parceiro — Bel continou depois que me percebeu amuado. — Mas depois não percebeu quando estava deixando de ser. Às vezes eu sinto você como um iuiu, um corró afogando fora d'água. Juntando uma ação voluntária atrás da outra, dia sim, outro também, como se o movimento fosse um mergulho de volta pro rio. Eu cansei. Cansei de explicar que a gente não podia viver só de água. Nem só de fogo.

— Não tem nada a ver com vocês. É só que... precisa. Alguém tem que fazer, não é?

— É isso, por isso mesmo, porque sua vida não tem a ver com a gente.

— Não é isso que quis dizer...

— Eu sei, de verdade. É mais o que não se diz, mesmo. O não feito, a falta, a ausência.

Outra vez fiquei naquele mesmo mato, caçando palavra. E não encontrei. Fiquei quieto. Mesmo sem entender tudo que Bel disse, uma parte minha sabia que ela tinha razão. E eu até ficava nervoso, irritado comigo, mó d'eu não saber explicar como ela e Anori tinham importância. Que eu não queria que eles tivessem passando por aquilo. Que eu tamém não conseguia ignorar o meu chamado, a minha luta. Não sabia explicar a importância do movimento, da brigada pra mim. E calar era a pior coisa pra ela.

— O pior, Deja, é que tu tá me fazendo pegar raiva da brigada, que era pra ser um negócio massa. Que é um movimento bonito di fudê.

Ela virou as costa, atravessou a cunzinha na direção do quintal. Escutei a bicicleta passando pelo corredor do lado da janela do quarto e sair pelo portão.

Uma vez ela explicou que quando tava brava preferia a bicicleta que andar a pé, mó de não parar pra conversar com o povo na rua.

Pouca hora depois de Bel sair escutei a zuada do portão abrindo. Era o sobrinho de Trote com um recado do tio, que tinha um grupo preu guiar no dia seguinte.

— Tu gosta de seriguela, pequeno? Toma, leva pra tu — falei e entreguei uma sacola cheia. — Mó de ter feito papel de anjo hoje, menino.

Arrumei minhas coisa na matula e como Anori tava passando uns dia mais mãe na Barriguda consegui dormir cedo, antes de Bel voltar. Escrevi um recado pra ela num papel e deixei preso na geladeira: "Peguei uma guiada pra amanhã. Vou sair cedo. Volto em três dia. Vamo resolver isso. Desculpa".

O casal que guiei gostou muito do meu trabalho e os três dia viraram cinco. Voltei bamburrado. Passei no mercado, na quitanda e abasteci a casa. Paguei umas conta atrasada e sobrou um tanto que usei pra contratar um pedreiro pra construção.

Passei dois dia inteiro mais Anori embrenhando pra todo canto dos arredor de Palmeiras. Foi um respiro pra Bel tirar uns atraso nos estudo dum curso dela.

Nos dia seguinte o trato dela mais eu continuou numa gastura, numa água mais prum poço sombreado que prum corgo de gerais. Conversamo quase nada afora as tarefa com a casa e Anori. Eu deitava e adormecia sozinho, mó dela ficar até tarde estudando. Aproveitei que não tinha trabalho fora pra dar um capricho na casa, arrumando as coisa antes dela precisar pedir qualquer coisa.

— Não é isso que eu preciso — ela falou um dia na hora que me viu lavando os prato na pia. — Não é isso que eu quero, você cumprindo tarefa, correndo atrás dos atrasos pra me agradar.

Olhei sem entender.

— Quero sua dedicação de coração, de verdade. Não porque eu tô brava, nem só quando eu peço.

— É isso, tô fazendo de boa vontade mesmo.

— Também não resolve fazer agora que a água bateu na bunda e depois voltar tudo como antes. Não quero um esposo pra fazer o que eu peço, quero que tu faça porque percebe que é o melhor pra gente, pra sua família.

— Apois... é isso mesmo que eu achava que tava fazendo.

— É insuportável lembrar um marmanjo de que ele é um homem, que tem família, responsabilidades... Tá certo, reconheço que tu é responsável, mas só quando é fora da porta de casa, nas causas ambientais, na brigada. Parece que quando é com a gente aqui... tu nem imagina que sua família também é uma missão, acha que missão é só no fogo, na brigada...

— Mas, moço, por que esse trovejo agora? Não resolvemo a questão? Trabalhei, pagamo as conta, tô aqui mais tu agora...

— Porque nós já passamos por isso outras vezes, muitas vezes. Discussão, silêncio e uma guiada. Depois vem um incêndio, um protesto, um plantio, uma reunião, algumas guiadas canceladas e contas vencidas. Uma historinha repetitiva de quase dois anos... desde que Anori completou um ano.

Bel falava o certo, consigo imaginar. O problema é que eu só enxergava essas verdade quando ela apontava. No resto do tempo, pra mim parecia um sonho, dos ruim, e que pela manhã já tava bom de novo, por isso não carecia preocupação, nem esquentar o juízo. Só que tornava a acontecer, eu vacilava com ela mó de que sempre tinha uma questão muito importante, maior do que eu, maior até que minha família.

— Sabe, quando tu tá em casa, plantando no quintal ou cuidando de Anori, eu costumo espiar vocês. Nessas horas, uma menina dentro de mim me diz que é esse o seu padrão, que é aquele lá o Deja certo. Que as nossas crises são uns blecautes, acidentes do caminho suave. Agora, mais recente, a mulher empoeirada de dúvida suspeita que, no fundo, não era assim.

— Nem eu sei que padrão é esse... — falei, fechei a torneira e virei pr'ela. — Só sei que de tudo eu sou um pouquinho, brigadista, guia, pai, marido...

— Nessa mesma ordem de prioridade, né, Dejanir?

— Como assim?

Ela apanhou um limão, uma faca, um copo. Sentou e demorou sem responder.

— Eu sinto que tu não fica em paz quando a gente está em paz. — Cortou o limão em duas banda. — Eu comecei a notar em tu uma insatisfação esquisita, não como alguém buscando melhorar, mas o contrário, um incômodo por não se achar merecedor do que a vida presenteia ou da paz de momentos felizes.

— Maria, Bel. Como tu fala parece que eu torço contra nossa paz, não é assim tamém.

— Eu sei. Tô falando de coisas que normalmente nem nós mesmos sabemos, entende? Eu até tentei investigar melhor essas ideias minhas, perguntava, indagava... mas era barrada logo nos seus "tudo ótimo". Ou no silêncio das poucas tentativas de mergulhar mais fundo no carrasco dessa sua alma trancada.

— Tu sabe que eu não sou bom com essas palavra difícil. — Peguei uma banda do limão e espremi num copo pr'ela. — Não labuto bem com esse negócio de sentimento. Fico meio desnorteado quando a conversa é sobre coração, alma...

— Tô falando da diferença enorme que eu sinto entre o Deja brigadista e tu aqui mais nós. Fui poucas vezes mais tu em combates, antes de Anori, mas percebi lá na frente do fogo um outro homem. Quanto maior o perrengue, mais satisfação tu tinha. O sufoco, a exaustão, a fome, o frio, a chance de se machucar ou morrer tiravam de você uma camada de dor, um couro baço de vergonha, e então aparecia o brilho, raro, de quando tu sente que tem direito de viver bem.

— Oxe, Bel, vocês são muito importante pra mim tamém. Minha família é uma satisfação na vida que eu não sei nem explicar.

— Muitas vezes tive certeza que essa agonia pra ficar fora de casa, o seu estranhamento com a vida em família, eram sinais de que nosso relacionamento não ia bem. Pra variar, levei pro pessoal. E, se o problema era esse, não via sentido em insistir numa família, não assim. Não queria repetir mais essa triste tradição feminina de Palmeiras, o casamento a qualquer custo, o marido pelo filho.

— Não é isso, moço — falei enquanto enchia o copo dela com água. — Eu não quero ficar longe de vocês, não.

— Pois é o que tu faz: fica mais afastado do que perto. — Ela deitou o copo na boca e o suco entrou aos pouco, sem parar, direto na goela, sem careta. — Sabe aquela frase que tu aprendeu de um turista budista e vive repetindo: "Tudo é impermanente"? Apois, a gente muda, Deja. Eu antes não era mãe, a gente não era uma família, até meu corpo, agora, é outro, não volta mais... e tá tudo bem mudar, homem. A árvore não tinha crescido se não fosse a mudança da semente.

De novo senti a força empurrando os osso da cabeça pra fora, tão rápido que eu precisava segurar com as duas mão, apertando firme. E a boca morta sem falar palavra, só um gemido que escapulia de quando em vez. Eu sabia que ficar quieto era a pior escolha, que Bel sentia o silêncio como um açoite. Mesmo assim, mesmo querendo falar, a língua afrouxava, os dentes trancavam e eu não conseguia falar. Era como se na minha frente tivesse a beirada dum canalão e não tinha outro remédio, só recuar.

— Quando tu fica quieto, não tem mudança nenhuma. Acordo nenhum. Só uma esperança fingida.

Na sexta-feira meu irmão Eurico apareceu insistindo pra gente passar os dia sem feira mais ele, na roça dele, no Bom Jardim. Bel falou que não podia, tinha uns negócio do trabalho e das aula do curso. Ela até pediu preu ir mais ele, mó de Anori ficar um pouco com os primo.

No portão pricurei se Esmeraldino podia levar Anori sozinho. Queria fazer uma surpresa pra Bel.

— Anori foi sozinho mais o tio e os primo — falei pr'ela quando voltei pra dentro de casa —, ele vai gostar.

— Pode ser melhor assim, a gente fica mais tranquilo — Bel levantou a cabeça como se pesasse uma arroba até que apareceram os zóio turvo dela — pra combinar os detalhes da nossa separação.

Bel tinha saído mais Anori. Ela combinou um passeio pro Matão, mó de mostrar as pintura rupestre pruma prima que morava em Feira. Ela pediu preu aproveitar o tempo deles fora de casa e tirar minhas coisa da casa que agora era dela. Dela mais Anori.

Nem carecia daquele tempo todo, minhas coisa era pouca. Uma matula miúda... havia de aprumar tudo em uma hora de relógio. Só uns trapo velho e a tralha de guiagem, bota, mochila, barraca. Estiquei uns lençol no chão e rumei tudo pra riba mó de amarrar umas trouxa. Três já tavam pronta, inda devia montar mais uma ou duas e Trote rompeu pra dentro, avexado, chamando meu nome pelos cômodo.

— Deja, ô Deja, cadê tu, homem?

— Cá dentro — falei baixo, fazendo o nó da quarta trouxa. — Que agonia é essa, tu tá bem?

— Bora, moço. Temo que ir. Agora.

— Que foi, assim, Trote, fogo?

— É fogo não, mas temo que ir rápido.

— Bora pra onde? O que aconteceu? — juntei a trouxa com as outra.

— Moço, eu explico no caminho. Nós temo que ir logo pro Capão.

— Preciso terminar aqui antes, depois tu me ajuda levar essas trouxa lá pra casa de Betânia.

Ele segurou meu braço e balançou a cabeça. Me pareceu que era caso sério.

— Deixa aí, depois nós vem pegar.

— Bel vai pirar comigo...

— Depois eu explico pra ela. Vamo logo, a gente precisa correr, questão de vida ou morte.

Deixei as trouxa no canto da sala, atrás do sofá, e rumamo pra rodoviária a tempo de embarcar numa das Rural que levava os turista pro Vale.

No Capão a bagaceira tava armada. Um bocado de gente arrodeava uma árvore. A árvore, arrodeada dum bocado de seus gaio, arrancados de seu corpo a pulso, no facão, machado e ignorância. Restou apenas o gaio mais alto e nada do majestoso daquele jacarandá. O trabalhador que labutava com o machado pisava os gaio que sombrearam os avô dele quando vadiava com jegue, ou jogava pedrinha ou torrava castanha na flange de zinco numa fogueira de menino.

Um pouco adiante na rua, Ginardo, o vereador do Capão que organizou o corte das árvores com autorização da Prefeitura, batia raivoso com o facão no resto duma canafístula, que agora era só um toco.

— ... quieta com essa tolice, gente abestalhada... sem esses pau vai ficar melhor pra todo mundo.

Na frente dele um grupo de ambientalista gritava, espumava, quase triscando no rosto do ilustríssimo.

— ... não tinha o direito...

Marina, uma nativa do Vale que eu conhecia dos tempo de escola, era a mais nervosa. Ao invés de gritar ela falava baixo, mas com os dente travado, cutucando o peito do vereador, vermelha e com os zóio molhado.

— ... consultou a comunidade?

— Os morador da rua não aguentam mais a sujeira que esses pé de pau faz, suja telhado, quintal. E a rua vai ficar mais aberta, vai poder entrar caminhão grande, ônibus...

Chegamo perto do grupo que cercava o vereador ainda sem entender bem as palavra que ele e Marina trocava.

— ... tu não me representa...

Gente da família de Ginardo também se juntava no bolo, mó de defender o parente.

Alguns tentava acalmar a situação, abraçavam a amiga pra ver se ela se afastava um pouco, só que ela voltava a aproximar do vereador, que ficava cada vez mais possuído de fúria.

— Sai todo mundo de perto... não, não trisca em mim.

Outras pessoa do grupo que protestava também falavam coisas pra ele, gritavam, xingavam.

— ... o Vale não tem coronel, não, viu?

Assim mesmo a atenção dele continuava em Marina.

— A vida de cada árvore dessa — ela apontou pra trás, mostrando os pau cortado na rua, e voltou o dedo firme pra cara do vereador — vale por cinco da sua.

Eu me espremia entre o povo pra mó de chegar mais perto e ajudar a afastar a amiga de Ginardo que já tinha desistido de ser homem.

— Afasta, agora! — Ele tremia com o facão na mão virado pro povo.

Ela segurou no braço dele.

— Tira a mão! — Ele empurrou a mão dela.

As pessoa mais perto pediam calma, chamavam Marina, gritavam pra alguém segurar os dois. Eu consegui segurar no ombro de Marina.

— Deixa, Marina — falei pra ela. — Vem mais nós, deixa a gente cuidar disso.

Ela se virou, olhou pra mim, levantou o peito cuma respiração tremida e virou pra Ginardo de novo.

— Tua mãe, que Deus a tenha, era uma excelente pessoa, correta, querida por todos. Ela deve tá com uma tremenda vergonha do filho, da merda que tu fez! — Ela empurrou o peito do vereador forçando as costa dele contra o toco da canafístula.

Marina se virava pra afastar dali. Antes dela completar o movimento com o corpo, Ginardo rumou o facão pra riba e desceu o braço. Eu mais os companheiro mais perto pulamo pra riba dele, mó de segurar o braço ou afastar o golpe de Marina, mas o facão ainda triscou no braço dela. O grito de dor silenciou a rua. Nós seguramo Ginardo e tiramo o facão da mão dele. Os parente dele chegaram empurrando, pedindo pra afastar.

— Tu viu o que ele fez, não viu? — pricurei pro irmão, um cabra grande, do porte de Jotão. — Tira ele daqui rápido, senão a situação pode virar uma tragédia pior.

Parte do grupo carregava Marina nos braço, molhando a terra com um risco de sangue. Outra parte queria sarrabuiar Ginardo no cacete.

Marina foi levada pra Palmeiras, Ginardo sumiu da frente do povo e os companheiro ambientalista parecia umas estátua olhando os gaio arriado no chão e os toco dos pau que foram cortado naquela rua. As lágrima desenhavam uns trilho abrindo caminho na poeira que cobria a cara de alguns.

Eu não tinha muito conhecimento com choro e aquele parecia um dia certo pra chorar. A briga, a situação de Marina, os pau derrubado, a decisão de Bel. Mas quá! Nada. Aquela tristeza, de repente, lembrava a feira dos meus tempo de menino. Era as sacas dos feijão que vendia no barracão, que me entertiam tentando adivinhar de onde vinha os grão diferente que se misturavam numa saca. Às vez, o mistério era fácil, as sementes tinha vindo da saca do lado. Mas o bom mesmo, que dava nó no pensamento, era quando tinha uma semente que nem na feira tava vendendo. Uns milho colorindo o arroz vermelho, ou um andu fora de época no meio do feijão de arranque. A tristeza, feijão-de-corda, acabava colorida por um grão de dúvida que apertava meu juízo, espremendo as lembrança pra mó de saber se eu já tinha chorado alguma vez depois dos tempo de menino.

Não eram coisas que eu pensava. Nem sabia que existiam, quando um turista me fez uma pergunta muito esquisita: "Qual foi a última vez que você chorou, Deja?". Eu não alembrava. Ele falou que chorava quase toda semana, tinha vez de alegria, às vez de tristeza, outras vez ele nem sabia do quê. Chega pensei que eu tinha algum problema. Depois pensei que eu devia ser como minha terra, desacostumada com a molhação, cheia de saudade de chuva quando é tempo de estiagem.

Trote chegou perto, sem assunto, comentou: "Não tem mais volta". Olhei pra ele e não tinha nada pra dizer. E principiei pensar nas coisa que não tem volta, mesmo que a gente brigue, finque o pé pra não arredar do que já foi, a gente não volta. A vida empurra por trás e ninguém tem força pra dar ré. Não tem peleja. Não tem arrependimento que resolva. E a culpa, que parece remédio, na maioria das vez termina envenenando.

Uns mês depois das árvore cortada no Capão vieram as chuva. Com uma semana de chuvada boa, chegou a primeira enxurrada e com ela um tanto de lixo apareceu nos córrego da cidade e no rio Preto. Foi tanto trem, que as unha-de-gato viraram jirau de sacola plástica, calçola, vasilhame de quiboa e até pneu. O rio tinha parceria com o lixão.

O pessoal do grupo ambientalista organizou um mutirão de limpeza do rio. Nossa brigada participou e levei Anori mais eu. Tinha um bocado de criança e umas menina mais velha organizavam as brincadeira com os mais novo. O grupo da cunzinha armou uma fogueira na beira do rio e improvisou uma trempe pra preparar um feijão com langanho.

Um grupo de coleta subiu o rio, outro desceu, e cada um tinha gente percorrendo as duas margem. Nos grupos sempre tinha um radinho de pilha tocando reggae, obrigatório nas ação ambientalista na Chapada. Como é a tradição, o trabalho virava brincadeira desde o começo. Mesmo tendo que coletar fralda suja, camisinha usada e todo tipo de imundice, quase sempre sem luva, todo mundo ria. Tinha os que se provocava na brincadeira, outros faziam gaiatice com as trenhada estranha que encontrava, quase todos esbravejavam com a porquice do povo da cidade.

Tinha vez que o cheiro gostoso do feijão chegava longe, misturando com o perfume de alguma carniça ou dum líquido podre guardado em alguma garrafa PET por muito tempo.

Bel chegou um pouco depois pra ajudar. Anori, quando viu a mãe chegando, correu com os braço aberto e se jogou no colo dela. Depois foi banhar no rio mais os menino mais velho, enquanto a gente carregava a sacaria de lixo pra caminhonete do GAP.

Bel se chegou pra perto e puxou conversa. Primeiro uma prosinha tola, contou dos passeio mais a prima, dumas novidade no trabalho dela e das malinagem recente de Anori. Em seguida, falou que ele sentia minha falta, que era bom se eu tirasse um tempo maior pra ficar mais ele.

— Eu não sinto que tu tem dado muita atenção pra ele — ela falou com a voz calma. — Quer dizer... a atenção que ele precisa, sabe? Por causa da gente... pais separados.

— Tu acha? — pricurei enquanto jogava um saco pra riba da caminhonete.

— É que tu só pega ele de vez em quando, feriado, um fim de semana ou outro. Essa fase que ele está passando... é tão importante para a relação de pai e filho... ter o pai como referência.

Pensei em dizer que a separação foi ideia dela. Pensei em falar que era mais importante como eu passava o tempo do lado dele do que a quantidade de vez que eu buscava ele. Queria lembrar pra ela como eu já era quando a gente se conheceu, que ela já sabia do meu trabalho com a brigada, nas ação da causa, e que achava estranho aquela vontade de me mudar depois que ficamo junto.

— Tô entendendo — falei. — Pelo jeito... vacilei, outra vez. Vou me aprumar mais... tentar...

Nessa hora chegou mais gente, carregando os último saco. A caminhonete tava topada de lixo e já era a terceira carga. Os voluntário tava tudo admirado com o tanto de lixo que nós tiramo do rio naquele dia.

— Pior é fazer esse trabalho todo e não adiantar pra nada — falou Cris, professora e brigadista das mais atuante nos combate. — Daqui três meses, a mesma quantidade de lixo vai estar espalhada pelo rio, pelos córregos... — Apontou pr'onde as criança farreava na água, refrescando do calorão meio-diado.

— Moço, é duro — falou Joás, coçando o turbante que nunca falhava na cabeça dele. — A gente... literalmente mete a mão na merda — ele olhou pras mão rindo — pra tirar essas imundices do rio... e é pra ter água limpa pro povo. Sem reconhecimento nenhum, nem ajuda.

— Povo porco esse da Palmeira, viu?! — falou Cunga, que nasceu e cresceu na cidade e às vez falava como se fosse um estrangeiro.

— Não acho, Cunga — disse Cris. — Pensa só, sessenta anos atrás meu avô, sua avó, essa geração aí, eles cresceram num mundo muito diferente. O lixo que eles tinham... praticamente só casca de fruta, aipim, essas coisas...

— Essa época é que era boa — Cunga falou num rompante e ligeiro a empolgação esmoreceu. — Se bem que, pela fala dos antigo, sufrimento era nesse tempo.

— Apois, mas pra eles a sobra de casa era só atirar pela porta de trás ou pela janela da cozinha...

— É como falam: "Ruma no mato" — Bel lembrou —, até hoje se diz assim.

— E era bem assim, mesmo. Rumava pela janela e o lixo sumia. Quer dizer, era comida de galinha, porco, ou virava adubo no pé de bananeira.

Eu tava de costas pra caminhonete, Bel olhava pro alto da pilha de lixo. Percebi o rosto dela se arregalar de repente, assustado. Olhei pra riba e só tive aquele reflexo besta de encolher a cabeça no meio dos ombro enrugando a pele da cara. Ela deu um pulo na minha direção, trombou em mim, bati as costa na proteção da carroceria, os peito dela no meu peito, o queixo dela na minha testa, mó de que ela tava na ponta dos pé pra escorar o saco pouco antes que eu fosse amassado por ele.

— Tu tinha que ter visto sua cara — ela falou rindo, depois da gente respirar em silêncio umas três vez.

— Prefiro olhar pra tu — falei, levantando pra segurar o saco que ela sustentava.

Ela afastou as mão do saco de lixo, baixou os calcanhar no chão, as bochecha rosa sorrindo pra mim, o ar quente da boca misturando com o meu.

— Tá vendo aí? — ela disse baixinho, com graça. — Se tu não presta atenção, sobra pra alguém fazer por você.

Enquanto eu tentava entender aquela fala ela me beijou na testa e afastou pra abraçar Anori que chegava correndo.

No dia do mutirão de limpeza do rio, a gente conversou bastante sobre a falta de árvore perto do rio. Alguns lembrava do tempo de menino, antes do garimpo de draga transformar as duna de areia da beira do rio em terra revirada, esburacada por meio mundo de catra. O povo mais velho fala que antigamente a beira do rio era povoada por uns coco-palmeira. Elas eram mais alta que as árvore da mata que tinha por ali, apareciam de longe, tanto que os primeiro chegante chamaram o lugar de Vila Bela das Palmeiras. E depois só Palmeiras. E mais depois ainda, nos dia de hoje, só restou palmeira mesmo é no nome, acabaram todas por perto da cidade.

A gente viu que as marge do rio precisavam duma ajudinha, mó de voltar a ter umas árvore grande, uma matinha como dizem que era antes. Foi por isso que organizamo mais um mutirão, dessa vez pra plantar árvore num trecho da beira do rio.

No dia marcado Anori tava mais eu. Enquanto eu ajudava nas tarefa mais dura, abrindo cova ou carregando peso da caminhonete até a área do plantio, Anori ficava mais os outro menino, cuidado pelos mais velho, como era no nosso tempo. De vez em quando eu parava uma atividade mais bruta pra malinar mais ele.

— Tu tá com saudade do menino, não é, compadre? — Jotão me pricurou, enquanto eu enterrava Anori até as coxa numa das cova.

— É, às vez dá um aperto esquisito.

— E Bel, sem chance?

— Ela cansou de mim, compadre. Nenhuma chance. Até hoje não sei bem o que eu fiz, mas num foi bom, não.

— Tu devia ter passado mais tempo com ela… mais Anori. Ela queria o marido perto dela, perto do filho. Cuidando mais da família.

— Eu fiquei o máximo que deu. Tu mesmo sabe, Jotão, tem a brigada. E às vez ela queria que eu não fosse em algum combate, em alguma ação nossa.

— Não era nada contra a brigada, Deja. Bel só queria que tu não deixasse de trabalhar pra apagar fogo de graça. Pelo menos, não tanto.

— Moço, tem hora que não dá.

— E tinha hora que dava. É dessas aí que ela reclamava.

Jotão não tava mentindo. Era ruim de ouvir, mas não chegava a dar raiva. Verdade parece berduégua, dá em qualquer lugar, a gente chuta quando caminha pelo quintal, é boa pra saúde, pode comer, é gostosa, e a gente teima e não come.

— É, nego véio, tu deve tá certo — falei, enquanto puxava Anori pelos braço mó de tirar ele do buraco que ele tava enterrado. — Sei que tu tá falando isso tudo pro meu bem.

Anori correu pra se juntar mais os outro menino que iam banhar no rio. Eu tornei a tirar a terra que o menino jogou pra dentro da cova. Jotão segurava uma muda de tamboril.

— Funda mais isso aí — Jotão falou.

— Compadre, tu não preocupa comigo. Tô bem... — falei enquanto buscava um bocado de esterco de gado pra adubar o berço do tamboril. — Depois da separação tá acontecendo muita coisa, muito trabalho, nem dá tempo de pensar na falta de Bel e Anori.

— O menino precisa de tu, Deja. — Jotão tirou o saco plástico de farinha de trigo do torrão da muda.

— Eu sei, é isso mesmo. Só que eu penso no tanto de coisa errada que ainda tá acontecendo na nossa Chapada. Se a gente não cuidar, quem vai? Todo mundo só pensa no seu umbigo, depois reclama que as coisa vão mal. Se não tiver alguns que se sacrifica, nada acontece. Não consigo deixar de lado, Jotão. — Ajeitei o tamboril no lugar e cobri as raiz com terra adubada. — Anori vai me entender quando crescer um pouco mais... eu espero.

Não falei pra Jotão da falta que eu sentia de Anori. E de Bel. Não contei que por mim a gente tava junto ainda. Ele não tinha como saber que de noite, sozinho, a saudade chega dói. Que, no piar da manhã, já me faltou força nas canela pra segurar o corpo de pé. Que o combate dum incêndio, o resgate dum bicho... que era essas luta na causa ambiental que me davam tutano pra passar aqueles dia.

Combater e labutar pra esquecer.

Trote chegou cedo, todo avexado na sua Madonna. Ele tinha oferecido pra me levar até a roça onde eu nasci e cresci, no rumo do Estreito, entre o Tejuco e a Barra. Fazia mais de ano que eu não ia lá e precisava ver o estado da casa e das cerca mó duns negócio de cartório que meus irmão tavam mexendo.

Pulei a cancela, trancada cum cadeado enferrujado que desde meu tempo de menino não tinha chave.

— Que sensação estranha — Trote deu uma tragada rápida no ar pela boca, fazendo uma zuadinha com a saliva dos beiço, tremendo a cabeça enquanto olhava pra caveira de boi fincada no mourão da porteira. — Não gosto dessas cabeças de boi.

— Apois, pra mim é o contrário. Quando vejo uma, sinto em casa — falei. — A cabeça de boi, inda mais se for de boi branco, completinha c'os chifre, espanta os mau-olhado, quebrante. Na sabedoria dos antigo afasta as livusia que pode tá mais o visitante.

— Acho macabro. Me dá uma sensação ruim.

— Assunta, isso impede o ruim e deixa entrar só o que presta. Se tu tá com alguma companhia indesejada, deixa aqui fora. Limpa o coração e entra em nome de Deus.

— Sangue de Jesus! — Ele fez a cruz no peito e subiu na cancela. — Será isso, então, algum encosto mais eu?

Antes de pular pro lado de dentro, parou sentado no alto da cancela e triscou com a mão na caveira. Depois passou a mão na cabeça e escorregou com força pelo cangote, pescoço até a barriga. E outra vez pelas costas. Daí saltou.

Seguimo pelo carreiro, quase fechado de mato, até o rancho da roça. As parede de enchimento, cansadas dos muitos ano segurando o telhado, tavam soltando uns torrão de barro, deixando à mostra seu esqueleto de vara. Apalpei a madeira em riba da porta e apanhei a chave da casa.

— A casa tá até boa — Trote falou.

— Os irmão se divide pra vim cuidar, tem vez que vem Eurico, outras vez é Ísis, vez em dia eu ou Betânia. Casa carece de gente viva, mó de não morrer mais os dono falecido.

As parede, de adobão, tinha as mesmas trinca de quando eu era menino, quando a gente trazia tubatinga de burro do Beco do Guiné pra rebocar a casa. Decerto que já tavam lá na época de vô, que construiu a casa de três cômodo, um casarão pr'aquelas roça, naquele tempo. As telha foram quase tudo feita na antiga cerâmica que existia na Lavrinha, mas agora parceirava com umas telha nova, dessas mais fina e mais rasa, porcaria comparada com as antiga. Os ripão de madeira roliça tavam em bom estado e algumas ripa de vara tinham sido trocada pelas quadrada de serraria.

— Essas madeiras estão ótimas — Trote falou das linha do telhado.

— Pau-d'arco, isso tem vida de urubu — falei.

Abri a trava da porta da cunzinha e Trote foi até uns pé de fruta do quintal, caçando alguma manga ou seriguela madura.

Eu fiquei pela cunzinha, vendo umas coisa abandonada pelo cuidado e pelas lembrança. Também era como se olhasse pra mãe bem ali na minha frente, cunzinhando no fogão de lenha e nós, tudo menino, atentando ela.

Na minha lembrança, pai chegou depois, mais tarde, depois da janta. Pelo abrir da porta a gente percebeu que ele chegou molhado, tinha passado no bar de Agenor ou de Cido, ou nos dois. A casa toda calou, só as brasa chiava mansa no fogão.

Ele chamou por Eurico. Reclamou de algum serviço que o filho mais velho devia ter feito e não fez, ou não fez do jeito que ele queria. Então ficou virado no cão. Mãe colocou Eurico atrás dela e falou com pai. "Calma, Joaquim. Eurico teve no São Gerônimo hoje, só chegou tardezinha, eu que pedi. Vem cá mais nós comer um andu que colhemo hoje."

A explicação deixou pai sem saber o que fazer com seu nervoso. Ele segurou dois ripão, soltou um som abafado, nem grito, nem berro, um gemido raivoso do ambo do peito e arribou parte do telhado fora da parede.

Lembro como hoje do espanto ni mim quando percebi, por não sei quanto tempo, o claro da lua pela frincha formada entre o telhado e a parede.

Pai arriou de volta o telhado. O baque da madeira no barro foi junto cum ar que saiu dele. Mais velho, crescido, quando voltava naquelas lembranceira, já não ouvia aquele som dele com jeito de alívio. O que pareceu, depois, pra mim, foi mais a zuada dum cansaço mó de não entender quem era o culpado pelas dureza que ele passava. O véio Joaquim foi dormir sem comer.

Sem perceber, segurei nos ripão e fiz uma forcinha pra cima, nada. Aumentei um pouco a força e parecia que as ripa podia quebrar. Antes d'eu fazer outro teste, com mais força, Trote entrou perguntando o que eu tava fazendo.

— Tava pensando umas coisa, caçando umas lembrança de menino.

— Tu morou muito tempo aqui?

— Até uns seis ou sete.

— Já dá pra lembrar de um bocado, ahn?

— Pai era meio bruto com nós — contei. — Tava lembrando de mãe, das reação dela com as presepada do véio. Ela resolvia as contenda com calma. Contava uma história pra nós, cantava uma música. Lembro duma prosa dela, falava que uma qualidade de peixe não parava quieto no balde, esses peixe preferia pular pra terra, pra sufocar até a morte no ar, que esperar o fim numa aguinha pouca que não era o rio. Pra ela tem gente dessa qualidade tamém, que não vê saída e desembesta assim mesmo mó de não aguentar esperar, não consegue amansar pra mó de pensar melhor. Desse povo que fica brabo, às vez virado na gota, por num ver uma luz numa boca de gruna, sabe? Ela não falava ni pai, mas hoje entendo o que ela queria explicar pra nós.

— Parece que deu certo — Trote falou sorrindo. — Os filhos de dona Raquel e seu Joaquim saíram boas pessoas.

— Quieta, moço. Todo mundo tem seus pecado.

— Claro, todo mundo tem. Não é disso que tô falando. Você e seus irmãos não fazem mal a ninguém, até o contrário, ajudam muita gente.

Não falei que não concordava com ele, cum aquela opinião. Nem gostava de gente pensar que eu era essa bondade toda. Fui quieto até a porta, segurei nos batente e estiquei os braço até estalar as costela e a cabeça sair da sombra do beiral e receber o sol na cara, de frente pro quintal. Não sei quando comecei com essa mania, mas ali, naquela cunzinha, lembrei de pai fazendo esse exercício daquele jeito mesminho. Dei fé que peguei a mania dele e nunca tinha me apercebido. Trote deve ter me acompanhado com os zóio, esperando alguma fala minha. O silêncio esticou o tempo até que ele desistiu:

— Tu sente saudade do seu pai, Deja?

— Moço... — Por um instante fiquei confuso, pensando se eu tinha falado pra ele sobre minha mania de esticar na porta e a história de pai também ter a mesma mania, ou se eu só tinha pensado mesmo naquilo tudo. — Ele não ficava muito mais nós, sabe? — Soltei das aduela da porta e desci o degrau de pedra. Caminhei pelo quintal e parei no lado dum pé de limão cheio de praga nas folha. — Quando ele não tava fora, trabalhando, chegava tarde ou bebo. Ele que ensinou a gente lidar com os animal, montar, tocar boi. Isso foi até bom. Mas não parecia que ele fazia aquilo com os filho, parecia mais um patrão ensinando os empregado.

— Que merda. Às vezes quero entender esse povo mais antigo, aceitar essas faltas de carinho, de amor. Pra ver se perdoo eles, se perdoo meu pai. — Trote também saiu da casa. — Parece que eles eram todos assim, não é? Eles foram criados dum jeito bruto, não iam conseguir ser diferentes, nem se quisessem.

Eu tava tirando as folha de limão mais atacada pela praga. Trote começou me ajudar.

— Meu pai quase não me assumiu, sabia? — Trote falou, cabeça baixa, segurando na mão uma folha cheia de mancha amarela com umas ruga marrom, sem tirar do pé. — Acho que eu já tinha uns quatro anos, daí o povo dizia pra ele: "Não tem jeito, o menino é a sua cara". — Trote arrancou a folha com um puxão. — Até depois de reconhecer, não mudou muita coisa. Ele mal falava comigo. Eu chamava ele pelo nome, não chamava de pai. Mãe fez de tudo pra gente não sentir falta de pai.

— Sua mãe é outra que é guerreira demais, trabalhava na escola, fazia avoador em casa pra vender e cuidou bem dos filho, sempre disposta, alegre.

— Nem fale, mãe é arretada mesmo.

Trote calou. Deu três passo até ficar na sombra duns pé de pau do quintal. Cheguei mais ele pra partilhar da sombra mó do sol que começava a esquentar.

— De vez em quando eu penso que é por isso que eu sou assim — ele falou mais pra ele do que comigo.

— Assim como?

Ele olhou pra mim, cruzou os braço e apoiou as costa no pé de tamboril. Depois baixou a cabeça, parecia olhar pra mais longe do que o chão que tava perto, pr'alguma profundeza da terra, ou dele mesmo.

— É difícil demais... — As palavra dele parecia agarrar com as unha pra não sair da garganta. — É difícil falar disso, Deja.

— Moço, não precisa falar nada, não, se tu não quer. A gente se conhece desde menino, se tu quiser conversar, qualquer dia que for, é só falar.

Ele levantou a cara, os beiço seco e a pele sem cor até que tentaram um sorriso.

— Eu gosto de homem, Deja.

Ele rumou o queixo pro chão de novo. Eu acompanhei, virei a cabeça caçando uma risada dele. E eu ri.

Uma risada sem jeito, dessas que a gente usa nas prosa sem serventia com os amigo, quando a conversa é só bobagem, piada besta. Riso que só serve pra arruinar o silêncio, mó da gente não aguentar a zuada tamanha que aparece no juízo durante o silêncio.

— Quieta, moço. Tu tá de gaiatice a essa hora?! — falei depois do riso sem serventia. — Bestagem, Trote.

— É gaiatice, não, Deja.

— Não — saiu da boca sem afirmar nem pricurar. — Do que tu tá falando?

— Gosto de homem.

Fiquei quieto, virei a cabeça e olhei de lado pr'ele, como esperasse a hora dele rir, dizendo que tinha me enganado.

— Tu entendeu? — ele pricurou.

— Não sei. Não. — Balanguei a cabeça como se as palavra de Trote fosse uns ciscos garrado no meu rosto que pudessem desgrudar com um balangar forte. — Acho que entendi, sim. Certeza que talvez sim — concluí com mais calma depois que dei fé que não era assunto pr'aquela confusão toda que eu tava.

— Como tu tá?

— Mar'moço! Tu já teve namorada. E tu não parece... — Não encontrei palavra que parecia certa. — Tu não é... — Continuei sem saber explicar sem ofender.

— Aviadado?

— É... — respondi rápido e ligeiro me arrependi de ter concordado. — Não, não é bem isso. É que tu sempre foi homem.

— E vou continuar sendo — ele falou rindo. — Eu disse que gosto de homem, não que sou mulher.

— Ah! Não é isso. Desculpa. Não sou bom com essas coisa.

— Parece que ninguém é, Deja. — E riu mais, parecendo achar engraçado me ver sem saber o que dizer ou o que fazer com os braço.

Tentei rir tamém, meio duro ainda.

— Tu tá dizendo que tu é viado. É isso?

— É um dos jeitos de dizer — ele respondeu, ainda rindo.

— Aí que bagunça pra mim. Como um... alguém como tu... é viado...? Quieta, tu não tem jeito de viado, não, Trote.

Ele riu como se eu tivesse contado alguma piada, precisou respirar um pouco antes de conseguir falar.

— Como é que parece um viado?

— Uai, parece com... Que nem Fabinho de Bitó, ou Reinaldo de Zica.

— Assunta, homem. Eu sou viado. E não pareço nem com Fabinho nem com Reinaldo, não ando que nem eles andam, não falo como eles falam.

Primeiro pensei: "Então tu não é viado, porra!". Depois disse, ainda duvidando:

— Quer dizer que tem viado que não parece?

Trote já tava com sua cor de volta, os beiço não tavam tão seco e gargalhava de qualquer coisa que eu falava.

— O povo acha que viado é homem com jeito de mulher.

Pensei um pouco, lembrando outros exemplo que conhecia na região e balanguei a cabeça concordando.

— Apois, Deja. Tem homem que gosta de namorar com homens e se parece comigo, como tu.

— Sem viadagem?

— Isso a gente faz só com o parceiro, entre quatro paredes — ele respondeu gargalhando.

Eu não entendi o motivo de tanta risada de Trote, mas foi bom ver ele mais feliz do que quando chegou no sítio.

— E suas namorada, moço? Se tu gosta de homem, como é que tu namorou aquelas gata?

Ele não sorriu dessa vez.

— Demorei um bocado pra saber quem eu era, amigo. Tu faz ideia de como é difícil prum menino entender que ele gosta de... o que ele sente por alguém? A vida toda, todo mundo só fala: "Tu vai ter namorada, vai casar com uma mulher, ter filho". E tudo no mundo fala a mesma coisa, na televisão, nas revistas, os amigos, a família. Tu cresce sem ter dúvida disso, cresci querendo namorar com mulher, claro! E namorei. E foi bom, não é que foi ruim, não. Gostava delas, tu deve lembrar, né? E até era gostoso namorar, tinha tesão e tudo, sabe?

— Uai? — pricurei com os braço aberto sem entender mais nada.

— Mas não era aquilo. Difícil explicar. Faltava alguma coisa. Não tava completo. Quando eu era menino, adolescente já, aconteceu uma coisa. A gente faiscava lá nas corridas das dragas, lembra? Naquele dia tava eu mais um parceiro, até pegamos uns diamantinhos pequenos, uns mosquitinhos. Foi um dia bem quente e a gente ficou todo sujo de lama do garimpo. Fomos tomar banho no rio, ali pra baixo do Gostoso. Tiramos a roupa, a cueca também, tu sabe, era normal tomar banho nu no rio. Mas a lama tava agarrada nas costas, pedi pra ele, ou ele ofereceu, não lembro dessa parte, só sei que ele começou a limpar o barro das minhas costas. Cada passada da mão dele na minha pele molhada foi me arrepiando os pelos, braços, nuca, pernas. Olhei ao redor, já estava escurecendo e não tinha ninguém naquela parte do rio, acabamos fazendo umas brincadeiras.

— Então tu já sabe faz tempo.

— Não é bem assim. Depois desse dia, o rapaz fingia que nada tinha acontecido. Pra ele foi uma brincadeira com o corpo e só, acabou. Eu achei que isso era o normal e também segui como se aquilo que eu senti no rio não fosse nada de mais. Só que em segredo, eu mais eu, passei mais de ano pensando nele. Não só nas sensações do corpo. Eu pensava com carinho nele, queria conversar, encontrar com ele à noite. Claro que nada disso aconteceu. E com o tempo consegui me convencer que eu gostava de mulher mesmo e aquilo foi uma brincadeira normal que alguns caras fazem. Mas aquele dia nunca me deixou em paz.

— Sei bem como é... tem uns dia que são assim mesmo.

— Foi só uns anos depois, eu já era guia, que eu tive minha resposta definitiva. Guiei um carioca, super gente boa, pra-frente, bonito. Ousado. Ele que puxou o assunto, tomou a iniciativa. Ele me disse que quando a gente se aceita, quando vive essa coisa com naturalidade, desenvolve um tipo de intuição que fala pra gente quem é que gosta de homem e quem não gosta. Daí em diante não tive mais dúvida.

— Então tu tá dizendo que vocês não dão em cima de homem... quer dizer, em cima de homem que gosta de mulher?

— Hétero. — Ele riu. — Não tem regra. E não posso falar por todos, né? Mas normalmente eu já sei se o cara gosta ou não. Não vou perder meu tempo com quem não gosta, claro. Arrisca até arrumar briga, tem uns caras que levam na ignorância. Então, tu pode ficar tranquilo, não vou dar em cima de você, nem de ninguém da brigada que não goste da coisa. — Ele alinhou os dente, segurando cuma mão meu ombro.

— Tu é besta, mesmo. — Segurei no ombro dele e olhamo bem de frente. — Tu é um amigo bom, Trote. Que tu seja feliz, minha pedra.

— Tu que é arretado, meu frente! Obrigado por hoje.

Depois que fechei a casa, guardei a chave no esconderijo e seguimo no rumo da porteira. Contei pra Trote dum cachorro que tive, uns anos atrás, de nome Fera. Cachorro bom, inteligente, ajudava a tocar boiada, fiel. Os outros boiadeiro esquentavam meu juízo porque Fera era montado por outros cachorro. E ele deixava. E nunca vi esse cachorro montar numa cadela. Fera comia e dormia mais eu nas viagem pra buscar gado. Era mesmo que um irmão pra mim. E vou falar que sofri quando esse bicho se foi.

Trote riu da minha história, talvez achando graça num cachorro viado. Talvez achando que eu não devia ter contado de Fera depois de tudo que ele falou dele pra mim.

Quando pulamo a cancela pra ir embora, Trote colocou a mão sobre a cabeça de boi, chegou perto e falou alguma coisa com a caveira que eu não consegui ouvir. Sorriu como criança e ligou sua Madonna.

Perto do córrego, no Mata Três, escutei uma voz conhecida quase gritando numa conversa com outros molhado do lugar.

— A gente trabalha a semana toda, sacrifício danado, é caminhão com dez mil bloco pra descarregar, virar massa na obra, descarregar material no Capão, até esse escravo moderno pode ter seu dia de folga, pra relaxar.

— Ea! Viva princesa Áurea de dona Isabel. Um brinde!

— Quá! Cadê abolição, que nada.

— Moço, olha o tanto de lixo nesse córrego. Os pessoal não tem jeito, mesmo. Di fudê.

— Povo imundo, a imundice desses coração doente acaba sujando tudo quanto é lugar por onde eles passa.

— Não grita, xibungo.

— Grito, grito mesmo. E meu grito é liberdade pra machucar a mente desses burguês hipócrita.

— Cala a boca, Jotão, e passa essa meiota aí logo.

— Toma logo gasolina, ô pé de cana.

— Tá falando o quê, Zé Litro?

— Eu bebo com moderação, sou educado.

— Bom dia, seu Robson. Bora tomar uma com os amigo?

— O professor não vai sentar mais nós aqui no Pau-de-Urubu, jegue.

— Obrigado, os menino. Fica pra próxima.

— Gente boa, o professor.

— Assunta aí, é vem o frente.

Eu fui chegando perto do grupo dos bebo que ocupava a vez no chamado Pau-de-Urubu.

— Deja, guerreiro. Chega mais nós, minha pedra.

— Vamo tomar uma?

— Êa, Jotão. Boa, Crispim. Boa, Treitcha. E aí, Valmir? — falei.

— Pra tu eu consigo uma cerveja, gelada. Bora?

— Quá, tô devagar — respondi. — Ainda mais essa hora.

— E tem hora certa pra ser feliz, guerreiro?

— Não, pra ser feliz, não. E pensando bem, nem pra ficar bebo na rua tem hora certa. Das vinte e quatro hora que tem um dia, não tem uma que é boa pra isso.

— A-nhã-nhã, sermãozinho careta, hein, Deja? Conversa torta. E um trabalhador, descendente direto das senzala do barão de Grão Mogol, não tem direito a um grilhão solto no seu fim de semana, não?

— Fim de semana acabou, Jotão. Hoje já é segunda.

— Gaiatice, moço. Certeza que tamo no domingo... Dá pra tomar só mais uma... que eu tenho que me picar. Eita, porra! Tinha um trabalho com Moisinho segunda de manhã. Ah! Mas hoje ainda é domingo.

— Tu não quer vir comigo, compadre? Bora tomar um café mais eu lá em casa. De repente ainda dá tempo de tu se arrumar e trabalhar.

— Vai indo, Deja. Vou terminar essa... conversa aqui e já chego lá.

— Deixa disso, Jotão. Já tá bom, vai. Bora mais eu, vamo?

— Adeus, macacada. Dessa vez, vocês me venceram. Viva a revolución. Não sei cadê as chave de casa. — Ele apalpava os bolso. — Devo ter saído sem chave. Por causa desse bolso furado, eu não ia guardar a chave de casa num bolso furado desse. Tu tava falando sério mesmo? Domingo, segunda?

Balanguei a cabeça fazendo sim.

— O que você quer dizer balançando essa cabeça que nem batixó? Daqui a pouco vai dizer que é terça. E que eu sou o padre. Tá andando muito rápido, compadre… Calma, não tamo na serra, não tem fogo nenhum pra apagar.

— Que foi, Jotão? Falou o quê?

— Tá avexado assim por quê?

— Tava andando normal. Tá rápido pra tu? Desculpa. Quer apoiar ni mim?

— Não preciso de apoio, tô bem. Eita, essa ladeira agora lascou, ainda mais com esses paralelo tudo solto do chão. Uma idosa é bem capaz de tropeçar aqui, que perigo!

— Quase lá, amigo. Vem que te ajudo.

— Tua casa tá mudada, é? Cadê o jardinho? O portão? Mudou de casa, foi?

— Ai ai ai ai, o que foi, assim, Jotão? Tô nessa casa tem quase dois ano, desde a separação. Tu já teve aqui mais de cem vez, moço. A luzinha tá forte aí, é?

— Palhaçada, Deja. Luzinha nenhuma, tô bem, já falei.

— Vai banhar que eu preparo um café pra nós. Toma essa toalha.

— Não tem precisão.

— Tem, sim, tu tá pura cana.

— Essas roupa apertada — ele resmungava de dentro do banheiro. — Pra que uma calça difícil de tirar assim? Cadê a torneira? Ei, Deja, aonde foi parar a torneira?

— No mesmo lugar de antes.

— Uá?! Tá aqui, na outra parede, embaixo do chuveiro… O banho tá até bom. Vou descansar um pouco…

Ajeitei umas coisa na cunzinha, deixei umas panela no fogo e fui ver se tava tudo bem no banheiro.

— Bora, Jotão. Não terminou, ainda? — Nenhuma resposta, só a zuada do chuveiro. — Jotão? Vou entrar, viu? — Sorte que a porta tava destrancada. — Avemaria, compadre. Tu tá dormindo? Vamo, acorda, moço. Sai desse chão.

— Ô frio da porra! — Jotão falou tremendo. — Empresta uma coberta aí, Deja.

— Deita um pouco lá no sofá. Eu aviso Moisinho que tu vai atrasar hoje.

— Obrigado... — Jotão falou c'os zóio fechado e principiou um respiro forte, assobiado. No meio dos assovio, ele ventou umas palavra: — Ei, compadre, nós era menino... uns muleque besta.

Jotão dormiu umas duas hora e acordou assustado.

— Não, mãe. Só depois... agora não. Que claridade é essa? Ei, onde eu tô?

— Oxe, tu tá no Rio de Janeiro. Olha a praia aí na janela.

— Uma porra... Presepada, Deja... Hum, que cheiro bom é esse aí, compadre? — Jotão pricurou entrando na cunzinha.

— Bom dia, Bela Adormecida. Feijão verde, no capricho.

— Vou ser sincero... ainda não lembrei... O que tô fazendo aqui, na sua casa?

— Seus amigos lá do Pau-de-Urubu rumaram você pela janela — falei de gaiatice.

— Amigo é pr'essas coisa.

— Nego, véio, agora assunta, uma palavra a sério. Tu não é mais menino, Jotão. Passar o fim de semana todo bebendo? Garrado na cachaça...? É isso mesmo que tu quer?

— Quieta, Deja. Exagero. E tu me vê fazendo isso todo fim de semana?

— Mais que uma vez já acho muito.

— Você fica com esse falatório... chato pra cacete. Quem é que sabe o que é melhor pra vida do outro? Ninguém tá no couro de ninguém pra saber.

— Mano véio, tu mais eu já passamo por cada aperto. Já quase morremo, já tivemo que fugir de jagunço — ele riu de lembrar do causo —, ataiamo caçador armado com a mão lisa, e apaguemo muito fogo junto. Mas se tu quer saber, o pior que já passei, mais tu, foi com essa desgraça de cachaça.

— Olha! Essa aí é novidade, não tinha escutado você falar assim. Só de ouvir senti um arrepio ruim na espinhela.

— Vai desculpando, Jotão. É que tô preocupado mesmo. Oxe, tu é meu compadre, meu amigo. Gosto de tu como um irmão, mais até que do meu irmão. — Ele riu e acho que foi por lembrar que Eurico começou a vender umas terra, às vez em lugar que não podia de jeito nenhum deixar que gente morasse e eu andava brabo com meu irmão.

— Deixa eu ajudar. Eu faço esse cortado aí. — Jotão foi pra pia cortar uns maxixe.

— Isso é meu jeito bruto de tentar ajudar — falei sem tirar os zóio da panela.

— Meu compadre, muito agradecido. Mas deixa de bestagem, preocupa lá com seu filho, com a brigada, eu tô bem, não precisa gastar o juízo por mim.

— É também pela brigada, isso tudo que tô falando. Quantos guerreiro bom já perdemo pra cachaça? — falei apontando a faca pra ele. — A brigada não pode... não merece perder mais um. Vê lá como tá o Rastazé, dos primeiro guerreiro, tu lembra, né? E Crispim, foi nuns combate mais nós, jogou duro, tinha força, vontade, prometia ser um brigadista dos bom. Agora o Pau-de-Urubu virou o escritório dele. E Tuninga, moço? Chega faz pena. Até hoje me revolto lembrando do destino dele. Um dos melhores, de toda a Chapada. Tá qual uma criança, pior que isso, não tem rumo, destino, sem futuro. Que porra de defensor da natureza é esse, sem saúde, caindo de bebo? Álcool e fogo dá merda.

— Deja, nós perde gente por vários motivo. Já teve guerreiro atropelado na BR. Outro queimado por polícia.

Cortei uns tempero verde, piquei um coentro e matutei nos caso que Jotão falou.

— Esse seu rompante com essa cachaça dos inferno já deu, compadre. Tá na hora de sair dessa arapuca, voltar pra vida mais nós, seu Jeovanélson — falei provocando, sabia que o nome era urtiga pra ele.

— Tu não presta, seu Dejanir. Se eu não der um tempo na cana é capaz de tu botar na rua meu nome, né?

— Tava pra chegar nesse mote — concordei, rindo. — De verdade, mano véio, meu querer era tu fazer mó de saber que é o melhor pra tu mesmo.

— É pra esquecer, moço… — Ele parou com as mão e fincou a vontade na pia.

Eu acompanhava a torneira vomitando água. Umas pele de cebola, uns talo de salsa e as casca de maxixe brigava, sem vontade, pelo ralo. Nem percebi quando ele parou de cortar, só que fechou a torneira sem dar fé.

— Às vez eu quero… era bom esquecer — falei tirando as panela do fogão. — Tem vez qu'eu penso… não é o caso de esquecer, não. Lembrar é castigo justo. Merecido.

A gente principiou a subida do Beco já passado das três e meia. A quentura do sol só não amolecia os miolo porque os brigadista deve de ser tudo cabeça muito dura mesmo.

Os menino chega apostava corrida nos degrau de pedra do caminho.

Alcançamo a linha de fogo nas primeira estrela. A demora pro primeiro ataque fez estrago e um bom pedaço de gerais e da serra dos Três Morro já tinham queimado. Mesmo que era noite, o fogo deu um trabalho bom, mó dum vento avexado que teimava soprar o tempo todinho, sem parar nem pra tomar fôlego. De pouquinho nós foi ganhando dele, afastando quando o vento formava labareda nervosa, torando pra cima as vez que o incêndio chegava num mato mais ralo.

Na madrugada chegaram uns companheiro do Capão e o reforço ajudou muito. Antes do clarear nós já tinha montado no dragão e ele tava manso.

Mais outra brigada chegou pelo meio da manhã, duns menino do Guiné. Depois que nós andamo a linha inteira, eles ficaram na área queimada mó de segurar algum foguinho que quisesse reavivar, e a gente pegou trecho, rumando de volta pro Beco.

Na margem do rio Preto, antes de atravessar, a zuada dos menino diminuiu. Lembrou nos tempo de escola, quando a pró entrava na sala atrasada e a gente quietava a zuada fingindo que nunca teve bagunça. O motivo do silêncio da brigada tava na água, banhando de biquíni. Uma turista refrescando no pocinho que o rio formava naquele trecho. Do outro lado, no lajedo, tava uma outra turista e a guia.

— E aí, Doura! Qualé? — Zia gritou assim que reconheceu a guia.

— Menino, tu não morre... — a guia falou alto com a boca rasgando dum canto a outro da cara. — Acredita que pensei ni tu mesmo, não foi, Fernanda? — ela olhou para a turista que tava mais ela no lajedo e a turista sem entender a pergunta sorriu sem responder. — Apois, quando escutei essa zuada de tropa desembestada já fui logo adivinhando quem eram as mulas que vinham chegando — ela gargalhou e desceu do lajedo se achegando perto da água pra mó de abraçar Zia.

— E aí, Cunga? Grande, Jotão. Salve, Deja... — Ela era muito amiga tamém dos outro da brigada, mó das festa e dos Carnaval que ela curtia em Palmeiras mais os primo.

— Tu tá bonita, hein, Doura! — Cunga falou, calqueando Doura de baixo até em cima dum jeito exagerado e gaiato.

— Tem coragem? — Doura, que tava só de biquíni, deu um giro na ponta dos pé, uma mão segurando os cabelo e a outra na cintura.

— Não tenho é sorte! — Cunga respondeu tirando a camiseta que tava amarrada na cabeça mó de usar o pano pra açoitar a própria perna.

— Aqui é muito cascalho pro teu carumbé, moço! — Ela apontou pr'ela mesma rindo e deu um beijo na bochecha de Cunga.

O resto da brigada tinha chegado no rio. Alguns apanhava água do rio pra encher as vasilha, as garrafa. Outros molhava os cabelo e a cabeça.

— Ei, os menino! Essa aqui é Fernanda — Doura apontou a moça do lado dela. — E a sereia ali é Léa — ela fez um bico com os beiço no rumo da moça que tava na água e gargalhou mó da brincadeira com a turista.

A maioria dos menino só ficaram de longe, mesmo que uns batixó balangando as cabeça, na certa acuados com a beleza das turista. Menos Cunga, Trote e Zia, que chegaram perto de Doura e da cliente dela com a mão estendida e os peito inchado.

— Muito prazer, Jaílton, mas todo mundo só me conhece por Cunga.

O nome da turista que tava sentada no pocinho garrou na mente, mó de ser mais curtinho, mais fácil, só pode. Léa desolhava como suçuarana farta. Ela tava na água, relaxada, sem mostrar que tava atenta, enquanto a amiga e Doura secavam sobre o lajedo.

— Moço, eu nem sabia que esse era teu nome, Cunga — Doura disse rindo.

— Vai desculpando aí aquela ousadia mais Doura — ele disse pra turista que tava no lajedo. — A gente é amigo das antiga... é só gaiatice sem malícia.

Léa se levantou, a água quase no umbigo, torceu os cabelo até formar um mói por riba do ombro. Das ponta dos fio vertia um fiapo d'água que desviava do peito até escorrer do lado da barriga.

— Esse aqui é meu primo carnal Adonias — Doura disse abraçada no primo —, mais conhecido como Zia.

Doura foi das primeira guia da Chapada. A família deles é de Lençóis, mas a mãe de Zia mudou mais o marido pra Palmeiras quando ele era menino.

— Primo carnal? — a turista do lado de Doura pricurou, estranhando a palavra.

— "Primeiro grau", no modo de vocês. Minha mãe é irmã da mãe dele.

Léa saiu do poço no rumo do lajedo que a gente tava. Ela procurou um lugar mais maneiro, caçando um jeito pra subir na parte seca do lajedo sem escorregar no limo. Ela deu jeito que ia desistir e arrodear pra mais longe, então estiquei a mão mó dela subir por ali mesmo onde a gente tava sem risco de queda.

— Ali é Jotão, o poderoso — Doura disse apresentando os conhecido fazendo uma voz de filme —, aquele é Trote, o mais rápido na serra, e aqui é Deja, o frente…

— Frente? — Léa pricurou depois que percebeu minha vergonha com o jeito de Doura falar de mim.

— No garimpo, o frente era o líder, era quem mais entendia sobre a garimpagem, os tipo de cascalho, onde aparecia o cascalho, onde tinha que pegar água… era o porta-voz dos garimpeiro perante o coronel ou o dono da serra. O frente que guardava os diamante até o dia da venda — Abner, que era o mais entendido nos assunto de garimpo, falou.

Léa não tava mais olhando direto pra mim, ela prestou atenção na explicação de Abner, mesmo assim minha sensação era que ela, com o corpo todo mas não com os zóio, mirava ni mim.

— Os outros não tô lembrada dos nomes… — Doura continuou. — Vai desculpando aí, moçada.

— Oxe, mulher. Tá vendo alguma moça aqui? — Cunga falou, de gaiato.

— Deixa de bestagem, moço. Isso é o jeito que os paulistas falam.

— E tu tá virando paulista, é, Doura?

— Pa porra, Cunga! — Doura brincou, rindo.

Léa apanhou uma canga com o desenho das fitinha do Senhor do Bonfim e se enrolou prendendo a ponta por dentro da volta em cima do ossinho do lombo.

— O que faz um brigadista? — ela pricurou pra mim.

— Nós apaga fogo! — Cunga respondeu avexado, empolgado com a curiosidade da moça.

— A gente combate incêndio florestal — eu corrigi.

— Fogo qualquer um apaga — Jotão falou, tamém animado com a atenção das turista. Ele apanhou um isqueiro do bolso e acendeu na altura dos zóio das moça. E assoprou a chama. — Viu?

Apagar fogo é fácil, qualquer menino consegue. Dá conta de um incêndio, aí já é…

— E como vocês apagam o fo… incêndio? — a amiga de Léa pricurou.

E mais uma vez os menino se atropelava dando resposta, um corrigindo o outro, falando junto, no mesmo tempo. Pareciam uns passarinho assanhado cuma fêmea. Léa ouvia, achava graça nas resposta, nas briga que aparecia com as resposta, mas entre uma olhada pra um e pra outro que respondia, no meio do caminho da virada de cabeça ela arranjava um jeito de me espiar, talvez checando se eu aprovava uma resposta, talvez curiosa comigo.

— Vocês estão voltando de um incêndio agora, não é? — ela devia saber, mas quis confirmar.

Balancei a cabeça que sim.

— Quando vocês foram? Quer dizer, quanto tempo vocês ficaram nesse combate?

— Esse fogo foi rápido, nós começamo a caminhada ontem de tardinha. Na madrugada controlamo o incêndio. Saímo de lá hoje e outra brigada ficou na área pra mó de garantir a extinção.

— Quase vinte e quatro horas… sem descanso?

— A gente dá uma parada, sim — Zia disse. — Paramo uma horinha prum lanche na madrugada.

— Eita, arroz! — a amiga de Léa disse com cara de espanto. — Uma horinha? Quer dizer que vocês trabalham umas dezoito horas, param uma horinha e continuam por mais umas cinco? Como é que aguentam?

— Eita o quê? — Jotão pricurou.

— Ah! — Ela riu cobrindo a boca com a mão. — Isso é coisa de Campo Grande.

— Campo Grande — Cunga atalhou na conversa —, que massa! Nunca tinha conhecido ninguém do Mato Grosso.

— Do Sul! — as duas turista responderam junto, parecendo que tinham até ensaiado, as duas de cara fechada. Depois elas viraram uma pra outra e riram. — Desculpa, gente. É que isso é o tipo de coisa que normalmente tira um sul-mato-grossense do sério. Tem gente capaz até de brigar por isso.

— Avemaria! Vai desculpando aí… como é seu nome mesmo, guerreira?

— Fernanda.

— Apois, Fernanda, não foi por mal, viu? — Cunga explicou com um pouco de vergonha pelo vacilo.

— Não, relaxa! Não é o nosso caso — Fernanda falou.

— É que a gente não pode perder a oportunidade… — Léa ajudou a amiga. — Sério, não ficamos chateadas. Nem daria para ficar, não aqui, nesse lugar. — Ela girou o braço apontando pra todo lado. — A Chapada, essa matrona com ares de senhora brava, amoleceu qualquer dureza daqui — ela triscou com a mão o vão entre os peito.

— Esse incêndio devia estar bem longe, nós vimos a fumaça atrás dos morros — Fernanda voltou pro assunto. — Quantos quilômetros vocês tiveram que caminhar?

— Do carro até o fogo nós gastamo nem quatro hora, mais de três, um tanto — Zia respondeu.

— Isso por causa desses pangaré aí — Cunga atravessou o colega apontando pruns menino da brigada —, porque se fosse só eu mais Trote, nós fazia em duas horas… de relógio!

— Tu tá todo saliente com a presença das menina, não é, seu abestalhado? — Jotão falou pra mó de provocar Cunga.

— E não é verdade? Tanta moça bonita, junta, depois de um combate… Ô meu Deus! Obrigado, Senhor, por mandar o colírio bento pra aliviar as vista ressecada de fumaça desse pobre pecador. — Ele se ajoelhou virando a cara pro céu, exagerando no agradecimento.

Quando Cunga fazia dessas bestagem dele era difícil que

alguém não risse. Depois que as menina aliviaram as risada, Fernanda continuou:

— Caramba, é longe demais! Vocês subiram serra, caminharam por horas e ainda nem tinham começado o trabalho duro?

— Bem assim — Zia falou. — Sonho de brigadista é helicóptero!

— Mesmo, não! — Cunga falou fazendo a cruz no peito. — Eu que não subo naquela caixa de zuada. Quem voa parado é mangangá!

— E depois dessa caminhada, atravessaram a noite toda, sem dormir, lutando com o fogo? Virgem Santa! — Fernanda falou.

— Ei, meninas — Doura chamou —, e um detalhe: são voluntários!

Nessa hora afastei do lajedo, atravessei o rio de novo, caçando um lugar melhor pra apanhar água. Léa apanhou uma máquina fotográfica e também atravessou o rio e fez umas foto da água escorrendo nas pedra perto donde eu tava.

— Adoro as cores que as águas daqui têm. Cada profundidade tem um tom. E com essa luz essa água rasinha fica dourada.

— "Estrelas brilhando de dia" — minha voz saiu sem querer.

— Como é?

— Pensei alto. Lembrei duma fala antiga, do primeiro garimpeiro da Chapada. Dizem que o mineiro foi beber água no rio Mucugê, viu uns brilho no fundo do rio e falou isso. No caso, as estrela era os diamante, na época era tanto que dava pra pegar de mão.

— Aqui nesse rio tem?

— Nunca foi garimpado, não. Se tivesse diamante, com certeza já tinham revirado ele todo.

— Mesmo sem diamante, é valioso e brilha — ela falou com um punhado d'água na mão. — Quer dizer que vocês fazem tudo isso sem receber nada? — Léa voltou no assunto do lajedo.

— Não enxergo bem assim. A gente recebe muito.

Léa olhava pro céu e eu sabia que ela tava pensando no que falei.

— Nossa água — levantei a garrafa que eu tinha enchido no rio —, pura, boa, vem da serra. Se queima a nascente, nossa água perde força. Os mais véio tudo tamém conta que antes chovia mais, que foi o tanto de fogo na serra que fraquejou as chuva.

— E você concorda, também acha que acontece assim?

— Eu não sei. Acho que nunca vamo saber com certeza. Mas confio na ciência dos ancião. De qualquer jeito, tendo menos chuva, tem menos produção. E o povo das roça acaba tendo que caçar trabalho em cidade grande, São Paulo, Barreiras…

— Até hoje isso acontece? Achava que era coisa do passado.

— Acontece muito. Toda família da região tem alguém morando em São Paulo. E quando dá uma estiagem mais forte, mais gente sai daqui. Tamém por isso que muitos brigadista apaga o fogo, um jeito do povo daqui continuar vivendo da roça.

— Uau! Não podia imaginar essa relação.

— Não é só isso. Cada brigadista tem seus motivo, eu acho. Alguns são guia, depende da serra preservada pros turista continuar vindo e a gente pegar na moeda.

— Claro, faz sentido… mesmo assim é incrível, nunca vi nada parecido. E você, Deja, qual é sua motivação?

— Eu acho tudo isso importante. — Dessa vez ela rumou os zóio de gato firme ni mim, certa que eu tinha mais alguma coisa pra dizer. — Mas se for falar do mais importante, pra mim, é o que a serra dá pra nós quando a gente apaga um incêndio.

Nós dois olhamo pras beira de serra que dava pra ver dali do rio, os morro de pedra, as planta que assenta em riba deles buscando qualquer espaço. E junto de nós uma mistura de som, a zuada do rio, o vento fazendo rebuliço nas folha, os vários tipo de passarinho, as voz do pessoal no outro lado do rio.

— Depois que a gente apaga um incêndio — continuei —, primeiro tem o silêncio, mó de que acaba a zuada do fogo consumindo a serra. É o mesmo que a zuada da paz. E às vez, quando a gente vê, nós tamo nos lugar mais incrível da Chapada, uns embrenhado que só brigadista anda. Tem tamém os bicho, alguns chega pertinho, parece que se achegam pra agradecer... Avemaria, isso não é pouca coisa, não.

Léa tava quieta, os zóio molhado contornado de rosa. Ela lavou o rosto, escorregando com os dedo da testa pras banda das bochecha.

— É por isso que mesmo depois de tantas horas de trabalho duro vocês ainda voltam para casa com esse bom humor? — ela pricurou depois de uns dois dedo de silêncio.

Eu não respondi, mó de nunca ter pensado naquilo. Olhei em volta, reparei em cada colega fazendo suas coisa, cada um com um jeito, com seu sestro. Deve ter sido a primeira vez que percebi isso de bom humor. E pensei que talvez isso tamém fosse parte da cachaça que era os combate pra mim. Num tinha jeito d'eu lembrar quando a labuta mais pai e os mais véio arrodeou a vadiagem e atalhou a meninice... a hora que a montaria ficou séria... que cresci antes de deixar a vida de menino só o bagaço, sem mais um sumo de brincadeira. Decerto que o caldo sobrado dessa época vinagrou. E assim mesmo tem lembrança, traz daquela natureza, mesmo azeda. Isso que me fez pensar nessas gaiatice, nas brincadeira de menino que os brigadista faz, como ferve alguma coisa ni mim. Se talvez ajuda equilibrar meu jeito sério... jeito que não escolhi, só aconteceu. Mudou um passarinho menino que pousou num tronco velho e, aos pouco, se arranchou numa forquilha, ficou nela tempo demais que chega virou o galho. Se junto dos menino da brigada esse galho dá umas mexidinha, talvez até sente de novo que tem asa... se, quem sabe, um dia chega uma ousadia maior e o galho-passarinho num aprende a voar mais uma vez?

A moça não esperava mais uma resposta. Jotão esperava que eu mexesse.

— Bora embora? — ele falou.

Baixei a cabeça concordando.

— É Léa, né? — pricurei.

— Isso. Léa. Muito prazer, Deja — ela falou baixo e entregou a mão pra mim.

— É o nome mesmo ou apelido?

— Nome mesmo. — Ela riu com as duas mão na cabeça, como se já tivesse explicado aquilo muitas vez antes.

— É bonito. — Ela olhou desconfiada. — Verdade, só é diferente pra nós aqui um nome com três letra.

— E o seu... nome ou apelido?

— Oxe, aqui na região o povo gosta de nome comprido. Meu batismo é Dejanir Oliveira Dourado.

Jotão fez uma zuada com a garganta, quase uma turrada de leve, na entrada da trilha pra mó da gente adiantar a marcha. Léa percebeu e achou graça.

— Gostei de te conhecer — ela falou pra mim, baixinho. — Bom descanso — com a voz mais alta, mó dos outro tamém ouvir. — Parabéns pelo lindo trabalho... obrigada pelo que fazem, rapazes!

Os menino arreganharam os dente e seguiram trecho. Primeiro em silêncio, e quando já tava mais afastado do rio, começaram as resenha sobre as muié que a gente tinha acabado de encontrar.

Dois dias depois do combate meu sobrinho foi em casa levar um recado de Ísis. Ela precisava duma ajuda com a roça e os animal, mó duma cerca quebrada e do marido que tava viajando. Fui pra Barriguda de noite ainda e dormi mais ela na roça.

Fiz os reparo que precisava, juntei os animal que tinha saído e vi que a vaca de leite dela, recém-parida, tava agoniada, com as perna aberta com o ubro bem cheio. Era meio da manhã quando comecei a desubrar a coitada.

Pouco coisa depois, um carro parou na estrada, na frente da terra de Ísis. Uma muié saiu do carro e pricurou, de longe, se podia usar o banheiro. Eu tava no curral, que fica mais afastado da estrada que a casa. Antes d'eu responder, Ísis saiu da casa pra falar com a muié. Continuei no tamburete ordenhando, sem ouvir a conversa delas, mas notei que Ísis convidou a moça pra entrar na casa dela.

Outra muié saiu do carro segurando uma máquina de retrato na frente da cara. Pelo jeito tirou um bocado de foto, da cancela, das galinha no terreiro, duns pássaro-preto ciscando na estrada e dalguma coisa no rumo do curral onde eu tava. A retratista gritou se podia entrar e eu balancei o braço mandando entrar.

A muié caminhou um trecho depois da cancela e agachou com um joeio no chão, no caminho, fazendo mira com a máquina na frente dos zóio. Num susto, ela apartou a máquina da cara.

— Deja? — a muié pricurou. Até aquela hora eu não tinha mapeado direito, mó da máquina que tava tapando o rosto dela.

— Mar'moço! Que coisa boa é essa, tu por aqui?

Ela acelerou a marcha, encostou na cerca do curral e subiu no primeiro pau mó de me olhar por de cima da cerca.

— Eita, pêga! Que coincidência! — Léa ajeitou a tira da máquina entre os peito e o sol escapuliu entre os galho da barriguda pra brilhar nos dente dela.

— E num é? Que que tu tá fazendo pras banda de cá?

— Estamos indo pra Mucugê, a Fê quer muito conhecer a cidade, o tal cemitério bizantino, e a gente ainda tem dois dias por aqui... Então você mora aqui?

— Não, aqui é de Ísis — apontei pra casa —, minha irmã. Vim dar uma ajuda, mó dum cavalo que torou a cerca lá de trás, bem agora que meu cunhado viajou. O oreia caída entrou na rocinha de milho dela, fez o estrago. Consegui consertar a cerca hoje mais cedo, mas acabou atrasando o serviço mais Dona aqui. — Dei um tapinha no quarto da vaca que eu tava ordenhando.

— Que lugar lindo. — Ela torceu a cabeça. A boca empurrava as bochecha pra riba. — A Fê estava apertada, ela não consegue fazer xixi na beira de estrada — balangou a cabeça dum lado pro outro, como se achasse bestagem da amiga —, e eu escolhi parar aqui por causa desse monumento aí. — Apontou para a barriguda florida que cobria parte do curral de Ísis. — Acredita que estava fotografando você também?

— Como assim?

— Não sabia que era você... Vi você de costas ordenhando a vaca, embaixo dessa árvore majestosa, não dava para resistir — ela cobriu a cara com a mão, rindo —, estava uma cena deslumbrante.

— É nada! E um peão tirando o leite duma vaquinha num curral véio é isso tudo aí que tu disse?

— Nesse caso, era. Essa cena está uma pintura.

— Se tu tá dizendo, então viva! — A vaca abriu um pouco mais as perna, então continuei a ordenha. — Ela deve tá com gastura mó do ubro topado de leite.

— E o bezerro dela não dá conta de aliviar a mãe?

— Tudo demais é sobra, ela produz mais do que ele carece.

— É difícil? — Não entendi a pergunta e minha cara deve ter denunciado. — Tirar leite da teta, é difícil?

— Tu nunca...? — Ela balançou os cabelo. — Quer tentar? Dona é mansa, pode vim.

— Dá licença... — ela pediu pra vaca enquanto se ajeitava no tamburete.

Léa segurou uma teta com cada mão e apertou as duas ao mesmo tempo. Não caiu nem gota e Dona esperneou.

— Tenta cuma mão sozinha, primeiro. E não pode apertar com muita força.

— Certo, entendi. Agora vai...

Nada, mal saíram umas gota e a coitada da vaca balançou o cabo com mais força, chega triscou no cabelo de Léa.

— Eita, arroz! Desculpa, Dona.

— Pega na teta e levanta um pouco a mão pra cima até encostar no ubro, aí você aperta e puxa pra baixo, até o final. Na hora que sair o esguicho, que ele esvazia, tu abre a mão, solta um pouco e torna a levar a mão até roçar o peito, em cima, e volta a puxar de novo... sem apertar o ubro, entendeu?

— Aperta, puxa, solta... entendi. — Ela conseguiu tirar um mijinho de leite e deu uma risada gritada pra comemorar. — Consegui! Viu, viu só?

— Muito bem, nesse rojão tu enche um copo numa hora de trabalho — provoquei.

— Ah! Foi pouco, é? — ela desanimou.

— Mas foi alguma coisa, é assim mesmo, quem chega longe é quem começa.

Ela tentou de novo, mas nada de leite naquela vez. Ela levantou do tamburete acabrunhada.

— Não, moço! Desiste não. Deixa eu mostrar pra tu — falei segurando a mão dela e escolhi dois dedo pra mostrar.— Assunta só, levanta a mão até o pé do peito dela, no ubro — minha mão empurrou de leve a palma da mão dela —, aperta — meus dedo abraçaram o dedo dela —, puxa — espremi o dedo da base até a ponta e o calor saindo do nariz dela chegou na minha testa; virei a cara pra cima, ela me olhava; quando a gente se conheceu na trilha, mais Doura, tinha reparado que ela era bonita, mas não tanto —, solta — ninguém piscou, a concha dos meus dedo aliviou o dedo dela, mas ainda dava pra sentir uma quenturinha e quase um choque — e levanta outra vez — escorreguei a mão pra cima cuma zuadinha da pele grossa na pele lisa até triscar na palma da mão dela, que tava mais fria mó dum suor que tinha começado — e...

— ... aperta — ela inverteu a posição, agarrando um dedo meu — e puxa — ela falou, ou nem chegou a falar, só mexeu os beiço — e sobe de novo.

Léa espremeu o beiço de cima no de baixo, depois o contrário. A mão dela continuava agarrada no meu dedo. Com a outra mão trisquei na pele do lombo dela que tava de fora da blusa. Tive a impressão que ela apertou mais forte meu dedo enquanto eu rumava nossas mão grudada pra trás do lombo dela. A boca dela, jaca mole, não parecia que era do mesmo corpo que tremia e saltitava. Algum chutou o tamburete e o balde rumou uns gole de leite no chão. Dona mugiu com a pressão de dois em seus quarto. Léa parou.

— Ai, meu Deus. — Ela balangou a cabeça. As pestana espremendo os zóio. As ponta dos dedo estacaram meus ombro.

Afrouxei as minhas mão soltando dela. Fiz esforço pra lembrar de cada passo da nossa conversa até o beijo, caçando alguma ofensa, uma bobagem minha. Ela entendeu meus pensamento e continuou fazendo não com a cabeça.

— Eu sou... — Rumou as mão pra minha cara triscando de leve na pele. — Tenho um noivo — ela falou e deu um passo afastando.

Ísis e a amiga de Léa saíram da casa e vieram no nosso rumo.

— Menina, você não acredita nos trabalhos incríveis que essa mulher faz — Fernanda falou. — Cada coisa linda de crochê. Uma artista... Ei! Você estava com a brigada aquele dia na trilha, não é?

— Estava, sim, Fê — Léa respondeu. — Ele é o Deja, o frente, não lembra?

Depois dos entendimento de quem era quem, Ísis levou as muié pra conhecer a propriedade e elas garraram na prosa, café e avoador até as duas partirem pra Mucugê.

Dona ficou mais eu enquanto os pensamento demoraram pra esfriar no balde de leite morno.

Firóso era o homem dos projeto. Ele descobria as chance de alguma nica pra financiar alguns equipamento da brigada e escrevia as proposta. Depois que saí da Barriguda, de volta pra Palmeiras, a gente se encontrou por duas noite pra pensar num desses projeto.

Eu tava voltando da casa dele, pra lá das dez, quando passei em frente da rodoviária, do outro lado da rua, bem na hora do ônibus pra Salvador.

— Deja — uma voz de muié chamou.

Era Léa, na porta do ônibus com a passagem na mão de frente pro motorista. Ela falou alguma coisa e o motorista fez que não e apontou pro relógio. Ela levantou a mão pra mim, preu esperar, e segurou no braço do motorista, virou a cabeça de lado e juntou as mãos pedindo não sei que pra ele. Ele não disse não e ela atravessou a rua rumando na minha direção.

— Oi... — a voz dela saiu com um golinho de vergonha. — Essa Chapada tem alguma coisa mesmo — ela mudou a voz.

Eu não entendi. Ela explicou.

— Todos os minutos que passei aqui foram... — ela virou de banda caçando uma palavra no ar — oníricos.

Continuei sem entender, dessa vez por causa da palavra que não conhecia.

— Como as coisas que acontecem nos nossos sonhos, sabe? — Eu não sabia, mas tava aprendendo. — Enfim, o motorista está meio apressado... até o último minuto a Chapada quis me surpreender, você aqui, agora...

— Tava mais Firóso resolvendo uns negócio...

— Eu tinha acabado de pensar que nossa despedida foi estranha, que eu queria uma nova chance de despedir.

— Apois, não é pra todo mundo que a Chapada facilita as coisa — eu ri, lembrando dum amigo que sonhava morar na região e sempre alguma coisa dava errado —, dizem que é a Chapada que escolhe quem fica ou quem parte.

Léa chegou mais perto, segurou numa mão minha. Aproximou do meu rosto e atiçou umas brasa que eu achava que tavam rescaldada.

— Realizei meu sonho de conhecer a Chapada e foi maravilhoso, mas estou voltando aflita…

— Oxe, mó de quê?

— Mó de que — ela me arremedou falando cada palavra devagarinho, com um sorriso que chega fazia uns risquinho nas bochecha — não são só lembranças da Chapada que vou levar.

— Fica mais — falei rápido, sem pensar.

Ela estufou o peito, levantou minha mão que ainda tava recebendo umas pancada do coração dela e soltou o ar todinho cuma cara misturando alegria e tristeza.

— Não dá — balangou a cabeça com os zóio fechado. — Não agora.

O motor do ônibus acelerou e ela começou a atravessar a rua. Depois de uns três passo, voltou no meu rumo, beijou meu rosto e falou perto do ouvido:

— Tem hora que é do fogo, tem hora que é do brigadista, não é, frente?

Atravessou a rua, o motorista buzinou e fechou a porta logo que ela pisou dentro do ônibus.

Nossa água tinha acabado no final da madrugada e só depois do meio-dia que encontramo um poço d'água numa baixadinha do Gerais do Machobongo. Tava mais prum brejo, cumas folha morta e uma nata de cinzas do fogo cobrindo a água, cheio dum cabelo verde preso no fundo do pocinho. Abrimo um espaço no meio das raiz das planta pra mó de caber a garrafa PET cortada que nós usava pra encher as bomba costal d'água.

Usamo uma camiseta pra coar a água no cantil pra mó de pelo menos disfarçar a sujeira da água que a gente ia beber. O cheiro da água fez lembrar das aula de pró Nilde. Na Chapada água tem cor e na serra tem até cheiro.

— Melhor que aquela água das bromélias que a gente tava bebendo antes, hein?! — Trote falou, me entregando a vasilha vazia depois que aliviou a secura das tripa com a água do brejo.

— Na sede braba, não tem água certa. Não dá pra dispensar água nenhuma — falei, coando a água que ia beber.

— A estiagem chegou com tudo, não tá fácil achar água na serra. E pra ferrar com tudo, esse tanto de fogo... já é o terceiro incêndio nessa semana — Trote disse. — Passa aí sua bomba.

— Às vez parece que esses incendiário combinam de tocar fogo tudo junto — falei enquanto Trote sustentava a bomba costal com o garguelo aberto pra cima, pra mó d'eu encher com a água do brejo.

— Acho que um vê uma fumaça no céu e acha que é um sinal pra tocar fogo também.

— Povo burro! Todo mundo tá vendo que as água tão diminuindo na região toda e esses jumento queimando as nascente. Deus me livre pensar o mal pra alguém, mas às vez... ai ai, viu.

Conseguimos encher quatro bomba costal, cada um levou duas: uma nas costa, outra na frente. Caminhamo uma meia hora até chegar no ponto que a brigada tinha ficado. Sem água tava impossível combater, ainda mais naquele horário, com a quentura daqueles dia. E no Machobongo o vento é o tempo todo assobiando com vontade, fazendo o fogo correr légua solta.

Usamo uma bomba costal pros guerreiro matar a sede e com as outra retomamo o combate. Percorremo aquele mesmo caminho algumas vez naquela tarde pra buscar água, carregando quarenta quilo em água com as bomba cheia. O esforço valeu a pena, o incêndio que parecia gigante, impossível, parou de crescer na tarde e começamo a ganhar dele na noite. Pela manhã pudemo luxar um pouco da nossa água pra fazer um café, mó de que o incêndio tava controlado.

Numas hora assim, de incêndio controlado e os amigo relaxando ao redor do fogo, bebendo um café e comendo qualquer coisa, os guerreiro até se esquece do sacrifício que fizeram, do cansaço, das dor nos músculo, dos calo que as bota faz. Os guerreiro, nessas hora, vira tudo menino, cheio de gaiatice, de umas brincadeira tola, que nem menino mesmo. Pra muitos, essas hora tamém serve pra esquecer das dureza da vida lá embaixo, fora da serra. Não é hora de lembrar das conta pra pagar, da carestia do feijão, de uma ou duas pensão atrasada. Ali, na fogueira dos guerreiro que venceram uma batalha, acontece uma coisa que a gente quase nunca conheceu na vida: a gente sente que a nossa vida tem importância, que mesmo sem ninguém saber, é nós que tamo ajudando os outro, muitas pessoas. E não só as pessoa, o planeta todo, planta, bicho, água.

Aposto que poucos figurão, autoridades, essas pessoa muito rica mesmo, que mandam no mundo, aposto que muitos deles nunca sentiram isso que nós, os brigadista, sentimo depois que apagamo um incêndio. Alguns turista que já guiei, uns barão mesmo, gente que tem de tudo, pode comprar o que quiser, comer do bom, nunca tiveram fome, nunca ficaram sem casa, tem um pessoal desse que mesmo de férias, passeando na Chapada, não desapeia o juízo das preocupação.

Na roda do café e do fumo que a brigada faz depois que controla um fogo, pelo menos por um tempinho, ali os companheiro tão só com o coração, sem preocupação, curtindo só o café, o cigarro, as resenha, os amigo, o trabalho cumprido.

— Vem cá, Mutuca! Toma esse langanho aqui — chamou Cunga, oferecendo um pedaço de carne pro cachorro.

— Tu leva esse cachorro pra todo lugar, é, Cunga? — Adobim pricurou.

— Mutuca é quase gente. Quer dizer, é mais esperto que alguns aqui, até. — Cunga riu com a língua cobrindo o vão dos dente que faltava na frente da boca.

— Tive uma assim, também... — Zia falou baixo, quase sem querer. — Tu lembra de Rapadura, Abner?

— Claro, Rapadura era uma figura. Cachorra incrível.

— Moço, nunca esqueço daquela tragédia.

— Que foi, assim, Zia?

— Eu não sei nadar muito bem...

— Tu não sabe nadar nem muito mal, Zia — Cunga interrompeu.

— Nós fomo num poço bonito que tem lá pra cima do Rio Grande. Fui mais uma gata e Rapadura. Inventei de atravessar o poço, pulando pedra. Escorreguei bem na parte funda do rio. — Zia balançou a cabeça e bebeu um pouco de café frio.

— Toma esse, Zia, tá quente ainda — Firóso disse passando uma caneca de plástico fumegando. — E daí, o que aconteceu?

— Afobei, né? Fiquei nervoso sem encontrar o chão. Engoli uns gole d'água, mas não quis fazer feio pra gata... não pedi ajuda. E Rapadura começou a latir, ela pulava de uma pedra pra outra, latindo pra mim. Afundei na água e quando levantei, Rapadura já tava do meu lado, dentro d'água. Na afobação, apoiei nela pra alcançar uma pedra e me saí do rio. — Zia parou de falar e ficou olhando fixo pra dentro da caneca de plástico.

— Uá! E a tragédia?

— Eu saí, mas ela ficou... — Zia falou, enxugando os zóio. — Fiz muita força em cima dela. A bichinha me aguentou sem reclamar. Ela deu a vida pra me salvar. Moço, é duro, viu? Eu me sinto culpado. Matei minha cachorra, moço!

Trote deu uns tapinha no ombro de Zia, falou que ele não tinha culpa e outras coisa pra ele se acalmar.

Eu já conhecia a história, lembrava de Rapadura e desse dia no Rio Grande. Sabia que Zia se sentia culpado, que esse dia tinha abalado ele. Mas eu mesmo nunca achei que ele tivesse culpa, foi um acidente, ele não quis cair. E no desespero, o sujeito não pensa direito. Alguns amigo já tinham falado tudo isso pra ele na época, mas esse cupim rói o juízo de qualquer um, não tem razão que tira a dor do caboclo que se sente culpado.

Abner colocou mais água no fogo pra fazer um café novo.

Cunga bolava um baseado embaixo dum arbusto, se protegendo do sol que tava querendo esquentar.

Jotão tirava um cochilo debaixo duma lapa de pedra que só fazia sombra pra cobrir o rosto.

Nílson, um dos brigadista de Ibicoara que tinha se juntado mais nós, saiu prum canto pra mijar e Adobim chegou perto dele na hora que ele tava no meio do processo.

— Viadagem, Adobim. Tá curiando o quê aqui, xibungo? — Nílson gritou.

— Calma, moço. Só vim buscar minha garrafa que o vento carregou — Adobim respondeu, agachando pra pegar uma garrafa PET presa entre umas moita de capim.

Eu olhei pra Trote. Aquelas palavra e o jeito que Nílson falou, achei que podia ofender Trote. Ele percebeu minha preocupação, olhando pra ele, e balançou a cabeça com um sorriso. Acho que ele quis dizer que tava acostumado e que não era pra eu esquentar a cabeça com aquilo.

A gente tava desse jeito, sem ontem, sem amanhã, curtindo o presente. Até que o presente chamou.

— Eita, porra! — Zia falou assustado. — Ó pa lá. — Apontou pro lado onde o sol sai.

Uma fumaça subia adiante do Morro do Chapéu, no rumo da Chapadinha.

— Êdisgrama! Esses filho da puta não param — Cunga esbravejou, cansado. — Já é pra mais de seis dia nessa toada "tacam fogo, nós apaga, tacam de novo"... Quero dar um cheiro na nega também!

— Moço, fogo pr'aquelas banda da Chapadinha é brabo — Trote falou.

— E se nós não vai, ninguém num vai, não — falei —, daí o estrago vai ser maior.

— Daqui pra lá, de pé, pela serra, vamo levar bem umas três horas de relógio — Nílson, que era mais conhecedor da região, falou.

— Então não tá tão longe... bora? — chamei, já organizando as tralha mó de começar a caminhada.

— Moço, a gente desce pelo Tremedal e vai de carro até a Chapadinha, nós tamo cansado — Adobim sugeriu.

— Desse jeito vai dar umas seis horas até nós chegar no fogo... duas hora até o carro, mais umas quatro hora de carro até a Chapadinha e ninguém sabe onde tá esse fogo, quanto tempo de caminhada da Chapadinha pro fogo... — Abner fez as conta.

— A gente pode se dividir, mó do carro que tá parado lá no Tremedal — falei. — Vamo uma parte, a maior parte, pela serra mesmo. Abner e mais uns dois pode ir pelo Tremedal e leva o carro até a Chapadinha. Depois nós vê como se encontra por lá, capaz até de tu encontrar mais alguns voluntário pra juntar mais nós no caminho, viu, Abner?

— Acabei de jogar o tição no café, os menino — disse Abner. — Bora beber assim mesmo, com nata de cinza. Não vai dar tempo de esperar baixar.

Nós fomo em oito guerreiro pela serra, contando com os quatro brigadista de Ibicoara que tava mais nós e conheciam bem a região. Tivemo sorte e conseguimo avisar pelo rádio o pessoal do Parque sobre esse fogo novo na Chapadinha e explicamo nossa ideia de seguir pra lá. Pelo tanto de fogo que andava tendo nos último dia, não dava pra ter certeza que a gente ia contar com mais reforço.

Depois de um tempo, saímo da trilha que tinha pra contornar o Morro do Chapéu e seguimo na direção do Penedo torando mato nos peito. Depois que descemo o cânion todo e subimo novamente, do outro lado, não tinha mais sinal da fumaça.

Naquele ponto a Chapadinha tava mais perto que longe. Rumamo pra lá pra mó de esperar Abner chegar. Depois que atravessamo o rio Jiboia, Trote, sempre o mais ligeiro, gritou do alto duma pirambeira.

— Ó a fumaça aqui — apontou pro lado da Chapadinha —, seus sebosos!

— Essa é outra... — falei. — Tornaram a tocar fogo. E não faz nem dez minuto. — Olhei pra trás, pra ver se todo mundo tava perto, ou se estavam todos bem. — Bora correr?

Mal falei e Trote iniciou a carreira avexada na direção da fumaça. Jotão, Zia, Cunga e Nílson seguiram a corrida e os outros menino de Ibicoara discutiram entre eles se deviam ou não acompanhar a gente. Quando decidiram, nós já tava quase fora de vista, mas eles seguiram no rastro.

Quando chegamo num cucurute mais alto do caminho, vi um homem se afastando do fogo. Chamei Trote com um assobio baixo e apontei o figura. Ele parou de correr e pricurava o que eu tinha indicado quando cheguei do lado dele. Mostrei o suspeito e combinamo que cada um ia seguir por um lado pra cercar o peão mó dele não fugir.

O rapaz era baixo e franzino, caminhava ligeiro com camisa e boné dum candidato a governador. Ele percebeu uma zuada por detrás dele e olhou assustado pra Trote chegado. Antes dele entender o que tava acontecendo cheguei pelo outro lado, fechando a direção que ele seguia.

— O que tu tá fazendo aqui, rapaz? — falei alto e seco assim que cheguei numa distância pequena dele.

O rapaz virou com um salto ligeiro pra olhar pra mim.

— Por que tu tacou esse fogo aí? — pricurei quase triscando o peito na cara dele e apontando pra fumaça.

— Num sei, não... Num sei de nada, não, moço — falou embolado, gaguejando assustado.

— Toma vergonha, homem. Tu não tá vendo o fogo bem aí, ó. — Apontei pra fumaça atrás dele. — Tu veio de lá... não sabe de nada?

Ele baixou a cabeça, apanhou um talo de capim e começou a torcer nervoso, sem olhar pra mim. Acho que as mão dele tavam tremendo.

— Pensa bem antes de mentir, seu... — falei nervoso logo que percebi que aquele quarqué devia ser o disgramado do incendiário. Trote segurou no meu braço e eu não terminei a ameaça.

— Moço, fica tranquilo — Trote falou. — Nós não somos polícia, nem do Ibama. A gente apaga fogo, sabe? — O rapaz olhou pra Trote com a cabeça baixa. — Colabora com a gente. Vai ser melhor pra tu também.

Ele falou umas coisa embolada e baixinho, não deu pra entender nada.

— Fica calmo, guerreiro — falei, disfarçando minha raiva. — Toma aqui um gole — ofereci o cantil pra ele.

— Cachaça? — ele pricurou, levantando a cabeça e os zóio.

— Não. — Ri. — É só água, da serra.

Ele jogou um bocado no garguelo.

— Eu trabalho aqui. — Ele apontou com a boca.

— A terra é sua? — Trote pricurou.

Ele balangou a cabeça e disse um nome que foi impossível entender.

— A terra é grande? — pricurei.

Balangou de novo a cabeça, agora com sim.

— Então, pronto. É isso, companheiro — falei pra ele —, a responsabilidade aqui não é sua, não. É do patrão. Mas tu precisa contar a verdade, quem tacou esse fogo?

Ele voltou a falar rápido, embolado, apontando prum lado e pro outro.

Trote fez um sinal por trás do rapaz, querendo dizer que o pobre coitado era perturbado do juízo.

Os outro colega da brigada tavam chegando e começaram a cercar o rapaz.

— Foi ele, é?

O magrinho olhou assombrado pra Jotão.

— Ah! Xibungo, tu paga...

Olhei pros guerreiro e chacoalhei a cabeça. Trote mexeu a mão pra cima e pra baixo pros companheiro acalmar com o rapaz.

Quando os brigadista de Ibicoara também chegaram, pedi pra Jotão seguir pro fogo com a galera mó de segurar o fogo que tava no comecinho. Eu mais Trote ia resolver a questã com o peão assustado. Labutamo mais uns minuto amaciando o coitado, que tinha apavorado com a brigada, principalmente com Jotão.

E aos pouco ele contou tudo. Explicou que o patrão que tinha mandado. E o fogo de ontem e o de três dias antes tamém.

Percebi que o juízo do rapaz não pareava bem com a idade, devia mesmo de ter algum problema. Minha opinião era que o pobre era mesmo que um escravo daquele patrão.

— Ele mandou. Me dizia: "Toca ali e lá também". — De repente, o rapaz desandou a falar do patrão, apontando os lugar que queimou. — Eu toquei mesmo. O patrão que manda, né?

— Ele não falou que era perigoso? — Trote pricurou. — Por causa do Parque, pra não pegar fogo no mato, subir a serra.

— Não-nã-não. Ele fala: "Pa porra esse Parque" — o funcionário imitava uma voz grossa. — Ele fala: "Quieta com esses zimbama".

— Tu não fez nenhum aceiro, companheiro? Pra mó do fogo não seguir adiante, fora da propriedade do seu patrão?

— Não-nã-não. O patrão diz: "O aceiro é onde o fogo parar".

— Filho duma rapariga.

— Ô patrãozinho dos zimbama! — O tocador de fogo falou comigo, segurando na manga da minha gandola. — Tu não fala que eu falei nada. Não pode falar. Por Cosme e Damião, por Jesus Cristo, Nosso Senhor. O patrão diz que mata. Diz que já matou. Mais de um.

— Fica tranquilo, guerreirinho. Nós não fala nada, não — falei. — E ó: a gente não é do Ibama.

Enquanto percorremo as área que o funcionário tinha apontado, consegui comunicar por rádio cuma equipe do Ibama que já tava em Mucugê, contei o que a gente tinha achado e pedi pra virem urgente. Vimo as estaca de cerca queimada, os lugar que o fogo começou. E chegamo até a casa da fazenda. O funcionário mostrou o lugar que ele dormia. Um quartinho de enchimento apartado da casa, que ficava trancada nos dia de semana. Ele dormia no chão de terra batida, dividindo o quarto mais uma trenhada de ferramenta, sela, arreio, saco de semente de capim e veneno pra formiga e mata mato. Nós já ouvia os grito de Jotão e os outro menino atrás dum morrote, chegando de volta mó de que já tinham apagado o fogo. Quase junto, do outro lado da Chapadinha, a zuada da Formosa e do carro do Ibama.

Contamo toda a história pros fiscal, mostramo os lugar que os fogo começaram, explicamo a situação do sujeito, que não devia sofrer mais do que já peleja nessa vida miserável.

Nesse tempo de prosa, outra zuada veio do lado da estrada. O dono da terra chegava numa moto. Ele chegou todo calmo, dizendo que tava muito feliz com o Ibama e os brigadista lá na terra dele. Que se precisasse de qualquer coisa ele tava lá pra ajudar.

Um dos fiscal falou de umas foto de satélite, que eles conseguia saber todo fogo que acontecia, onde principiava e, às vez, dava até pra fotografar o incendiário.

A calma do fazendeiro esfarelou pelo chão. Ele principiou falar mais alto, a camisa chega molhou. Conversou um tiquinho diferente, admitiu que tinha mandado queimar só uns pedacinho do pasto dele, mó de rebrotar o capim pro gado. Essa era a notícia que os fiscal queria. Explicaram que a culpa pelo incêndio de uns dois mil hectares da semana anterior era dele, mesmo sem intenção, o responsável era ele.

O homem tentou mostrar que tava calmo, contou que tinha uns amigo juiz, advogado, até gente importante do Ibama.

— Um homem que tem casa na cidade, até em Itaberaba tenho uma casa boa, confortável, mas é aqui que prefiro ficar, passo o tempo que posso no meio do mato. Isso é coisa de quem gosta, de quem ama a natureza, não concordam? — ele pricurou, agitado. — Deus me livre ver a natureza destruída. Podem ter certeza, eu sou um dos maiores defensores da natureza que existe nessa região.

Os brigadista fingiam que não tavam prestando atenção na conversa toda. Mentira. Tudo de oreia em pé, esfregando as mão de contente. Um incendiário finalmente ia ser punido.

Um dos fiscal, mais bravo, falou que se ele gostava assim da natureza devia, pelo menos, ter feito um aceiro de verdade pra mó do fogo não sair dos pasto dele. O outro fiscal, que falava manso, pediu que o fazendeiro pegasse os documento enquanto iam buscar uns papel no carro.

— Mas o senhor quer esse documento pra quê, mesmo?

— Vamos explicar tudo pro senhor, com calma — disse o fiscal já caminhando. — Agora, o senhor colabora com a gente e traz um documento com CPF, por favor.

Nesse tempinho que o fazendeiro ficou só, Jotão chegou perto dele e falou baixinho:

— Tu vai preso, seu toca-fogo. Vai passar uns dia na prisão. Já ouviu falar o que acontece por lá, hein? Muito homem junto, falta mulher... alguém sempre serve de mulher. Tá preparado pra ficar uns dia sem sentar? — Jotão pricurou, rindo.

Os fiscal voltaram, agora cuma maleta cheia de uns caderno. O patrão incendiário jurou que não tinha documento lá com ele.

— Quem é que leva documento pra roça, moço?

— Não tem problema, senhor. Nós vamos juntos até a delegacia.

— O quê? — o fazendeiro quase gritou. — Eu não sou vagabundo, não. Sou trabalhador, pai de família. Fazer o que em delegacia? O senhor me desculpe, mas eu não vou pra lugar nenhum sem meu advogado.

Os brigadista estavam descaradamente perto, formando uma roda em volta da novela, alguns vibrando com o desespero do homem.

— O senhor pode chamar seu advogado no caminho e ele encontra o senhor lá, na delegacia mesmo. É dessa forma que resolvemos quando o infrator não tem documento, ou não quer apresentar.

Nessa hora teve grito e palma de alguns brigadista.

Depois dum falatório comprido, um tanto de ameaça e muita conversa de lei, os fiscal explicaram que se o fazendeiro não colaborasse, aí que a situação dele ia desandar.

Seguiram, no fim, no rumo do carro e no caminho um dos brigadista de Ibicoara, de nome Jocélio, foi seguindo do lado do fazendeiro, batendo o abafador no chão da estrada de terra até a porteira. Cada batida tinha força exagerada e fazia uma zuada explosiva. Ele queria dar susto no fazendeiro, por isso, às vez, dava as pancada pertinho dos calcanhar do incendiário. Outras vez a diversão foi só levantar um poeirão que cobria todo mundo, ficava até difícil respirar dentro daquela nuvem parda. Jocélio batia e gritava, muito do saliente, soltando uns grito sem palavra contra o fazendeiro.

Quase chegando no carro, Jotão parou na frente do incendiário. O peito dele na altura da testa do outro. Eu mais Trote chegamo mais perto, pra mó de garantir que ninguém esquentasse muito o sangue. Jotão não é de brigar. Ele é bruto, parece cachorro grande que assusta, mas é manso. Só que ele tava brabo com aquele fazendeiro, deve ter juntado a raiva pelos dia apagando o fogo que ele tocou mais a maldade com o funcionário.

— Vai tacar fogo agora lá na prisão, coisa-ruim — Jotão falou.

Puxei meu compadre pelo braço, afastando ele do caminho que os fiscal seguia mais o incendiário. Nessa hora o fazendeiro olhou pra mim dum jeito esquisito, dos zóio dele saiu uma friagem que bateu atrás da cabeça e seguiu pela espinha. Ele andou uns passo sem parar de me encarar. Jotão, fervendo do meu lado. O fazendeiro gelando meu peito.

Alguns dos menino cercaram o carro. Adobim segurou a lataria que fica em cima da roda da frente e balançou o carro pra riba e pra baixo, ofendendo o tocador de fogo.

— Tu deu sorte — disse Adobim. — Se nós encontrasse tu na serra não ia ter passeio de carro, não.

Os fiscal falaram pra parar, mas não falaram assim com muita vontade. Parecia que eles tavam dando um desconto pros brigadista, deviam saber que os guerreiro tava contente pelo incendiário se dar mal. Adobim ainda balançou o carro mais um pouco até que Trote falou pra parar. Pedi pros brigadista afastar do carro e percebi que Trote chegou mais perto do incendiário quando ele deu a volta pra entrar no carro pela porta de trás.

De longe não escutei o que eles falaram. Primeiro Trote disse alguma coisa, apontando pros outro guerreiro, parecia que tava pedindo desculpa, talvez pelos exagero dos colega.

Depois o fazendeiro falou com ele. Um braço esticado do lado do corpo, a mão fechada. A outra mão girava no ar bem na frente da cara de Trote. A cabeça do incendiário parecia duma imagem de santo de gesso, nada mexia, só a boca que parecia falar alguma coisa bem avexada, sem parar pra respirar.

Alívio e Adobim apareceram em casa numa tarde. Os dois tava agoniado, falando ligeiro, embolando as palavra.

— Frente, tu sabe de Cunga? — O balangar da cabeça disse que não, não sabia. — O doido se picou mais o povo do circo que tava armado lá no Amarra-Jegue?

— Maria, moço! Mais essa agora de Cunga, é? E ele sabe fazer o que num circo, pelo amor de Deus?

— Oxe, faz um tudo. Põe aquelas estacas com marrão, amarra um bocado de corda, levanta lona, depois desmonta. Disse que vai aprender fazer mágica e ver se casa com uma coroa rica.

— Quieta, vocês dois, não podemo deixar isso, não. Que vida esse homem vai ter? Esse povo não ganha nem o de-comer. Cunga é importante pra nós, um dos melhor abafador da brigada.

— Nada, moço. Aqui tá bom — Cunga falou, com a voz de lata mó desses orelhão porqueira da Telemar.

— Bom o quê, guerreiro? Tu dormindo num banco de carro, tomando banho dia não, outro tamém não.

— Assunta, minha pedra: saí de Palmeiras como capataz do circo. Agora, não faz duas semana, já sou o escada.

— Avemaria! Meus parabéns! Daqui um mês tu já pode ser o mesa, o cadeira…

— Ignorância, homem. Escada é tipo um assistente do palhaço.

— Já até imagino seu nome de palhaço — falei.

— Imagina aonde? Eu que criei, tu não adivinha nunca.

— Se não é o que tô pensando, tu devia é mudar. Tinha que ser Pouca Sombra. — Esse era o apelido que os brigadista deram pra Cunga mó dele ser baixinho.

— Sua mãe, Deja!

— Bora deixar mãe tranquila, fora disso — falei. — Moço, onde mesmo tu falou que o circo tá agora? — Cheguei no ponto que importava mais.

— Nós tava em Iraporanga, foi até bom por lá, mas já faz dois dia que montamo a lona no Cochó do Malheiro.

— Entendi..., mar'moço, que disgrama foi essa de tu sair de Palmeiras sem nem falar nada com sua mãe? A véia quase arruína...

— Como assim... do que tu tá falando? — pricurou preocupado.

— Ontem mesmo, tive mais ela na Rua da Lama. A bichinha tava toda descabrunhada, coitada. Dizendo que tu não era filho de chocadeira...

— Mas... aconteceu alguma coisa? — A voz de Cunga falhou e não foi problema do orelhão. — Ela tá bem, meu frente?

— A gente conversa melhor aí.

— Aqui?

— Preciso desligar, Cunga. Depois a gente se fala. Não vai quebrar essa escada, viu? — falei rindo. — Fica bem, aí, a brigada precisa de tu.

Desliguei rápido antes que Cunga pricurasse mais alguma coisa.

No dia seguinte boa parte da brigada foi pro Cochó do Malheiro. Levei Anori mais nós, ia ser a primeira vez dele num circo. Abner, mais uma vez, fez a boa ação do carro e nós colocamo uns litro de diesel. Também tivemo que pagar, cada um de nós quatro, dois real pra entrar no grande espetáculo do

Cirque du Soléu. Acabei minhas moeda na pipoca pra Anori e, dos menino, só Zia ainda tinha um trocado pra pipoca.

Foi bem pago pro tanto que a gente riu quando Cunga foi chamado de Pulga Prenha no palco e ainda mais quando levou uns tapa na cara do palhaço Coceira. Uma das dançarina até chamou Jotão pra ir no picadeiro pro número da Eguinha Pocotó. Ele foi todo embaraçado, mas saliente pra riba da moça. Ela colocou um pano nos zóio dele e falou que era pra mó dos dois dançar mais à vontade. O bestão ficou lá, se requebrando, enquanto a moça foi trocada pelo palhaço vestido de dançarina. Meu compadre não tinha mais sangue pra colocar na cara depois que Coceira tirou a venda dele.

Depois da diversão, a missão: resgatar Cunga. Ele veio conversar mais nós assim que terminou suas obrigação na arrumação do circo. Primeiro os abraço, as resenha engraçada da noite, seguido do plano.

— E mãe, como tá? — ele pricurou.

— Não tá muito bem, não — Abner falou. Escolhemo ele pra falar, mó de que os outro não ia conseguir sustentar a cara séria. — Mas calma, não é assim também caso de vida ou morte.

— É o diabete? A pressão? Fala, moço!

E assim a gente foi cunzinhando o galo, inventando uma coisinha, exagerando outras, até Cunga entrar mais nós no carro pra ver como a mãe tava em Palmeiras.

Deixamo ele na porta da casa da mãe. Ele entrou vexado e nem percebeu que a gente foi embora, todo mundo, sem esperar o resultado do encontro mais a mãe.

No dia seguinte encontrei Cunga no Alto da Peteca e ele veio cheio dumas palavra pra mim, chateado que tinha sido enganado.

— Quer dizer que tu tá bravo porque sua mãe tá bem? — pricurei.

— Claro que não. Não é isso, cê sabe.

— Moço, esse negócio com o circo era sem futuro.

— Eu é que decidia isso.

— Assunta, o seu chefe lá, o dono do circo: gente ruim.

— Quá! Nada... ele é gente boa. Me tratou bem.

— Moço, esse cara vive de juro, empresta dinheiro pra depois tirar o couro do sujeito. Já matou uns dois, aí. E os funcionário do circo, ele faz a feira e depois cobra o dobro do que vale no mercado. Com poucos mês tu ia ter tanta dívida na mão dele que... não sei, não, tu ia se lascar naquele circo, que nem um escravo.

Ele botou cara de sem fé e saiu acabrunhado.

Uma semana depois do resgate de Cunga, escutei uma zuada agoniada, de mulher, xingando no beco atrás de casa. Reconheci a voz de Rosa de Rosaldino e fui acudir, saber se precisava ajuda. Da esquina vi Cunga espremido no juízo. Andava dum lado pro outro, parava na frente de Rosa, o corpo todo duro, só a cabeça balangava apontando pro chão.

— Dia, Rosa — cumprimentei de longe. — Ô Cunga! Vai desculpando aí. Cabeça minha... eu tinha que ter falado mais tu antes, Rosa. É que aconteceu um problema no sifão da pia e demorei pra vim aqui. — Vi uns ovo e umas laranja dentro da sacola na mão dela. — Pedi pra Cunga buscar uns ovo mais tu, mó d'eu fazer um cuscuz com ovo pra Anori e umas laranja, só o bastante prum remédio... o bichinho tá constipiurrupiado.

Rosa me olhou quieta. Depois olhou pra Cunga e pricurou: "É?". Cunga trocou a resposta por uma cara assustada, virada pra mim.

— Ê vizinha, no sábado eu devolvo tudo com juros — falei enquanto pegava a sacola dos ovo e das laranja da mão dela. — Deus lhe pague e vai desculpando de novo.

Depois que Rosa entrou, com a cabeça chamei Cunga pra casa. Rumei mais água no feijão, preparei uma farofa com os ovo e um cortado de palma. Almoçamo e rimo junto dos causo antigo da brigada e das resenha nova do circo. Não trocamo palavra sobre Rosa. Nunca.

Mãe sempre dividiu as tarefa da casa entre os filho. A labuta mais pai, com gado, era só entre os home, mas no trabalho pra feira todo mundo participava. Eu mais Betânia cuidava das tarefa de casa, Eurico e Ísis iam mais mãe pra feira. Mesmo que a vontade maior era correr gerais, banhar ni rio, subir serra, tinha um trabalho que não desgostava, não. Era tratar dos grão que a gente ia ensacar. Mãe sempre foi muito asseada, tinha hora que mandava a gente tirar as pedra, os cisco do meio do arroz vermelho. Outras vez era tirar os caruncho do feijão-de-corda. Era essa tarefa que espichava o gosto, achava graça nos bichinho espalhando, nos furinho bem-feito que eles fazia no feijão.

Essa diversão garrou ni mim por toda a vida. Não tem explicação. Quase um ano depois da separação mais Léa, tava lá eu limpando um feijão que Eurico tinha mandado da roça dele umas semana atrás. Lembrava de mãe zangando da minha demora quando era menino: "Esse serviço parece que ganhou rabo, Dejanir". Nesse dia os caruncho na mesa puxaram umas ideia. Eles sempre me deixavam intrigado, de onde surgia tanto caruncho? E por mais que a gente tira, separa, deixa guardado numa lata fechada, uns dia depois aparece mais. E de repente eu vi que meu juízo tava o mesmo que o feijão, tava carunchado já tinha uns mês. Passava uns dia sem pensar ni Léa, mas era menos ver que lá vinha outro pensamento, às vez pequeno, às vez um pouco mais.

Coisa sem propósito, tanto tutano gasto prum causo que não foi nem nada.

Os caruncho caíam da beirada da mesa pro chão e eu mesmo que vendo o desgoverno desses pensamento carunchado, que só faz roer e sair desembestado pra qualquer rumo, mesmo que seja pra romper o vazio numa queda abestalhada.

— Ô Deja! — a vizinha gritou antes de abrir a porta de casa. — Tu tá aí, menino?

— Tô na cunzinha, vamo chegar.

— A menina lá... filha de finado Gerenga... que trabalha lá no Ibama, ela mandou dizer que tem um recado pra tu — continuou gritando, da porta mesmo, sem entrar —, disse que é pra tu passar lá.

— Viu, vizinha! Bora comer um feijão?

— Hoje não, meu filho, muito obrigada. Deixei um cortado cozinhando no fogão, preciso ir antes que queima. Lembrança pra Raquel. Fica com Deus, viu?

— Tá cedo... obrigado.

Depois do almoço fui visitar Cunga no Mandacaru. Ele não tava muito bem.

Ele tava deitado num colchão fino, quase um tapete, todo embrulhado numa coberta estampada cumas rosa desbotada, mesmo no calor da tarde.

— Que é que tu tem, guerreiro, tá constipiurrupiado?

— Sei não. Não sei se tô com difruço... ou se foi o sonho...

Minha resposta foi um arranhão na goela.

— Eita, sonho medonho, meu frente. Era mesmo que eu tava acordado. Assunta, ontem Damião de Zissi me chamou pra ajudar no caruru que eles dão lá, tu sabe, né? É um caruru retado, vai meio mundo de gente.

— Sei qual é. Eu sou acostumado de ir nos caruru do Carmona e da Barriguda, mas conheço a fama dessa festa de Cosme lá de dona Zissi. Nos Ananais, num é?

— E eu falei que não ia — Cunga continuou. — Falei pra ele que vó também dava caruru e minha lembrança de vó não é das melhor, véia disgramada, fazia diferença entre os neto. Pra variar, eu era a banda arruinada dos netos na opinião dela, não era da banda mais lazinha da família, não era dos mais branquinho, dos bem de vida. Ela obrigava a gente, todos os netos, ajudar no caruru dela. Depois que ela passou dessa pro desgosto eterno, que Deus a tenha — ele esticou os beiço apontando pro chão —, nunca que eu quis saber mais de caruru.

— Por que tu tá falando tudo isso? E o sonho, moço?

— Resultou que por causa disso tudo não fui ajudar Damião. Aí é que vem. Ontem eu tava com um esquema mais uma nega aí, trouxe ela pra cá, tudo no bom. Acabou que depois de namorar uma vez, assunta, umazinha, fiquei a reboque. Escabriolado mesmo. Apaguei, tu acredita? A gata ainda tentou levantar o defunto, mas quá, nada, nem vi. Agora, nessa dormida aí é que foi o sonho, espia. Minha vó tava sentada num murundu, dum quintal, parecia da casa dela mas diferente. Eu tava do lado de fora da cozinha, olhava pra ela, que tava mais alta, mas o céu atrás dela atrapalhava eu enxergar direito, sabe como é? De repente não era mais quintal, nem tinha mais a véia, só apareceram umas pessoas, me cercaram e começaram a descer a lenha, os caras me sarrabuiaram no chão... — Cunga se encolheu na cama, só de lembrar —, bateram com vontade, uma surra... apanhei de verdade, Deja. Juro, tô sentindo as dores até agora — ele apalpou o lombo engiando a cara com a dor. — A nega, ela me disse hoje de manhã, enquanto ela ficou por perto esperando pra ver se eu ia comparecer de novo, eu me contorcia na cama. Ela tentou me acordar, falou comigo, me chamou, nada de acordar. Ela falou que eu só gemia de dor, que eu pedia desculpa, "perdão, vó", ela contou.

— É o compromisso da véia, Cunga... — falei. — Passou pra tu! E diz os antigo que compromisso mais os santo mabaço é coisa séria.

— Não sei nem se foi mesmo um sonho, entende, Deja? Parece que aconteceu mesmo, no meu corpo. Sei lá. Coisa dos caboclo, né? Só sei que de agora em diante eu vou ser dos maiores apoiador do caruru de dona Zissi, ah, vou...

— Tu vai sentir os quilo da tradição da família no lombo se não assumir a responsabilidade que a véia tá passando pra tu agora. Ou assumir, ou se desfazer dele, de vez.

— Quieta, moço. Por que a véia não vai cobrar isso lá pros neto preferido dela? Sabe o que lembro, Deja? Um dia passei na casa dela depois da escola. A professora tinha acabado de falar a palavra "excelente" e eu não tinha entendido e pricurei pra vó o que significava. Tu sabe como a filha duma jega me explicou? "É quando alguma coisa é muito boa", ela me disse, "quando é melhor do que bom. Tu, por exemplo", ela falou pra mim, Deja... "tu nunca fez nada de excelente, Jaílton." Moço, é duro você saber desde menino que não vai fazer nada excelente na vida. Que não pode nem sonhar em um dia ser um "vossa excelência"...

Cunga contava umas história braba da vida, cada uma que chega entristece o caboclo que escuta. Só que, no mesmo tempo, ele fazia as história ficar muito engraçada, contava dum jeito gaiato, rindo das própria desgraça. Num dava pra não rir. Depois dumas risada com as história de Cunga, preparei um chá de sabugueiro pra ele e rumei pra casa, passando pelo Ibama no caminho.

A secretária me contou que uma moça tinha ligado pra lá, pricurando por mim, e me entregou um papel com um número de telefone.

— Uá?! É número de Lençóis...? — estranhei quando li o número.

— 3334... é, sim, com certeza Lençóis — a secretária confirmou depois de espiar de novo o papel que ela tinha me entregado. — Ela explicou que não tinha seu número, por isso ligou pra cá.

— Ela falou mais o quê?

— Mais nada, mas ela foi supergentil, muito educada. Sotaque de fora. Pela voz, eu digo que deve ser bonita — a secretária abriu um sorriso de quem descobre algum segredo.

— E o nome, num disse?

— Disse, mas eu não anotei... Não estou lembrando direito. Lembro que era um nome curto, de três letras.

Na demora que ela precisou pra começar e terminar de falar a palavra "letras" eu lembrei que tinha feito esse mesmo comentário quando conheci Léa. Mas não entendi o número de Lençóis...

Daquela hora até a hora que eu encontrei Abner pra pedir o telefone dele emprestado, uma febrinha ia e vinha no meu peito, mó do pisero que dúvida e certeza tavam fazendo no juízo. Liguei com a febre já chegando na ponta dos dedo que apertava os número no aparelho.

— Quilombo Aventura, boa tarde. Em que posso ajudar? — A voz conhecida falou.

— Recebi um recado... desse número — falei embolado, sem querer arriscar o nome que parecia estar do outro lado da linha.

— Deja! — ela quis.

Na sexta-feira que seguiu fui pra Lençóis. Vi Léa na rodoviária me esperando descer do ônibus. Ela levantou a mão e balangou um pouquinho, com preguiça ou tímida. Eu queria abraçar, mas ela não abriu os braço, então eu abracei ela prendendo os braço dela com os meu. Mesmo que uma rapadura, quando a gente segura com a mão e aos pouco começa a melar os dedo, derretendo onde a pele encosta. O corpo dela, que tava frio, mesmo no calor ardido de Lençóis, aos pouquinho amoleceu embrulhado no meu abraço.

Rumamo de pé até a casa que ela tava morando, na rua da Baderna. Na verdade, ela ocupava um mezanino da casa duma paulista chegante que tinha acabado de abrir uma agência mais Doura. Léa tava trabalhando nessa agência. Almoçamo lá mais a paulista e depois a gente foi pro poço da Gameleira conversar sobre as novidade, sobre essa novidade dela na Chapada.

O poço ficava acima do ponto das lavadeira, mas alguns menino que acompanhavam as mãe até o rio gostavam do lugar tamém. Tinha uns três menino vadiando nas pedra derredor do lajedo que a gente sentou. O sol de Lençóis parece que aprendeu a usura com uns antigo que labutaram naquelas terra. Tava mesmo que um fogo na cacunda naquela tarde e mesmo assim, mó da influência da água do Lençóis e talvez tamém por causa dos menino malinando por ali, sentimo um refresco naquele lugar. O fresco que menino consegue trazer num coração passado, se o coração tem qualquer espaço, se não tá abarrotado de certeza e poeira, e o fresco dos pé molhado se a pessoa não tá na opinião de banhar por inteiro.

— Como foi, assim, de tu mudar pra cá?

Ela riu batendo os pé na água.

— A novela é grande... Prefere a versão comprida ou resumida?

— Prefiro a que tu vai contar.

Ela segurou no queixo e caçou um jeito de começar.

Escolheu contar da faculdade que ela fez, mó de que foi nessa época, numa festa de estudante, que ela viu um programa na televisão, dum balão voando por cima da Chapada. Naquele dia ela incutiu com a região. Depois de formada ela virou sócia numa clínica que ficou famosa, o negócio cresceu e ela ficou bem de vida. Noivou mais um médico que tamém era sócio nessa clínica e começou trabalhar com fisioterapia pra recuperar gente que fez cirurgia.

— Não tinha nada para reclamar, sabe? A vida estava seguindo um roteiro perfeito. Até demais — ela riu —, naquela vida toda certinha tinha alguma falha, não sei explicar. O Pedro, por exemplo, meu noivo, ex-noivo, não era um cara ruim... não é que ele tenha feito alguma coisa errada. Sabe aqueles quadros antigos que têm umas molduras cheias de rococós, douradas?

Eu não sabia.

— Se você colocar uma moldura daquelas em um quadro moderno — ela continuou —, desses bem doidos, experimentais, com figuras geométricas. Não combina, fica estranho. E o contrário também, essas molduras simples, retas, lisas, brancas não combinariam com um Caravaggio. Eu estava me sentindo assim — Léa fez um quadrado com os dedo na frente da cara —, uma pintura em uma moldura equivocada.

— Uns arreio de prata num podói. — Eu não sabia nada de quadro, de pintura. — Tu sentia que a bota tava apertada, é isso?

— Não sei o que significa essa palavra aí, podol...? — Ela riu triscando no meu braço. — Mas se entendi certo, é isso mesmo, eu estava bem assim lá em Campo Grande.

Os menino chegaram mais perto de nós. Parecia que o sol tinha derretido no rio, a água era quase de luz, cobria a pele deles cum brilho, uma molhação de ouro, chega ofuscava as vista. Eles rumava água um no outro e acabou sobrando uma chuvarada ni nós. Olharam preocupado, esperando que um dos adulto ia raiar com eles. Léa fez foi bater os pé mais forte rumando água neles tamém e rindo mais os menino.

— Aquela viagem para cá, eu planejei por um ano, junto com o Pedro. Ele sabia que a Chapada era um sonho antigo, muito importante para mim.

— E o que aconteceu, por que ele não veio?

— Faltando duas semanas ele cancelou, apareceu um compromisso superimportante da clínica, uma viagem para a Espanha na mesma data que nós viríamos para a Chapada, acredita? Ah! Fiquei bem chateada. Ele queria adiar, mas eu resolvi manter a viagem e convidei a Fernanda para vir no lugar dele.

— E tu achou que a troca foi boa, valeu a pena?

Ela abriu os braço e olhou em volta, mostrando o rio, as pedra. Eu entendi que se ela tava na Chapada era sinal que tinha valido.

— Quando voltei para Campo Grande, depois da viagem para cá, aconteceu uma coisa. — De repente o rio, o sol, os menino brincando, tudo encolheu numa cara séria. — Eu corria, sabe? Quase todo dia. Meu irmão — ela quietou e olhou pros menino na água.

— Tu tem quantos?

— Só ele, Marquinho... dezesseis anos mais novo do que eu, temporão. Então eu também cuidei um pouco dele. Ele me acha a heroína dele. — Ela sorriu. — Pouco depois de voltar para o Mato Grosso do Sul, eu estava em casa, faltava um gole de café para as seis da manhã, ouvi uma voz infantil gritando meu nome da rua. Abri a porta e descobri que Campo Grande estava encoberta por uma neblina, coisa rara por lá, e do meio da neblina o Marquinho pula contra meu corpo com um beijo abraçado. Perguntei o que ele fazia lá, naquela hora. "Esqueceu nosso combinado, é?", ele falou com carinha triste. Segundo ele, eu tinha prometido levá-lo comigo depois que ele completasse doze anos. Eu falei para ele que não estava preparada... e ele me disse assim — Léa ficou de pé na pedra e fez uma posição parecendo um soldado —: "Eu estou preparado", e levantou o pé para mostrar o tênis novo de corrida.

— Então, tu não morava mais ele.

— Não, ele mora com meus pais e eu mudei da casa deles logo quando comecei o trabalho na clínica. Eu tinha uns vinte e quatro anos. — Léa tornou a sentar. — Até por isso, eu acho, o Marquinho deve ter procurado um jeito de passar mais tempo comigo. Ele passou a me acompanhar na corrida, nos dias de treinos mais leves. Ah! Ele ficava todo satisfeito de correr comigo.

— Onde vocês corria?

— Na cidade, mesmo. A gente começava na avenida Afonso Pena, é uma das principais de Campo Grande, passava pelo shopping e ia até o Parque das Nações Indígenas. Para o Marquinho o ponto alto de uma corrida era quando tínhamos que desviar das capivaras que às vezes cruzavam nosso caminho. Para ele era uma aventura… corrida com obstáculos. — Ela riu.

— Oxe, e isso era comum?

— Em Campo Grande é, ainda é. Tem capivara atravessando a rua, arara-azul no jardim, é a festa dos bichos.

— Vai desculpando, atrapalhei a história.

— Alas, Deja. Eu que já estou falando demais.

— Moço! Tá não. Tá até bom de ouvir.

Ela fez uma zuada quando soltou ar pela venta, escorregou de bunda até perto da água, levantou a calça e afundou as perna até os peador. Com a mão ela apanhava um pouco d'água e lavava as coxa.

— Num sábado — ela continuou depois que molhou o cangote — nós tínhamos combinado de correr. Fui acordada pelo barulho da janela sendo alvejada. Marquinho achou que era uma boa ideia jogar pedrinhas contra a madeira das venezianas para acordar a bela irmã adormecida. Abri a janela brigando com ele: "Eita, pêga! Para, guri. Cê tá doido? Vai acabar quebrando minha janela ou acordar os vizinhos". E ele todo apressado, dizendo que nós estávamos atrasados. Eu nem lembrei que tinha marcado com ele — Léa falou baixinho, com a cara virada pra pedra. — Na noite anterior eu tinha trabalhado até tarde e não consegui acordar no horário. Falei para corrermos outro dia e ele deixou escapar uma careta dos tempos de birra infantil: "Assim você quebra nosso treinamento". — Ela sorriu. — Então eu sugeri para ele ir sozinho — ela falou com dificuldade —, correr nosso circuito menor. "Aproveita que vai sozinho" — as palavra labutava pra não sair da boca dela — "e treina com bastante consciência para corrigir aquela sua pisada aberta", falei para ele. — Léa puxou rápido o ar pelo nariz como se chupasse uma coriza pra dentro.

— Não tem precisão se tu não quer continuar.

Ela virou a cabeça dum lado pro outro, devagar.

— Quero falar... acho que preciso falar. — Os menino saíram da água e se esticaram numas pedra do outro lado do rio falando e rindo alto. — Eu percebi que ele saiu confuso, tadinho. Um pouco aflito pela minha ausência e um pouco satisfeito pela responsabilidade adulta — a voz trupicando na goela — que eu deleguei a ele. E eu voltei a me enterrar nas cobertas e em um sonho. Só lembro do fim, uns trabalhadores demoliam, a marretadas, as paredes da minha casa, que era a casa dos meus pais da minha infância. Aos poucos as marretadas se transformavam em pancadas sobre madeira. Um fiapo de consciência suspeitou que alguém batia à porta. Batidas fortes que pausavam para o chamado seco do meu nome. A adrenalina me arremessou para a porta de entrada da casa, onde um ex-namorado de uma amiga de escola, com a camiseta suada e tênis de corrida, disse sem rodeio: "Oi, Léa... lamento... seu irmão sofreu um acidente".

Coloquei a mão no ombro dela. Ela apertou de leve minha mão e olhou pra mim pela primeira vez depois que começou a contar a história do irmão. As bochecha molhada e o nariz vermelho.

Tentei mostrar, sem falar, que entendia ela. Tinha alguma coisa na perturbação dela que eu conhecia bem. O que eu via nela, por trás do engasgo doído na goela, por debaixo do chão daquele buraco, queria que ela percebesse que tamém vivia ni mim, talvez o mesmo que eu tava vendo nela. Não ia saber explicar com as palavra, por isso minha cabeça balançou de cima pra baixo, minha mão coçou debaixo do cabelo dela, pensando mostrar que ela ali era espelho, por isso era mais desgosto ni mim a dor que tava nela.

— Cheguei tremendo no local do acidente. Atravessei uma parede de gente que cercava uma caminhonete atravessada sobre a calçada da Afonso Pena. Corri para a frente da caminhonete com uma certeza mórbida, aterrorizada com o que encontraria... mas meu irmão não estava lá. Informaram que a ambulância já havia ido para a Santa Casa. O tempo que passei olhando para a caminhonete, entre eu chegar e sair na direção do hospital, esse tempo durou poucos segundos. O que eu hoje lembro de ter sentido não parece caber em tão pouco tempo. Lembro que um formigamento nos dedos do pé se transformou num choque que subiu para o resto do corpo, reparei que nas mãos não chegou em forma de choque, mas como gelo. E também fiquei surpresa ao perceber que, do pescoço para cima, nem choque, nem frio, mas um calor, como se por dentro estivesse fervendo. E os pensamentos que tive, se eu tentar falar deles agora iria demorar muito mais que alguns segundos. Foram lembranças claras do Marquinho, principalmente do primeiro dia dele correndo comigo e um replay sem parar daquela manhã, o som das pedrinhas batendo na madeira azul da minha janela, a carinha dele quando falei que não iria com ele... meu corpo — a voz dela escorreu feito um córrego quase sem água — colidindo repetidas vezes na lataria intacta que se amassava ao tocar minha pele nas não sei quantas cenas imaginárias em que substituí meu irmão no acidente. — O tom dela ficou mais alto, brigando contra o próprio corpo ou talvez contra a culpa. — Mas esses pensamentos, as imagens que apareciam na minha mente, eles eram todos como adesivos transparentes colados numa imagem principal, a imagem que estava ali na minha frente, a placa da frente da caminhonete com a pequena mancha seca, desbotada, já sem a cor esperada de sangue, cobrindo parte do ene e do dê de "MS — Campo Grande" grafados acima dos números da placa. — As palavra saíam molhada de raiva. — Essa imagem é uma fotografia de alta resolução que minha memória insistia em revisitar.

— Moço, para um pouco! É muita coisa falar de tudo isso numa vez só — falei, chegando mais perto pr'ela apoiar o corpo no meu.

— E se eu estivesse com ele? Podia ser eu, devia ser eu, não ele... O filho da puta tinha enchido o rabo de cachaça, um verme bêbado na porra duma caminhonete, naquela velocidade. Maldito costume de playboy de Campo Grande, beber como um porco e sair pelas ruas atropelando inocentes!

— As chance de algum bebo fazer merda é a mesma dum boi comer capim num pasto verde — falei. — E o menino, seu irmão?

— Ficou oito dias na UTI. Passou por duas cirurgias e dez meses de fisioterapia. Não houve sequelas no cérebro, graças a Deus, mas... — a goela dela trancou a voz — tiveram que amputar uma perna.

— Avemaria! Um negócio desse deve bagunçar o juízo dum menino...

— Mexeu. Depois de algumas semanas chocado, tentando entender a situação, Marquinho teve constantes melhoras no humor. Testemunhamos uma superação inimaginável para um garoto que ainda não havia completado treze anos. Ele fez terapia... e eu também. Às vezes penso que meu irmão superou melhor do que eu o acidente. A culpa por não ter estado com ele, por ter deixado ele sozinho naquele dia, se tornou uma companhia constante. Aos poucos, o medo de correr nas ruas me invadiu. Se eu ouvia um pneu derrapando no asfalto tinha taquicardia, sudorese, falta de ar, chorava. Minha terapeuta achava que eu estava com síndrome do estresse pós-traumático. Você não acha a coisa mais doida do mundo alguém ter trauma por um acidente que outra pessoa viveu? Por cenas que eu só vivi na imaginação e nos pesadelos?

Uma das lavadeira chegou perto da gente, cumprimentou com o sorriso aberto e chamou as crianças pra ir embora.

— E esse negócio de terapia aí, resolve mesmo essas coisa? Ajudou nessa culpa sua? — pricurei.

— Ajudou, sim, um pouco. Um dia resolvi entregar ao chão de um salão de beleza minhas longas mechas de cabelo e fui me encontrar com a Fernanda no Café Mostarda, nosso ponto das conversas mais sérias. Ela perguntou se tinha sido "a tesoura do desejo". E eu, claro, cantei "... desejo mesmo de mudar". — Ela cantou tamém pra mim e viu que eu não conhecia a música. — É uma de nossas músicas preferidas. Depois falei para ela que eu estava começando pelo mais fácil: por fora. — Léa chegou a rir. — Essas coisas e o tempo ajudaram, mas tinha uma coisa que era muito foda... as placas dos carros! Ler "Campo Grande" em toda bendita placa era um tipo de maldição... me levava sempre àquele dia e às dores daquele dia.

— Avemaria, imagina o tanto de placa numa cidade grande... E o motorista da caminhonete?

— É filho de um dos grandes da cana no Mato Grosso do Sul e o tio é deputado. — Léa afundou as unha na carne do meu braço! — Não dava para ser menos típico? Ele passou uma meia dúzia de dias preso e rapidinho saiu para responder em liberdade. Agora já está nas festas, dirigindo bêbado sua caminhonete nova, prestes a atropelar mais uma criança. Ai, Deus me perdoe — ela bateu na boca com a mão —, mas eu torço para que ele capote sozinho em um canavial do pai. Ai, credo — tapou a boca com as duas mão —, sei que isso é horrível, desejar o mal de alguém desse jeito...

— Oxe, dá pra te entender, algumas maldade fisga o que tem de mais ruim na gente.

— Vou confessar uma coisa... — ela falou e parou pra pensar se devia continuar — a história das placas teve um certo papel na minha decisão de sair de lá. — Léa cobriu os olhos cuma mão. — Eu sei que não devia, sei que essa escolha deveria ser movida por outra força, não por trauma, nem por culpa... minha terapeuta tentou me dizer isso de outros jeitos, pelo menos foi o que eu entendi... e não foi só isso, é verdade. Mas cada coisa teve um tantinho de contribuição, a separação do Pedro, o clima na clínica... — ela olhou pra mim com os canto dos zóio, sem virar a cabeça toda de frente pra mim —, até você.

A palavra dela deu uma rasteira no que eu tava sentindo. Da tristeza que eu partilhei mais ela com a história do irmão veio um aluvião até o peito feito um safanão, um arrepiamento que demorou pra esmorecer.

Fui até a beirada do lajedo, agachei pra mó de rumar uma mão de água no cangote. Léa chegou de lado, colocou os joeio na pedra, esticou uma mão dentro do rio e espalhou a água do meu pescoço até os ombro dum jeito que dava pra sentir o frio da água e o calor dela no mesmo tempo. Virei pra ela. Outra mão na água e dessa vez ela fez um desenho com o dedo molhado passando na minha testa, nariz, bochecha, arrodeou a boca e triscou nos beiço. Eu segurei na mão dela e subi pelo braço até o pescoço. Ela se aprumou no lajedo, deu um nó nas perna pra mó de ficar de frente pra mim. E o beijo foi sem avexamento, feito uma reza de quem precisa explicar muita coisa pra Deus.

— Preciso voltar — ela falou. — A agência abre daqui a pouco.

No outro dia levei Léa nos lugar mais perto da cidade que ela ainda não conhecia. A gente visitou a coleção de diamante raro de mestre Osvaldo e, na saída do casarão, vi passar, fardado e avexado, um conhecido da brigada de Lençóis. Contou dum incêndio na região do Mandassaia e pricurou se eu não ia mais eles.

Olhei pra Léa com a cara mais séria, dizendo com os ombro que eu tinha que ir. Como ela já ia pra agência em poucas hora, achei que não ia ter problema adiantar a separação.

— Quero ir também — ela falou antes que eu explicasse qualquer pensamento.

O fogo era perto de Lençóis, qualquer coisa a gente chegava rápido na cidade. O brigadista falou que conseguia equipamento pra nós dois. Léa encontrou com a paulista e explicou que ia ajudar numa emergência, que isso tamém era importante pra agência, pro turismo todo.

Chegamo no incêndio perto das duas da tarde e quase uma hora depois apareceram os brigadista contratado pelo Ibama mais uns guerreiro da nossa brigada de Palmeiras.

Alguns lembraram de Léa, do encontro na margem do rio Preto, na trilha do Guiné para o Pati. Pelo nome, Léa só lembrava de Cunga.

— Passeando pela Chapada de novo? — Trote pricurou.

— Passeio prolongado dessa vez — Léa brincou. — Me mudei pra cá.

— E já tá aqui mais nós, no fogo?! — Jotão disse cuma aprovação na voz. — Bom jeito de começar na Chapada! Bem-vinda.

Os guerreiro não perdiam oportunidade dum encontro pra fumar, trocar uns de-comer e fazer resenha de outras missão. A gente não tava com tanta pressa de principiar a luta, mó de que naquela hora, com a quentura de Lençóis, não tinha combate certo.

Dividimo o grupo e resolvemo atacar o fogo por dois setor, os de Lençóis numa banda, Palmeiras e os contratado noutra.

Léa ficou cum abafador e mais nós, de Palmeiras. O trabalho rendeu bem e perto das oito da noite todos os guerreiro se encontraram num mesmo ponto da serra. Os companheiro de Lençóis contaram que um brigadista deles tinha se machucado no combate, tropeçou nas pedra e apoiou a mão no gume da foice. O corte foi fundo, mas o guerreiro já tinha ido pro hospital. Depois do encontro, controlamo o incêndio em uma hora de relógio. Andamo toda a linha vendo brasa ou reignição, deixamo a serra no escuro. Os contratado ia ficar até o dia seguinte, mó de esperar o sol quente e ver se algum foco voltava.

Os voluntário de Palmeiras e Lençóis caminharam junto até o ponto combinado dos carro esperar. Chegando lá, nada de carro. Uns guerreiro ficaram muito bravo, alguns falaram de ir de pé pra Lençóis, outros achava loucura, que era melhor esperar.

Como os guerreiro ainda tava no calor do combate, ganhou a opinião mais doida e seguimo na canela. Os brigadista caminharam com vontade, em menos de duas hora a gente tava na descida do Tomba chegando na cabeceira da ponte do Mercadão. O destino era a Rua das Pedras, depois de atravessar a ponte era só seguir quase reto, mais pra esquerda.

— Bora passar pela praça do banco? — um guerreiro que tava mais na frente da tropa, numa posição que não consegui enxergar do lugar que eu tava, parou em cima da ponte e falou.

— A essa hora vai tá cheio de turista por lá — alguém disse.

— Por isso mesmo!

— Quieta, moço! Vamo logo, tá todo mundo cansado — um guerreiro do final do grupo gritou.

— Bora pela praça — as voz que concordava com a ideia aumentava de número.

— Se nós vai mesmo passar esse vexame, bora fazer direito, vamo marchar em fila, todo mundo, beleza, guerreiros?

Antes que os menino que não queria fazer isso mudasse de ideia, os primeiro da fila puxaram a marcha para a direita, na direção da praça do banco. Naquela hora a praça tava topada de turista nas mesa dos restaurante.

A fila dos brigadista até que tava grande. Entramo na praça tudo com as roupa imunda de carvão e todo mundo segurando os equipamento de combate. Foi engraçado ver as cara de susto dos turista, tudo cheiroso, limpinho, sentado nas mesa com luz de vela.

A força dos que tavam com mais opinião passou pros outro e a fila toda marchou com o peito estufado, a cabeça erguida, as mão calejada e com bolha segurando com força as ferramenta, com pose de guerreiro voltando do campo de batalha.

Não tenho certeza se os músico da praça pararam de tocar quando viram a brigada, ou se o silêncio na praça foi só na minha imaginação. Pra mim pareceu que antes do último brigadista entrar na praça o lugar já tava todo quieto, só dava pra ouvir a zuada dos coturno surrado, com os cadarço queimado, a sola derretida martelando as pedra do calçamento feito pelos antigo. E aos pouco, no meio da zuada dos nossos pé, começou misturar umas batida de palma. Primeiro duns poucos turista, tímidas, mas antes do primeiro da fila sair da praça já parecia que a chuva tão esperada tinha chegado, as palma na praça zoavam como uma tempestade. O povo começou a levantar das cadeira e as mão bateram com mais força, alguns socavam as mesa com o punho. A brigada virou a esquina da rua da Baderna e parecia que era noite de festival de música em Lençóis de tanto aplauso. Até a gente chegar na rua das Pedras ainda dava pra ouvir a zuada da praça. Os menino tava com alegria pura, sem entender direito o que tinha acontecido. Parecendo coisa de artista ou de jogador famoso de futebol.

As cara de sério, a concentração de cada brigadista na caminhada, nada tinha sido combinado. Só aconteceu, de repente foi o que cada um e todo mundo junto achou que tinha que fazer. E esse comportamento desmanchava assim que os guerreiro entrava na base da brigada. Quando o último da fila entrou fizemo um bolo de gente, um abraço sem começo nem fim. No meio daquele balaio de cotovelo e mão cacei um jeito pra triscar no braço de Léa. A sujeira de cinza e carvão da cara dela abriu caminho prumas lágrima que rumavam até o canto da boca. Toda besta, ela olhava pro povo feito menino.

Levantei as pestana pricurando por que ela tava daquele jeito.

— Lembrei do que você me disse, aquele dia, na rodoviária de Palmeiras.

— Falei, não falei? E o que foi mesmo...?

— Aquela coisa da Chapada escolher quem fica ou quem ela expurga.

Achei graça de não lembrar dessas palavra.

— Isso aqui — ela falou apontando os brigadista com a cabeça —, aquilo lá... — a cabeça queria apontar a praça —, não sei se a Chapada me aceitou... eu já me sinto em casa.

Minha missão foi convencer Léa de fazer um passeio da Chapada que não tem banho de rio. Ela já tinha tempo de moradia em Palmeiras suficiente pra começar conhecer os roteiro menos turístico.

— O pessoal lá de casa nem sonha que existe uma estrada assim — Léa falou com as mão apertando forte o volante mó do carro passar bem no meio de dois pedrão da estrada pro Matão. — Meu pai nunca colocaria um carro dele aqui.

— As nossas estrada é bruta, mesmo assim como a Chapada — falei. — Esses carro de barão é que não aguenta. — Dei umas pancada com a palma da mão no lado de fora da porta e Anori fez igual com as mãozinha dele, achando muita graça.

— Cuidado com a unha-de-gato, Anori — Léa falou espantada e desviou o carro pra direita.

— Moço, deixa esse braço pra dentro do carro, filho. Já tamo chegando.

Paramo em frente da casa de seu João Abreu e dona Loura. Os véio tava no quintal pilando café num pilão com mais lua que eles dois junto. Seu João fez a festa acostumada e começou a ladainha de meio mundo de causo mais Léa. Ofereceu três vez a cana e tenho a impressão que ele bebericou nas vez todas que ele ofereceu.

Dona Loura ficou toda orgulhosa quando Léa pediu pra fazer um retrato dela na cunzinha, com as panela areada, brilhando como pedra lapidada, pendurada nos gancho da parede.

E começou a ensinar uma receita atrás de outra, dos cortado das coisa que nasce no quintal deles mesmo. Quiabo, andu, maxixe, aipim, saborosa, palma e um tanto de outras cultura.

Anori tava que nem pinto no lixo, malinando no meio das galinha, subindo nos pé de pau do quintal e comendo avoador que dona Loura tinha acabado de tirar do forno feito num escavado de murundu atrás da casa.

Expliquei que tinha trazido Léa e Anori pra conhecer as pintura dos índio que tinha nas lapa no pé de serra do terreno deles.

— É... Muita gente vem aqui pra ver, mesmo — dona Loura falou ajeitando o lenço que cobria os cabelo. — Não sei o que é que tanta gente vê nessas garatujada de menino. — Léa apertou os beiço pra não rir.

Seguimo pela trilha que sai do quintal deles passando debaixo de meio mundo de coco-palmeira. No caminho todo as folha dos pé de coco balangava com o vento zuando feito um chuvaréu que nunca deve ter caído naquele sertão.

— O que foi que dona Loura disse lá?

— Garatujada, aqueles desenho de criança, uns rabisco bagunçado que ninguém num entende, sabe?

Nós ainda tava rindo quando chegamo de frente pros painel. Léa e Anori nunca tinham visto pintura rupestre e os dois ficaram na mesma idade tentando entender aquela arte dos índio antigo.

Quando voltamo pra casa, em Palmeiras, Léa apanhou uns papel e giz de cera pra mó da gente desenhar nossas própria pintura rupestre. Anori pensou que meu desenho era um gato, ela enxergou um cachorro e os dois riram quando falei que era uma vaca. Desisti de ser artista e levantei pra fazer um suco com as mangaba que Doura trouxe do Remanso.

Quando desliguei o liquidificador escutei a voz de Bel na sala mais Léa e Anori. Desde que Léa veio morar mais eu em Palmeiras as duas foram se achegando, ganhando intimidade e já dava pra falar que viraram amiga. Bel até tinha confiança de deixar Anori em casa com Léa mesmo quando eu tava fora.

— Tu soube que Benito tá aqui, Deja? — Bel pricurou assim que me viu.

Demorei sem resposta. Sabia no mesmo instante de quem ela tava falando, mas meu juízo malinou a razão.

— Benito... mesmo Benito...?

— E tu por acaso conhece outro Benito, além do cantor, que não seja esse? — Bel riu, decerto lembrou das provocação que a gente fazia mó do amigo de escola ter o nome do artista famoso. — Isso, ele mesmo, acabei de ver. Lembrou que tem mãe e pai e veio visitar depois de dezesseis anos. Tu acredita que ele ficou esse tempo todo sem pisar aqui na Palmeira?

— Quem é Benito? — Léa pricurou sem parar de desenhar.

— Ele é daqui, de Palmeiras, mas mudou pra São Paulo e nunca mais voltou — Bel respondeu apanhando um giz de cera e papel pr'ela tamém. — Na época de escola, até o colégio, Benito e Deja eram dois bois de canga. E Jotão. Eram os três embolados, onde um estava, podia olhar por perto que encontrava os outros.

— Não lembro de você falar dele, Deja. — Léa parou o desenho e olhou no meu rumo. — Pelo jeito ainda tem muitos mistérios que preciso descobrir nesse homem... — Ela voltou a desenhar. — Para você também era difícil tirar algumas coisas dele, Bel?

— Misericórdia! Se não for conversa sobre a brigada, incêndio ou sobre a vida de boiadeiro, dá um trabalhão fazer esse aí desembuchar... Bom, pelo menos era assim, quem sabe não mudou, né? — Na cara que ela fez não tinha um pingo de confiança nessa opção.

Coloquei os copo com o suco no chão, de frente pra cada um.

— Moço, vocês tão fraca de assunto. Tanta coisa melhor, mais importante pra falar, e ficam aí gastando verbo sobre umas bestagem de mim.

— Alas, Deja! Lá vem você com sua mania de se achar desimportante. É claro que você importa. — Léa fez um carinho no meu braço e eu deixei um sorriso no chão. — Não consigo nem entender quando você faz isso, não faz nenhum sentido um homão como você com uma autoestima baixa assim...

Se Bel quisesse podia contar pra Léa uns motivo que fizeram ela não aguentar mais ficar mais eu. Eu não ia saber falar tudo, talvez não sabia falar quase nada.

Levantei e fui até a porta da cunzinha, fiquei ali esquentando o suco dentro do copo que eu segurava em pé, de frente pro quintal olhando pruns filme que passava por detrás das bola dos zóio. A maior parte das lembranceira que tinha do tempo mais Benito era as melhor parte da minha vida de menino. Mesmo assim, isso não foi suficiente pra desarrochar as costela que insistia em garrotear o peito.

— Boa noite, painho. — Anori chegou por trás da minha perna e meu susto abriu minha mão pro copo cair no quintal.

— Vixe! Tava distraído, é? — Bel falou e segurou na mão de Anori. — Quer ajuda aí com os cacos?

— Precisa não. Obrigado.

— Então, tá. Boa noite, Deja.

Abracei Anori.

— Boa noite, filho.

— Painho, por que a gente fala "boa noite" mas não fala "boa manhã"?

— Moço... boa pergunta. Bora fazer assim: daqui pra frente a gente vai falar desse jeito aí, viu?

Bel levou Anori pra casa. Léa ficou na sala terminando um desenho. Eu fui juntar os caco pensando que algumas coisa quebrada bem que podia colar de novo.

No dia seguinte, dezesseis anos zuaram no meu ouvido numa voz que me chamou no portão de casa. Benito chegou reclamando da demora pra encontrar minha casa, que ele chamou de esconderijo. No tempo que a gente só andava junto ele tamém reclamava de qualquer coisa que tivesse uma dificuldade, besta que fosse. Benito queria as coisa fácil, na mão, e fazia um trupelo quando não tinha alguma coisa que ele queria do jeito que ele queria.

— Você deve estar pensando que eu dei sorte de encontrar você em casa, não é?

— É… aí, sim! Com esse tempo todo morando no Sul deu pra aprender a falar paulista direitinho mesmo…

— Pois lá todo mundo só percebe a Bahia no meu sotaque.

Ficamo parado um na frente do outro, o portão de ripa no meio.

— É, deu sorte de me achar aqui, acabei de chegar — falei abrindo o portão.

— Sorte, nada. Eu estava sabendo, Betânia me contou. Esperei a hora certa para vir.

— Não tá mais tão magrelo, tu. Bora entrar?

— Você está ótimo. Nem parece que o tempo passou para você… mais forte. Fora essa barba rala de vagabundo, parece um menino ainda.

A gente conversou as mesma prosa de quem vai pra São Paulo. É mais certo dizer que Benito conversou. Ele contou que formou família por lá, o tempo foi passando e, quando viu, dezesseis ano sem voltar pro torrão natal. Falou da saudade que tinha de comida de verdade. Pricurou notícia dos conhecido do passado e descobriu uns parente finado.

Ele tava no meio duma lista das coisa que tinham mudado e mais ainda das que não tinham mudado em Palmeiras quando Léa chegou em casa.

— Esse é Benito, um amigo dos tempo de menino.

— Matando a saudade de Palmeiras? — Léa pricurou.

— Ou a gente mata ela, ou ela mata a gente — ele falou arreganhado.

— Janta com a gente? — ela convidou.

— Muito obrigado, mas já estão me esperando lá na casa da mãe. Olha, vamos queimar uma carne lá na chácara do meu tio, no Rio Grande. Vai ser um encontro dos amigos dos velhos tempos. A presença de vocês é obrigatória. — Benito rumou um braço pra riba de mim, outro pra riba de Léa.

Depois que Benito partiu, Léa disse que queria muito ir naquela festa, ela tava precisando encontrar gente, dar risada.

No sábado do tal churrasco num teve um foguinho que fosse pra tirar a gente de Palmeiras. Não teve jeito de não ir no tal encontro dos velhos tempo.

Metade da Palmeira tava por lá, fazendo zuada pela Palmeira inteira.

Bel foi mais Anori, Firóso foi mais Cris e Zia tamém. Cacei logo um jeito de pegar Anori mais dois menino da idade dele e passamo a maior parte do dia subindo o rio, pulando pedra, comendo remela-de-cachorro e boquinha-doce. Quando voltamo pra festa já tinha bem menos gente. Achei que tava acabando, mas Benito tinha guardado um tal uísque importado pra abrir mais os amigo de maior conhecimento.

Bel e Léa não quiseram misturar e ficaram só no vinho que já tavam bebendo.

Benito, Firóso, Cris e Zia encararam o uísque.

Eu tentei escapar, mas Benito percebeu.

— Ô Deja, agora é a hora que sua esposa vai conhecer seus segredos do passado. — Ele riu pros outros com os beiço molhado. — Acho que é melhor você estar aqui para se defender, meu caro.

Léa deu uns tapinha no sofá mostrando o lugar preu sentar. Sem entender o porquê, sentei.

— Saúde!

— Aos reencontros!

— Moço, Jotão tá perdendo essa... Ele ia gostar muito desse envelhecido aqui — Firóso apontou pro copo, bebeu um gole e estalou com a língua exagerando a zuada.

No meu pensar, Jotão não tinha ido justo pra não correr o risco de tragar dos dois veneno que tinha em quantidade naquela festa.

Benito relaxou o sorriso que tava colado na cara dele fazia tempo. Olhou pra mim. Curioso o tamanho das coisa que cabe num segundo. Quantos sonhos consegue se apinhar num cochilo? As repetida vez que um pensamento de culpa monta no cangote fazendo o caboclo de montaria.

— Só aqui, nessa mesa — Benito falou e armou o sorriso de novo —, tem história pra fazer um filme, uma novela e ainda sobra.

— Moço, tu lembra do padre, Benito? Que fez aquele barraco por causa dum menino que tava saindo mais um outro barão — Zia pricurou e nem precisou de resposta, mó da gargalhada dos outro, relembrando aquele acontecido.

— Isso foi bem na época daquele desgraçado, perdão pela palavra, Benito. O tal Beca... Foi em alguns combates com a gente, todo engraçado, parecia gente boa... Foi ver depois, pedófilo — Firóso lembrou sério. As mulher fizeram cara de nojo.

Na época Jotão quis sarrabuiar o sujeito mais outros menino. Eu cheguei na hora e convenci o pessoal que aquilo podia acabar arruinando eles tamém. Até hoje tem uns desses arrependido de seguir meu conselho, mó de que, pra eles, o disgramado merecia muito mais.

— Qual foi o fim desse aí?

— Ficou no xilindró em Seabra uns dia, depois sumiu no mundo.

No meio daquela conversa lembrei de pai proseando com uns amigo, falando da vida dos outro, e mãe sempre afastada sem gostar dessa mania. Parece que eu tamém não gostava, só engolia o gosto pra mó de ficar um pouco mais pai, nos momento raro dele alegre, rindo.

— Tu lembra de Pilão? — o irmão de Benito que tava passando por perto falou.

— O que tem ele? — Bel pricurou. — Aconteceu alguma coisa com ele?

— Nada assim... é só uma resenha. O cara é muito engraçado, vocês sabem. Ele passou na frente dum espelho, acho que foi na casa de Beca, depois que ele passou ele deu uns passo pra trás, parou na frente do espelho, daqueles grande que dá pra ver o corpo inteiro, e ficou assim de bandinha, sabe? — o irmão de Benito imitou o jeito de Pilão. — Aí o cara olhando pra ele mesmo fala em voz alta: "Viado é aí!" — gargalhada de alguns. — Pro azar dele Cunga tava por perto, logo quem! Cunga escutou aquilo e espiou pra dentro do quarto e ainda deu tempo de ver Pilão fazendo pose pro espelho. Cunga que não dorme pra essas coisa falou pra ele: "Aí é!". — Benito cocorou no chão segurando a barriga de tanto rir. — Ah! Moço, não deu bom não... em poucas semana tinha gente de toda a Chapada falando esse "Viado é aí", não é verdade, Deja?

Balanguei a cabeça concordando. Ou pensei que fiz, enquanto lembrava da noite desgraçada, das bebida que eu mais Benito e Jotão viramo, uma atrás da outra, que nem uns tolo, fazendo graça na boate. Uns pensamento confuso, sem certeza das lembranceira que era verdade, que tinha acontecido, e o que era viagem de cachaça.

Essa gastura toda ni meu juízo amornou quando Léa segurou minha mão. Ela tinha um sorriso que, pros outro, devia ser de contenteza. Eu entendi que era preocupação mais eu.

Depois de molhar as risada no uísque, Benito pricurou notícia sobre Guigó.

— Ih! Tu não soube, não, foi? — Zia falou cuidando pra não derramar a bebida na mesa enquanto virava a garrafa pro copo.

— Zia! — Bel ralhou rumando os zóio pra Benito. Ela sabia que Guigó tinha sido importante pra Benito nos tempo de menino, ele que levava a gente pra caçar, pescar, um sujeito do mato, do coração bom. — Sinto muito, Benito. Já faz um tempinho, achávamos que tu já soubesse.

Por um segundo, o álcool e as palavra abandonaram Benito sozinho, parado de frente pra Bel. Talvez olhava prum tempo antigo, ou só pras chance desperdiçada de vir visitar os amigo enquanto já tava em São Paulo.

— Coitado, sofreu. Passou um tempo no hospital, em Feira, depois Salvador. Até que foi desenganado.

— Você se lembra como alguns antigos faziam? — Firóso pricurou, como se Benito fosse mesmo um chegante. — Às vezes — ele agora olhava pra Léa, lembrando quem era de fora naquela roda —, quando um parente era desenganado, a família já mandava engordar um leitão, pensando no banquete do velório. E, geralmente, os alimentos eram preparados na casa de um vizinho. O velório era praticamente uma festa.

— Guigó dizia que não queria morrer no hospital, em Salvador. Ele escolheu voltar pra morrer na terra dele. Quando chegou em Palmeiras ele foi ver o leitão que escolheram pro velório dele. E ele não aprovou, não! — Bel riu com os zóio molhado. — Disse que não era pra ficar de canguice, afinal o velório era dele e os porcos também. Escolheu um leitão lançado, como dizem, o mais graúdo do chiqueiro. E foi fartura.

Benito jogou o uísque do copo na boca balangando a cabeça, como se o pescoço arrochasse uma tampa mó de estancar a inconformação. Firóso olhou pra Cris. Léa chorou. Achei que era hora de partir, fiz um sinal pra Léa, ela concordou. Levantei e senti uma mão segurando meu braço.

— Calma, amigo. Ainda está cedo — Benito falou. — E hoje você não escapa sem explicar aquela sua história com o gado lá na serra... Foi logo depois que eu fui embora, não foi? Eu só soube por cima, nunca ouvi você mesmo contando.

A testa engiada de Léa me pricurava: "Que conversa era aquela?". Sem resposta minha, ela virou pra Bel e descobriu que a história era surpresa pras duas.

— Faz muito tempo isso, moço — falei e esperava Léa se apoiar na minha mão pra levantar.

— Oxe! Pois eu lembro como se fosse hoje — Zia falou voltando do banheiro. — Se eu tava lá mais ele...

Léa deu duas puxadinha no meu braço, indicando que era preu sentar mais ela. Não sentei. Ela ficou pra mó de esperar a história. Bel se ajeitou no sofá e colocou o resto do vinho da garrafa na taça dela e de Léa.

— Apois — Zia voltou a falar —, não lembro direito o motivo, sei que fui mais Deja pra serra. Ele trabalhava pra alguém lá da Barriguda. Eu tava com quinze ano, tu devia estar com o quê, dezessete, dezoito? Acostumado, cresceu fazendo aquilo, não é, frente?

Cocei o pescoço com a cabeça virada de lado e vi Anori em cima dum pé de jaca brincando mais outros menino.

— A gente tinha que encontrar uns garrote desgarrados na serra. Andamo por aquele Gerais do Rio Preto todinho até Deja achar uns rastro perto do Monte Zeca. Seguimo os rastro e logo enxergamo... Na verdade, Deja enxergou, os animais num assentado na encosta da serra. Tinha uns seis animais encurralado entre o paredão do Sincorá e um canalão medonho, nem dava pra enxergar o fundo! — Zia mostrava com as mão como ele lembrava do canalão. — Deixamo nossos animal amarrado nuns emburrado de pedra e subimo de pé a serra. Só tinha uma passagem que os animais podia usar pra entrar naquele assentado, justamente o caminho que Deja começou seguir. Os garrote ficaram agitado quando viram Deja naquele beco, devem ter ficado agoniado, se sentiram atacado e sem jeito de escapar. Eu tava atrás, mais pra baixo, ainda não tinha chegado nessa passagem, fiquei um tempo sem enxergar o assentado. Dei um passo e enxerguei os garrote correndo em círculo, procurando uma saída até que eles se alinharam e seguiram junto, bem no nosso rumo. Eu corri prum canto e me joguei no chão, atrás duma pedra grande. Gritei o nome de Deja, só que esse doido aí — Zia apontou pra mim —, ao invés de se jogar pra fora do caminho, parou de pé em cima duma pedra, uma pedra baixa assim, da altura dum tamburete. Até hoje não entendo aquilo... Tu podia ter se afastado quando viu os garrote correndo na sua direção, nem tava difícil. — Zia olhou pra mim. Bel com cara de ter entendido alguma coisa importante. Léa parecia que tinha botado os zóio numa livusia. — Mas alguma coisa aconteceu com Deja naquele dia. — Zia baixou a cabeça pro chão. — Ele não tremeu, não olhou pra lado nenhum, só ficou parado, bem no caminho dos garrote. Abaixou os braços e esperou.

Não lembro de Zia chamando meu nome, nem lembro de Zia por perto naquela hora. Lembro das pedra na beira da serra, do verde triscando no azul. Lembro que não escutei o trote dos animal, só um assobio maneiro do vento debaixo do meu chapéu. E lembro dos zóio dos garrote, brilhante, umas bolota triste chegando perto.

— O garrote mais velho, que vinha na frente, passou açoitado e, por sorte, não triscou nele.

A quenturinha do ar que lambeu meu braço apareceu de novo, só de escutar Zia. Depois desse, lembro que fechei os zóio e tentei soltar os braço.

— O segundo garrote também passou com tudo, mas do outro lado de Deja, no lado que tinha umas pedrona maior. Os casco dos animal escorregavam nas pedra, acho que pra evitar cair, o mamote rumou um pouco mais pra riba, mais perto de Deja. Eu digo que esse chega triscou ni tu, não foi, não, frente?

Esse fez um vento mais frio que veio seguido do calor do corpo.

— O cabo dele triscou de leve aqui — falei baixo mostrando o ombro.

— Veio o terceiro, mais novo, ele vinha logo atrás e assustou com o escorregão do segundo garrote, por isso ele foi mais pro meio da passagem, certinho no rumo de Deja.

O trote desse pareceu chegar devagar no meu ouvido, parecia um aviso do alívio.

— O garrote atropelou Deja com uma pancada no lado da cintura. — Zia fez uma careta que parecia ser pior que a minha na hora do acidente. — O caboclo voou pelo ar e aterrissou uns três metros pra frente.

Lembro dos meus zóio abrindo no meio dum giro no ar e lembro de ter puxado o braço pra cair com o tronco no chão. Quando parei de rolar, tava de frente pros outros garrote.

— Um dos garrote que vinham depois tava alinhado com o corpo de Deja no chão…

Naquela hora tornei a fechar os zóio e esperei.

— Vi o animal saltar por riba de Deja e escutei um grito baixo, abafado.

Meus dedo roçaram o levantado de pele que ficou no lugar que a unha do boi riscou meu lombo feito uma navalha.

Léa encostou a mão por riba da minha.

— Quer ver coisa é o que Deja me disse quando cheguei do lado dele, ainda deitado no chão, com a mão suja de sangue.

— Desembucha... O que foi?

— Acho que ele tava meio variado, falava um negócio assim: "Era merecido, era merecido".

Benito já não tirava os zóio de mim fazia tempo. Bel não mexeu a cara, mas eu sabia que ela me espiava de esgueia. Firóso beliscava a própria oreia com a fuça assustada.

— Tu tava louco, Deja?... Louco assim: doido? — o irmão de Benito pricurou.

Depois que saímo da festa, eu mais Léa seguimo em silêncio até perto da Celoura.

— Credo — Léa disse olhando por cima do volante —, você esperava que acontecesse coisa pior naquele dia?

— Não esperava muita coisa mesmo, não.

— O que levou você a querer um castigo terrível assim?

— Zia era menino, ficou assombrado no dia... Tem um bocado de exagero dele mó do susto — falei, encurtando a prosa.

Na maior parte das vez a subida do Macaco é um rojão brabo pros turista. Já vi gente chorar ali no final duma travessia. Mas pelo rendimento de Léa em outras trilha que fizemo antes, não esperava que ela fosse pelejar desse tanto na Fumaça por Baixo. Em vários momento ela sentou pra mó de recuperar o fôlego e a subida até o Queima Baeta foi a marcha mais devagar que eu já tinha visto ela fazer.

Fizemo uma parada cumprida no poço que os turista começaram a chamar de Santuário. Um guia do Capão, com quem eu tinha pouco conhecimento, tava seguindo pro Capivara mais três turista. Eles encheram os cantil de água e não se demoraram. Um dos rapaz apertou uma banda do nariz e assoprou forte rumando um ranho pra longe. O guia comentou que nas tentativa de fazer daquele jeito sempre acabava se sujando com o próprio ranho. Ele fez uma tentativa que comprovou seus fracasso, deixando um rastro amarelado no bigode e no ombro.

Léa se afastou de mansinho pra cima do rio. Depois que o grupo seguiu pela trilha pricurei se ela tava bem.

— Ai! Que nojentos esses caras! — falou cuma careta e a pele sem cor. — Me embrulharam o estômago.

Ela seguiu a trilha sem querer comer o lanche. Na descida pros Campos, parou pra mó de deixar o sol olhar pra ela antes de se meter nas nuvem que triscava a serra no lado onde o sol entra. Dei uns passo pra trás. Ela foi pra riba duma pedra, rumou os braço sobre meus ombro, apoiou o queixo na minha cabeça. No tempo do vento acalmar, virei a cabeça e vi que a mão dela roubava uma lágrima da bochecha.

— Você se encanta com essa paisagem? — Léa pricurou com a voz duma fruta de vez. — Quer dizer, você nasceu aqui, se acostumou a ver tudo isso... a Chapada... um pôr do sol desse, por exemplo, te emociona?

— Depois que eu comecei a guiar, de caju em caju eu penso nisso tamém. Aprendi o que faz os visitante se emocionar. Meu gosto vem mais até pelos zóio deles, gosto deles gostar, parece... mas tamém lembro quando era menino ou penso nos outro nativo daqui. Se pricurar, ninguém num vai falar dessa mesma emoção do povo de fora, essa sua de agora, vamo dizer. Mas mesmo sem falar, eu digo que a gente tamém sente, só que pra gente aparece como um sentido que as coisa tão certa, que são como devia ser. E esse sentido faz bem, alegra no fundo. Então, acho que é a mesma coisa, não acha? Mó de que do contrário, a gente podia chamar de tristeza, a chuva formar e não cair, quando semeia e não vinga, a vez que um rio que corta ou alguém engana.

A boca dela esticou sem mostrar os dente e a mão não roubou mais as outra lágrima, por isso o beijo foi salgado.

— Tô morta de fome.

— Tu não quis comer nada.

— Pior... mas não tinha como — ela passou a mão na barriga e repetiu a cara de nojo de mais cedo.

Segurei nas duas banda do lombo e afastei ela um braço de distância. Ela chega brilhava, num sei se pelas lágrima, se pelo restinho de sol...

Ela puxou os beiço pra dentro fazendo a boca sumir e mesmo assim dava pra adivinhar que era um sorriso. Depois, balangou a cabeça várias vez concordando com ela mesmo.

— Eu tô achando... — ela disse com as duas mão na barriga.

— É ... — falei —, tô achando tamém.

Firóso vivia dizendo que só ia juntar mais a nega quando terminasse de construir um rancho pra eles. O problema é que já fazia uns ano que ele tinha feito os alicerce e nada mais. Os trocado que ele tinha juntado não dava pra levantar toda a casa. Nós combinamo que a brigada levantava as parede, não ia custar nada pra ele além do feijão, e agora que Cris tava no contrato do Ibama, eles podia comprar a madeira do telhado. Abner tinha conseguido umas telha antiga dum barraco véio que a família dele derrubou na Lagoa da Porta. Quando ficasse pronto eles iam ser dos primeiro morador do Alto do Eldorado e a vista deles uma das mais bonita de toda Palmeiras. Não duvido nada se daqui uns ano não vai ter um monte de casa de barão pr'aquelas banda. Enquanto a água da Embasa não chega direito naquela parte da cidade, são os barraco dos pobre que aproveitam a paisagem.

Firóso tinha marcado três dijuntório com os amigo e nas três vez a água não compareceu. Na terceira, a sorte foi a água ter caído na noite anterior e a gente encontrou a caixa com um tanto de água. Deu pra trabalhar um pouco.

— Que demora foi essa pra começar levantar essas parede, Firóso? — Zia pricurou. — Os alicerce já tavam no mato.

— Meu nobre, Sêneca disse que a sorte é o encontro da oportunidade com a capacidade. Pois bem, parece que não estou encontrando a oportunidade, nem capacidade e muito menos a sorte. — Firóso riu e rumou uma mão de barro pro chão.

— A oportunidade chegou, guerreiro — Jotão gritou enquanto passava pelos arame da cerca do terreno.

— Eterna gratidão, meus abnegados amigos.

— É vem Firóso com essas palavra complicada, nós não sabemo nem se tá xingando... — Cunga disse junto com a pazada que deu no barro seco.

— Mar'moço, seu pai é cheio dos terreno, vive luxando na rua de carro novo, e nem pra dar uma força pra tu? — Zia pricurou com o jeitinho sem cuidado dele.

— Cuida, cuida, que o dia é pequeno! — apressei, mó de que Firóso não gostava de falar do pai. — Esse barro não vai molhar só com o cuspe desse converseiro. Bora trabalhar. Amassa o barro, seu borocoxô!

Dividimo as tarefa e rendemo um bom trabalho. Cunga sessou a terra, passando primeiro na peneira grossa e depois na fina, pra mó de tirar as pedra e tamém os cisco e raiz. Firóso molhou o barro, Jotão amassou, Zia carregou e eu enformei. Firóso fez que fez até encontrar uma fôrma de adobão dos antigo.

— Deve ter uns cem anos — ele disse quando me entregou a fôrma que parecia do tempo que minha vó usava fifó —, foi usada pra construir o casarão de finado Deginho.

— Coisa boa é essa, moço?! — falei. — Não tinha uma mais velha, não?

— Oxe, essa aí é que é boa. Dura mais cem anos, pelo menos.

— Não é de duvidar mesmo, não... Só precisa saber se nosso braço vai durar tanto tempo assim, porque vai ser uns cem anos pra nós rumar esses adobão tudo pra riba das parede... — Cunga disse. — Olha a bitola disso! Dá quase dois dos adobe de hoje em dia.

Passamo a manhã toda labutando com o barro até a água acabar.

— Já é hora? — Zia pricurou, com a mão nas costa. Pelo jeito das careta, o lombo devia tá tinindo de dor.

— Moço... Gerlan disse que mandava a comida para cá quando estivesse pronta — respondeu Firóso. — Já deu meio-dia?

— Falta oito.

— Então nem é atraso, ainda.

Gerlan chegou meio-dia e meia, a masseira quase no fim. Ele levou farofa de feijão verde com carne de sol, o arroz e a notícia dum incêndio.

Terminamo de desenformar os adobe e engulimo a comida avexados.

— Zia, cobre os adobes com essa lona que tá aí embaixo da carriola — Firóso gritou da rua enquanto levava as ferramenta pra casa dum vizinho.

— Aonde?! Nessa Palmeiras tem uma caveira de jegue enterrada, nem preocupa que não chove tão cedo — Zia falou sozinho.

— E tu veio do céu ness'tante, foi? — Cunga pricurou e a careta de Zia pediu explicação. — Só pode, pra tu saber quando é que vai chover e quando não vai... é muita sabedoria mesmo...

— Melhor não arriscar, Zia — gritei de cima da bicicleta. — Vou adiantando... caçar mais uns três no caminho. E, Firóso, melhor tu ficar, cobre esses adobe aí pra mó da gente não perder o serviço e organiza as ferramenta aí com calma.

Seguimo pra casa de Cunga. Depois que eu mais Bel separamo, a gente passou a guardar uns equipamento da brigada num quartinho nos fundo da casa dele, pra agonia da mãe. Deixei Cunga separando as ferramenta e segui pra sede do Parque Nacional mó de buscar mais informação. Falaram que era um incêndio pras banda de Mucugê, perto do cânion do Paraguaçu e o carro do Ibama ia sair em vinte minuto com seis contratado. Combinei de pegarem nossa brigada em Cunga quando saíssem.

A gente tava em cinco voluntário quando Zia chegou na casa de Cunga mais um galegão bem magro, mais velho, dos braço forte. Ele tava morando no Campo de São João fazia poucos dia, chegante da região de Campo Formoso, dizia que tava interessado em apagar fogo mais nós.

— Tu já apagou fogo alguma vez, guerreiro? — Cunga pricurou.

— Só de mulher — o galego respondeu.

— Quá! — Jotão falou como se tivesse gritando de dentro duma caverna. — Apois assunta, o que nós apaga não é tão fácil, nem é tão gostoso de apagar, guerreiro.

— Tu fica sempre por perto, mais nós — falei antes que Jotão assustasse o novato. — Olha primeiro, presta bem atenção pra aprender. Incêndio não é brincadeira, tá entendendo?

— Assunta, não tem herói na brigada, anotou? — Zia disse. — E qual o seu nome mesmo, guerreiro?

— O nome é complicado — ele respondeu rindo —, Demerílson, mas todo mundo só me chama de Furustrica mesmo.

— Furustrica!? O apelido também não facilitou muito, não, tu tá ligado, né, galego? — Cunga arrancou as risada que apaziguaram a tensão que os menino tavam incutindo no chegante.

A Toyota do Ibama saiu lotada da casa de Cunga. Doze guerreiro, fora o motorista e a tralha toda no bagageiro por cima da cabine. Chegando no entroncamento do Pau-Ferro um carro de barão faz sinal pra gente parar. Trote saiu do carro com o nariz pra cima, feito um cachorro de caça farejando a presa.

— Tá rolando, Trote! — Jotão gritou.

— 'Umbora, guerreiro! — Cunga falou.

— Ea! E aí, guerreiros? — Trote cumprimentou chegando perto da Toyota. — Onde é, Deja?

— Cânion do Paraguaçu. Tu vem?

Ele fez um sinal com a mão e correu de volta pro carro. Começou a apontar pra gente e explicou alguma coisa pros turista que tava guiando. O motorista olhou pra mulher, os dois concordaram com a cabeça e desceram do carro pra abraçar Trote cheios de sorriso e agradecimento.

Trote jogou a mochila de trilha na carroceria e caçou um espacinho espremido no meio da tralha e da gente. O carro dos turista passou por nós. A mulher fazia o sinal da cruz, abençoando nosso caminho. O homem parecia que olhava pra alguém importante, algum famoso. Ou prum bando de doido.

Na passagem por Mucugê encontramo uns voluntário de lá. Eles sabiam que a gente ia chegar e esperaram pra se juntar mais nós. Um brigadista que conhece bem o lugar do incêndio pode ajudar a economizar horas de caminhada nos labirinto de pedra da Chapada. E nesse grupo de Mucugê tava Calebe. Quando menino, ele revirou pedra naquelas serra todas mais o pai, o finado mestre Alfeu. Depois Calebe virou guia e escalador.

Nosso grupo, por instrução de Calebe, saiu de trás da igreja de Santa Isabel no sentido Paraguaçu, passando por uns tanque antigo do garimpo do Bengalinha, pelas ruína do Carrincocho, numa das margem do Paraguaçu, e pelas ruína do garimpo do Beiçudo, depois de cruzar o rio. Subimo no sentido do Boa Vista, pra pegar o incêndio por cima da serra. Do alto a gente enxergava a região do Caetano Martins do outro lado do cânion e não pudemo fazer muito, a não ser esperar o fogo subir um pouco mais a encosta do cânion.

No caminho todo Calebe foi mostrando um bocado de ruína, uns lugar que ele mesmo trabalhou, ou as toca duns garimpeiro famoso.

— Desde o primeiro diamante, em 1844, até mais ou menos 1870, veio tanta gente pra cá, entre Mucugê e Igatu, que a população passou dos quarenta mil viventes. Na mesma época, a cidade de São Paulo tinha pouco mais de trinta mil habitantes — Calebe falava, empolgado, mas sem quase diminuir a marcha da brigada. — Muitos moravam na serra mesmo, nas tocas ou nas casas de pedra. O que a gente vê agora é só um rastro, quase apagado, do formigueiro de gente que era isso aqui no passado.

Já era final de tarde, não dava pra ver o lugar que o sol escondia atrás da serra, mas do lado do cânion que a gente tava deu pra ver a mudança na cor da serra que tava de frente pro lado onde o sol entra. Antes da derradeira luz, a serra ficou amarela, laranja e rosa. Mais um desses presente que a Chapada guarda bem escondido pra presentear os guerreiro da brigada. Fizemo o lanche na toca da Boa Vista, dessa vez sem o café bom de Abner.

Pelo sentido do clarão e da fumaça, Calebe e os menino de Mucugê discutiam se o fogo já tava perto do Toco Preto ou do Sumutum.

— Garimpos da era clássica do ciclo do diamante — Calebe falou.

— Avemaria, moço! — um dos guerreiro de Mucugê disse. — Diamante deu foi aqui. De fartura!

— Aqui foi onde tudo começou, o lugar do ajogo mineral de concentração de diamantes — Calebe explicou. — Nessa área tem umas duzentas tocas, pra lá de cinquenta tanques, vários aquedutos. Esse é um patrimônio riquíssimo nosso. Tanto quanto o ambiental, na minha opinião. Trabalhei ali mais pai. — Ele apontou uma baixada arrodeada de muntuera de pedra.

— Foi seu pai que fez um bocado de filho, não foi? — Zia pricurou.

Calebe riu, tirou o chapéu e coçou a cabeça.

— Comparado com os tempos de hoje, é um bocado... Somos dezoito irmãos, pelo menos os conhecidos. Mas se pensar no coronel Douca Medrado, que registrou pra lá de setenta filhos, aí meu pai perde feio.

— Moço, dezoito filho não é pouco, não.

— A ironia disso é que o velho fez esse tanto de menino e quem criou mesmo foi mãe. Eu mesmo, minha referência de homem foi meu tio. Vivia correndo atrás de pai, buscando alguma migalha da atenção dele. Mas o bicho era bruto, só pensava no trabalho. A vida era só pegar diamante. Então eu me juntava aos trabalhadores dele, nas áreas de garimpo, só pra ficar um pouco perto dele.

Enquanto Calebe falava, me acheguei perto de Jotão que já tava lambendo a seda dum cigarro bruto.

— Não contei uma notícia, compadre — falei baixo.

— Mas vai contar — ele sorriu só com uma banda da boca, mó de não deixar o cigarro cair do outro canto —, vai não?

— É Léa, tá esperando.

— Eita, bichão! — Ele me agarrou pelo lombo e eu retorci o corpo por reflexo. — Que coisa boa, compadre. — Pricurou um copo feito duma garrafa de água mineral cortada, encheu com um mancha-pulmão vermelho e me entregou. — Viva, saúde, que Nossa Senhora do Parto lhes dê uma boa hora! — E fizemo um brinde batendo meu copo no cantil dele.

O trovão que Jotão chama de voz não consegue zuar baixo nem com muito esforço. Os outro brigadista escutaram nossa comemoração e começaram as resenha mó da gravidez de Léa. Em cada abraço, cada pancada que me davam no lombo de celebração, minha alegria visitava Anori. E uma ponta de preocupação me espremia mais o pai de Firóso e de Calebe.

— E esse diamante todo que tinha por aqui acabou, foi? — Furustrica pricurou.

— Estão vendo esse brilho aí? — Calebe apontou o dedo pros zóio de Furustrica. — É esse o brilho do diamante, começa no sonho do garimpeiro, no desejo, então sobe como aluvião até os olhos e aí só resta uma coisa pro homem tomado por essa cobiça fazer, revirar a serra pra encontrar a pedra que ele tem certeza que é dele... Não, companheiro, os diamantes não acabaram, nada. Podem ter mudado de lugar, saído daqui mais pra lá, mas eles estão por aqui. Diamante é o piolho da terra.

— Não deixa de não ter um ou outro garimpeiro por aí, labutando destino, procurando bamburro — um outro brigadista de Mucugê disse.

— Esse fogo mesmo — pensei alto — tem todo jeito de ser arte de garimpeiro.

Calebe encheu o peito, ia falar e desistiu em silêncio. Depois disse:

— Com certeza foi isso mesmo... mas não é maldade, não. Deve ter sido acidente, um vacilo. O garimpeiro não tem interesse de chamar a atenção desse jeito pro garimpo dele, pois se ele sabe que é proibido...

Cris tava mais os outro contratado do Ibama e era a única brigadista mulher em quase todos os combate. Furustrica não desgarrava do lado dela e toda hora vinha cheio das sugesta pra cima da muié de Firóso.

— Tu pode ficar tranquila, princesa — ele falou. — Eu até te carrego nas costas, se tu precisar.

— Na brigada todo mundo cuida de todo mundo, guerreiro — falei pro galego que já tava com muita ousadia prum novato. — Mas tu ainda não é da brigada, então acho que o melhor é tu ficar esperto que esse lugar é perigoso. Ninguém vai querer resgatar novato do fundo dum canalão desse! — Apontei a lanterna pra fenda escura na frente dos meus pé e a gente não viu o fundo.

Cris riu e falou pro galego que não era pessoal, mas que ele tinha mesmo que ficar atento naquela serra e seguiu na direção que eu tava.

— Aqui, guerreiro — Jotão ofereceu uma garrafa com suco e a sacola de pão com queijo e presunto pra Furustrica —, bora comer que o trabalho ainda nem começou.

Ele bebeu, comeu e enrolou um cigarro.

— Qual sua história, magrão? — Jotão pricurou. — Alguém de Campo Formoso no Campo de São João?

Falou que morou em São Paulo, Brasília e em Salvador, onde conheceu a esposa. A família dela é do Campo de São João e eles vieram cuidar da terra que ela herdou no Vale do Cercado.

— Ê cabra de sorte! Pois esse é meu sonho, sabia? Casar com uma nega rica, herdeira — Cunga falou batendo a mão nas coxa.

— É, não é ruim, não. Mas tem um negócio que aferventa o juízo, lá no Campo de São João só me chamam de Furustrica de Maria de Zeca. Assunta se isso é jeito dum homem ser chamado...

— Oxe! Tem nada, não. Bestagem.

— Não gosto. O homem tem que ser conhecido pelo seu nome, não pelo nome da mulher. E pior ainda! A mulher já era conhecida pelo nome do pai... danou-se, espia só: além do nome da mulher, também tenho que carregar o nome do sogro.

— Se fosse Maria de Furustrica tu ficava tranquilo, né, machão? — Cris pricurou com a cara fechada, afastou da conversa chegando mais eu na beirada do cânion.

— Antes de Salvador, passei uns quinze anos em Uibaí — Furustrica continuou.

— Moço, não sei nem que direção fica esse lugar aí — Jotão falou.

— É pras bandas de Irecê. Lá eles dizem que Uibaí também é parte da Chapada Diamantina.

— E fez o que por lá?

— Trabalhei na fazenda de um barão de lá que morava em Brasília. Era capataz, boiadeiro... um faz-tudo. Naquela época, quando cheguei por lá, a serra até que era bonita. Tinha muita água na Fonte Grande, tinha uns pés de pau até grandes. E muito bicho.

— Que tipo de bicho? O que tu viu por lá?

— Rapaz, tu não acredita. Quando eu cheguei por lá a fazenda já tinha um curral bem antigo, feito com uns mourões daqueles grossos de madeira de lei que nem existiam mais naquela região. Assunta, em cada mourão do curral tinha uma cabeça de onça espetada. Em quase todos tinha uma.

— Avemaria, pra quê, isso?

— Sei lá, mania do antigo capataz, talvez. No começo eu ficava com medo, pensando: "Olha o tanto de onça que tem por aqui". Depois pensei melhor: "Quem devia ter medo eram as onças, se é que tinha sobrado alguma".

— Êa! Jotão. Êa, Calebe — gritei mó de que o fogo despontava lá embaixo do vale. — É hora, bora.

Calebe concordou. Arrumamo as coisa com pressa mó de dar tempo pra atalhar o fogo. Seguimo por uma trilha antiga, já bem fechada, descendo pra dentro do cânion na direção do rio.

— Da última vez que passei nessa trilha — Calebe falou —, foi junto com finado Correia, um grande mestre lapidador. Ele também garimpou nessa região quando moço. Bem nesse lugar ele me disse: "Aqui o rio fica silencioso quando tá cheio". Na época eu não entendi o que ele quis dizer, fiquei com aquilo na cabeça por uns anos.

Calebe parou na beira dum precipício medonho, duns cento e cinquenta metro de altura. Pediu pra galera ficar em silêncio por um minuto. O som do Paraguaçu lá embaixo era assombroso, parecia um ronco duma fera gigante.

— Essa é a zuada normal do rio — Calebe falou, apontando pra baixo. — Aqui no cânion é muito comum o rio engrunar. Tem várias cachoeiras subterrâneas por aqui. Esse som que a gente tá ouvindo agora, ó! — Ele fez uma concha com a mão atrás da oreia. — É uma cachoeira engrunada — ele explicava feliz, satisfeito de compartilhar o conhecimento.

— Uá? — Zia se surpreendeu. — Então, quando o rio tá cheio deve ser uma zuada dos inferno, muito maior.

— Aí é que tá — Calebe balançou os braços contente com a fala de Zia. — Não! Quando o rio tá cheio, ele cobre essas pedras todas que nós tamo vendo lá no leito do rio. — Ele rumou o faicho de luz da lanterna pro rio, mas a luz não alcançou as pedra que ele falou. — O rio desengruna, topa de lado a lado do cânion e, apesar do volume colossal de água, corre com um som mais suave, mais liso.

— Virge, deve ser di fudê! — Cris disse.

— É uma visão impressionante mesmo. E intimidadora. O rio já desfez o trabalho de um bocado de gente arrastando cascalho já resumido, cheio de esperança de diamante, ferramenta, bateia, carumbé, levava tudo embora... até alguns garimpeiros — Calebe tirou o boné e baixou o rosto como se tivesse acabado de chegar no velório de um amigo.

Alguns brigadista fizeram o sinal da cruz e exclamaram: "Deus me livre".

E o som da cachoeira engrunada lá no fundo do cânion do Paraguaçu foi interrompido pela zuada mais conhecida pela brigada, fogo subindo o morro com um apetite do cão.

— U-u-uuuugh! — Jotão gritou e ouvimo o grito voltar do outro lado do cânion. — Tá na hora, macacada.

Segui cuma parte dos voluntário e os contratado do Ibama pro outro lado dessa língua de fogo que subia o cânion. Jotão ficou com o resto no mesmo lado que a gente já tava. A água tava longe, então as bomba costal tinha que economizar o máximo.

A noite, que é amiga da brigada, mostrava aonde ir. Primeiro, matamo a cabeça que chegou no alto da serra e seguimo a linha descendo a encosta no rumo do rio.

— Rapaz, vocês são malucos! — Furustrica falou, com medo de enfrentar o fogo numa pirambeira.

— Tu tá certo, magrão — gritei pra ele enquanto deixava a bomba no chão pra usar o abafador de um guerreiro de Mucugê que tinha cansado. — Isso aqui é só pra doido mesmo!

Depois eu até podia explicar pra ele que num vale, de noite, é normal o vento virar e empurrar o fogo pra baixo, além da temperatura bem mais fria ajudar bastante. Naquela hora ia ser mais divertido deixar o novato com o medo.

Nosso grupo desceu pela linha, apagando tudo, por umas três hora, até na beira do Paraguaçu. Aproveitamo quando chegamo na beira d'água pra fazer outra parada prum lanche.

— Sabe aquele negócio que falam...? — eu disse. — Quando tu não tem pra onde ir, nem tem vontade de fazer nada. Um dizer sobre a beira do abismo...

— Acho que sei — Cris disse e depois pensou. — Na verdade, sei não.

— Apois, nos último tempo eu andava meio assim — falei. Cris me olhou séria. — Até ontem, eu tava na beira do abismo... hoje eu tô é no fundo!

Sem Cunga no grupo, foi Furustrica que riu da minha gaiatice.

Depois do lanche, seguimo pelo rio, pulando pedra. Passamo debaixo do grupo de Jotão, que tava labutando no meio da encosta, e voltamo a seguir a linha do fogo, dessa vez subindo a pirambeira já perto da Rampa do Sal. Depois de muita labuta, chegamo no ponto que o fogo tinha chegado mais alto na serra e começamo a voltar combatendo na direção da outra brigada.

As brigada se encontraram depois de quase quatro hora, no final da madrugada. Uns primeiro sinal da serra avisavam pro dia a chegada na Chapada.

Cris segredou que teve uma hora naquela noite que ela pensou em desistir.

— É difícil mesmo... não é o quê? Qualquer um cansa, qualquer guerreiro às vez duvida da guerra — falei, mó dela não achar que era menos do que outros. Cris é mais brigadista que muitos que tem aí.

— Quase morri — ela disse cansada. — Cheguei a pensar em desistir do combate, voltar pra Mucugê... mas nesse meio de mundo, pra qualquer lado que eu fosse, tava ferrada. — Riu. — No meio do perrengue esqueço disso aqui, ó... esse amanhecer, esses lugares que só a gente pisa e que parece de sonho. O cansaço desaparece, olhar pra trás e ver o fogo apagado... ah! daí tudo faz sentido outra vez.

Dona Sara, mãe de Léa, veio pra Palmeiras quase dois mês antes da data prevista pro parto. Seu Artur e o irmão chegaram depois, mais perto do dia, mó de Marquinho não perder tantos dia de escola.

Os pais dela nunca tiveram tranquilo com a filha grávida numa cidadezinha do sertão da Bahia, sem hospital e às vez sem médico de plantão. Eles não conseguia nem imaginar o neto, o primeiro neto, nascendo em casa que nem Anori.

Léa matutou muito sobre esses assunto de gravidez nos nove mês de espera, ela mais Bel conversaram um bocado sobre isso, foram junta pra falar com outras mulher do Capão que tamém tinham parido em casa. Ela tava segura que não queria ir prum hospital ni Salvador, pruma cidade estranha, sem família por perto, cercada de gente estranha. Mas tamém não tinha ficado confiante que só uma parteira sabia resolver todos os problema que podia acontecer num parto. O jeito foi combinar com um médico que eu conhecia desde rapaz, nascido na capital, mas que mudou pra Chapada logo depois de formado. E além do médico, arrumei uma combinação mais dona Pequena, uma parteira experiente do Capão, já que dona Cota tinha sido levada pra ajudar os parto no céu fazia uns três ano já.

Os pais de Léa alugaram uma casa no Vale e nós mudamo pra lá por uns quarenta dias.

Nessa época eu só fiz umas pouca guiada e por perto, mó de não ter que dormir na serra e ficar por perto se Léa precisasse. A maior parte do tempo passei cuidando do quintal da casa, que já tinha umas bananeira em produção e uma horta jogada no mato. Num final de tarde escutei uma zuada atrás duma folha de bananeira. Um cavalo-do-cão e um mamangá pelejando no ar, os dois voando e o mamangá atacando o inseto que era umas quatro vezes maior e tão temido por tanta gente.

Tem quem gosta de assistir um cavalo-do-cão atacando a aranha-caranguejo, mas ver ele ofendido por um mamangá traz o gosto da revolta dos mais fraco. Eu seguia enfeitiçado pela luta quando Léa me chamou de dentro de casa. A voz tinha a certeza duma jaqueira e a dúvida duma jaca. O trabalho tinha começado.

— Caminha, minha filha, pode caminhar — era a instrução que dona Pequena passava em cada agonia de Léa. E nesse rojão, capaz de Léa ter caminhado até Mucugê se tivesse solta numa trilha.

Além de caminhar, ela suava como um cuscuz, mas a concentração dela era tremenda. Ela não tava mais nós, no mesmo lugar, na mesma casa, devia tá no mesmo lugar das mamangá pelejadora, mas parecia que a labuta era com ela mesmo. Nós, o médico, a parteira e eu, nós assistia, entregava um braço, o ombro, mas a gente não podia muito mais. Léa que podia, e muito e um tanto que assombrava.

Dona Sara acompanhava a movimentação que acontecia na casa só pela zuada, do jardim. Quando começou uma chuva forte ela fugiu pra baixo do telhado, depois apareceu na porta da sala, donde enxergou a filha e a cara pareceu lembrar das coisa que não viveu, com gosto bom pelo que via.

Dona Pequena chamou o médico num canto, cochicharam e o doutor foi buscar qualquer coisa na cunzinha. Então a véia parteira falou baixinho que a hora tinha chegado. Léa apertou as unha nos meus braço como se aqueles braço, daquele homem, não tinha cabimento por ali, naquela hora. Que eu ajudava pouco e desajustava muito no alinhamento das muié, numa hora de muié. Dona Pequena, dona Sara e Léa eram tão mamangá naquela sala que chega tive vergonha. Por ser homem e pelas coisa ruim que já fiz como macho. Por ser meio cavalo-do-cão e sentir que poder mesmo, de verdade, quem tem são essas muié e mesmo assim num escolhem atacar o cavalo-do-cão, invés disso se juntam pra fazer um ninho e preparar o mundo pra mais um filhote chegar, mais uma esperança do mundo ser melhor. No nosso caso, pra me futucar um pouco mais a culpa ou pra me ensinar de vez meu lugar, preparam tudo pra mais uma poderosa mamangá chegar e nesse meio minha filha nasceu.

— Eu tinha pensado em um nome umas semanas atrás — Léa me disse no dia seguinte, depois de dormir umas oito hora mais nossa filha.

— Tu não me contou esse.

— Me pareceu um pensamento brisa, não deu nem tempo de pensar que era um potencial nome para a nossa filha, afinal nós nem sabíamos que seria uma menina.

— E agora essa brisa ventou?

— Sonhei com o nome...

— Quando?

— Agora, nesse desmaio junto com ela. — Léa virou pra menina grudada no peito. — Eu acordei e dei uma olhada no livro que minha mãe trouxe, aquele com nomes de bebês...

— Existe um livro pra isso?

— Um, não. Existe um monte. — Ela riu. — Minha mãe ficou aflita quando soube que não tínhamos pensado em um nome para o bebê e comprou um. — Ela balançou a cabeça, achando graça na preocupação da mãe. — Mas, então, você não acredita, o nome que eu pensei há umas semanas e do sonho dessa noite significa "senhora das águas". — A bebê parou de mamar e virou os zóio pra cima, parecendo que olhava pra nós, o sorriso de Léa parecia um farolete. — Você não acha incrível? Ela nasceu bem na hora daquela baita chuva. E vai ser bom que ela seja essa homenagem para as águas, afinal ela nasceu chapadense e sempre é bom chamar pelas águas por aqui, não concorda, meu rei matador de dragões? — Ela exagerou, remedando o povo da capital e uns brigadista mais apaixonado.

— Vai contar não? — desesperei depois de esperar uma eternidade.

— Inara. Gostou?

— Avemaria! Num gostei o quê? E a pequena aprovou. — Apontei pra Inara, arreganhando a banguela na hora que escutou o nome pela primeira vez.

Um dia depois do parto, enquanto Léa cochilava na cama, fui limpar Inara em cima duma mesinha que tinha virado trocador. Enquanto eu tirava o cocô cum paninho, ela começou a se mexer menos, fechou os zoinho, até dormiu. Senti um aperto no cangote e uns pensamento do passado apareceram embaralhando as vista. Comecei a passar o algodão cada vez mais longe, acho que já nem triscava mais na pele da minha filha. A mão tava com um peso absurdo e meu esforço pra não deixar a mão apertar as parte de Inara me fazia suar e tremer. A carinha dela sonolenta, ela quase sem consciência, deitada com as perninha afastada, fizeram alguma coisa apertar minhas tripa por dentro, o bucho pareceu que tava sendo pilado de baixo pra cima, um fel esquentou a goela. Olhei pra Léa dormindo e lembrei que era só limpar minha filha, tarefa fácil que fiz num sei quantas vez com Anori. Voltei pra Inara, corrigi o peso da mão e pelo canto dos zóio me pareceu que no lugar da cara da minha filha tinha um outro rosto. Foi o mesmo que tomar um choque num fio descapado, fiz um repuxo com a mão e o cotovelo rumou o pote de algodão pro chão. A zuada do vidro quebrando acordou Léa e fez Inara começar um choro assustada.

Depois que acabou a gastura dos primeiro mês de Inara, das noite azuada mó das cólica e do choro, as coisa ficaram mais tranquila em casa e principiou o tempo da gente fazer uns passeio. Muitas vez Anori acompanhava e teve vez que Bel tamém aglomerou mais nós.

Num desses dia, a gente tava só nós no poço do Diabo e chegou um grupo guiado por um amigo de Lençóis. Entre as conversa, ele falou duma reunião das brigada voluntária da Chapada.

— Fala para alguém representar a brigada nesse encontro — Léa falou mais tarde, em casa. — Nem é uma emergência, não tem necessidade de ser você. Acho bom você ficar por perto da gente enquanto Inara ainda está novinha.

— Pode ser importante, às vez é nessas reunião que aparece algum equipamento pra brigada... e os menino não são muito de falar na frente de muita gente. Esses encontro não demora muito pra acabar, vou e volto ligeiro.

A reunião foi em Andaraí e quando cheguei lá descobri que o encontro tava planejado pra começar no sábado e terminar no domingo. Na hora do almoço consegui telefonar pruma vizinha pra mó de falar com Léa. Ela teve uma cisma grande, achou muito ruim ter que dormir sozinha, disse que não tava preparada pra isso ainda. Ela ficou intufada, mas acabou concordando d'eu ficar os dois dia.

Voltei pra Palmeiras quase nove da noite e reparei ni Madonna parada na frente de casa. Logo na entrada vi Léa, Bel e

Trote conversando de pé no jardinho. Léa fez um movimento que parecia um passo no meu rumo, mas estancou sem sair do lugar. Me acheguei perto deles, cacei um abraço sem jeito ni Léa e pricurei o que tava acontecendo.

— Já tá tudo bem, agora, Deja — Bel disse.

— Mas o que sucedeu aqui? — pricurei agoniado. — Cadê Inara?

— Tá bem, Anori tá mais ela no quarto, relaxa — Bel falou.

— Meu frente, tá tudo bem, pode ficar tranquilo — Trote confirmou. — Espera um pouco — ele apontou a cabeça no rumo de Léa, que tava encostada no meu peito —, ness'tante você fica sabendo de tudo.

Rumamo pra sala e Léa começou a falar. Contou que ela tinha saído de manhã mais Inara, passearam, visitaram uns amigo. Acabaram almoçando na casa de mãe e quando ela voltou pra casa, umas quatro da tarde, sentiu uma coisa estranha logo no portãozinho da rua. No princípio, pensou que o frio na testa devia ser alguma comida que não tinha caído bem. Ela abriu a porta da rua com Inara no colo, entrou na sala e ia deixar Inara no chão quando percebeu um pó branco espalhado por todo o piso. Ela pensou que podia ser pó de cupim, depois tentou lembrar se mais cedo tinha passado com algum saco de farinha que podia tá furado, mas não teve nada disso antes. Viu que tinha mais daquele pó em outros lugar da casa, nos quarto, cunzinha e até no banheiro.

— Nessa hora Inara começou a ficar aflita, achei que ela queria ir para o chão, mas percebi o peito dela ofegante, com dificuldade para respirar. Ela começou a chorar e não parou mais.

Léa contou que sentia um troço ruim, ficou enjoada, suando frio. Ela não quis deixar Inara no chão e tamém não ia conseguir limpar aquilo tudo com nossa filha no colo. Por isso resolveu sair e foi bater na casa de Jotão. Os dois rumaram de volta pra nossa casa e meu compadre percebeu na hora que era pó de pemba.

Léa nunca tinha escutado esse nome, nem sabia que existia isso. Jotão falou pra ela: "É coisa imunda, Léa. Porcaria de gente ruim". Ela não tinha entendido no começo sobre o que ele tava falando. "É feitiço, coisa-feita", Jotão explicou e sugeriu pr'ela ir pra casa de mãe, mas depois achou que ni Bel ia ser melhor, enquanto ele buscava um conhecido que ia saber limpar aquilo.

— Por que alguém ia fazer isso, Deja? — Léa mexia as mão e a cabeça, inconformada.

— Tamém num sei, branquinha. Sei que essas coisa não vão nem arranhar nossa casca grossa, tu fica tranquila, viu?

Eu não tinha nem palpite de quem podia ter feito aquilo. Não lembrava de inimigo, nem de briga ou ameaça nenhuma.

Saímo da sala pra encontrar Bel mais Trote na cunzinha.

— Toma, Léa — Bel ofereceu uma xícara de barro fumaçando —, chá de maracujá-de-cobra. Meu avô dizia que depois que as cobras comiam o maracujá-de-cobra ele podia até mexer numa cascavel com a mão que ela ficava toda largada, relaxada sob efeito da fruta. — Ela fez cara de quem não tinha coragem de duvidar do próprio avô. — E aqui é brevidade, tu já comeu? Minha tia que faz... eu adoro.

— E Jotão? — pricurei.

— Foi levar seu Pedro de Eulália embora.

— Seu Pedro é rezador de muito poder, Léa — eu disse. — Não tem feitiço que esse homem não dá jeito. Jotão trouxe a pessoa certa.

— Depois que ele passou uns ramos em Inara que a bichinha voltou a respirar melhor e parou de chorar — Bel disse. — Ela até conseguiu dormir mais Anori no quarto.

— Obrigado, viu, Bel, valeu, Trote... obrigado pela ajuda, pessoal — eu falei.

As muié seguiram pra sala. Trote ficou na cunzinha, desconfiei que ele queria que eu ficasse mais ele.

— Tu sabe de alguma coisa?

— Não. Saber, saber, não sei. É só uma sensação — Trote disse baixinho, sem querer que ninguém escutasse.

— Pode ser alguma coisa.

Da cunzinha eu podia escutar Léa e Bel na sala.

— O pior foi a sensação de estar sozinha... Inara no colo... saber quem chamar. — Deu pra ouvir uns pedaço da fala de Léa.

— Acho que eu sei como tu se sentiu — Bel falou com a voz mais forte um bocadinho que a de Léa.

Não deixei de pensar se era só azar acontecer tudo aquilo no dia que Léa ficou sozinha depois de uns cinco mês.

— Tu lembra daquele fogo na Chapadinha, uns dois anos atrás, que a gente pegou o incendiário? — Trote pricurou.

— Oxe, claro, como é que esquece uma coisa daquela... Por que tá pricurando isso?

— Tu soube o que aconteceu com ele depois daquela multa?

— Sube não.

— Deram um desconto bom lá na multa e mesmo assim ainda ficou uma fortuna pra ele ter que pagar.

— Bom. Mas o que tem isso?

— Apois, achei fantástico também — Trote continuou. — Ouvi dizer que ele colocou a fazenda à venda pra conseguir pagar.

— Guerreiro, a notícia é ótima, mas bora falar disso depois, outro dia... mó de que agora o juízo tá ni outra questã.

— Espera, Deja. Assunta, o cara lá deve tá muito puto da vida. E tem uma coisa daquele dia que tu não sabe... — Ele rumou um pedaço de brevidade na boca.

Não tava atinando bem a prosa de Trote mó de que umas palavra das muié, que chegavam voando da sala que nem umas bolinha de sabão e, de repente, pocavam junto de minha oreia.

— ... tinha pedido... não ir... parece que não liga para o que eu peço — escutei a voz de Léa.

— Não é tu... não acho que é pessoal... comigo também — Bel falou mais séria. — ... sabe? Às vezes... ele tem alguma questão... nem ele sabe...

Estranhava as fala delas, tamém estranhei o que Trote tava arrodeando pra falar.

— Tu vai falar ou...? — pricurei e Trote engoliu rápido.

— Naquele dia da Chapadinha, quando nós passamos no Rumo e encontramos uns brigadistas de lá, tu se lembra? — ele pricurou e eu neguei com a cabeça. — Apois, tu devia estar em algum outro lugar naquela hora, os guerreiros de lá contaram que aquele incendiário que nós entregamos pro Ibama era gente ruim, sujeito perigoso...

— Perigoso como?

— Falaram que ele era todo torto, tinha uns esquemas de roubo de gado, aqueles mesmos que ele criava lá na Chapadinha. Roubo de carga e outros crimes. E também... — Trote parou pra pensar.

— Desembucha, home.

— Disseram que ele faz porcaria... — Trote riscou a cruz no peito —, que é feiticeiro, Deja, dos poderosos! Acostumado a fazer uns trabalhos bem sujos.

Eu rumei a mão pro pescoço, caçando meu cordão, e depois que agarrei nele girei até o crucifixo sair das costa e vir pro peito.

— Maria, moço — falei juntando a medalha de Nossa Senhora Aparecida ao Cristo debaixo da camisa. — Mó de que tu tá lembrando desse assunto todo agora?

— Depois que o pessoal do Rumo falou aquilo, lembrei dumas coisas que o incendiário falou lá na Chapadinha, indo pro carro do Ibama...

Minha atenção tava dividida entre Trote e as muié na sala.

— … não acho que é só a dedicação à causa — a voz de Léa voltou pra cunzinha. — … para mim tem… mais, lá no fundo tem mais.

— Também penso que nesse leite tem água — Bel falou um pouco mais empolgada. — Admito, fiquei abalada quando não… me iludir com a ausência — a voz dela voltou a baixar. — Não parecia combinar… na verdade com o que eu pensava… ele era… alguma coisa psicológica, sei lá, com o pai…

Virei no rumo do corredor que levava pra sala, dei um passo, pensei em ver o que elas tava conversando, mas Trote ainda não tinha falado tudo.

— … ele começou a falar umas coisas sobre alguns dos meninos, assim, de repente. Ele não olhava pra mim, não. Ficou olhando pra frente, como se tivesse vendo alguma coisa bem longe no céu. Ficava mexendo a mão assim na minha frente. — Trote copiou o fazendeiro.

— Moço, lembro disso… lembro bem daquele jeito dele mexendo a mão e a boca. Mesmo que ele tivesse aqui, agora, na cunzinha de casa mais tu.

E além dessa livusia que minha lembrança trouxe pra cunzinha, tamém chegaram outras palavra de Léa.

— … isso, também penso assim… só… no meu caso, ultimamente comecei… pensar… pode ter alguma… da vida mesmo… passado dele, sabe?… um segredo. Lembra daquela… na serra… os garrotes?

— Ele falou assim — Trote continuou —, assunta: "O baixinho fornido, dos braços grossos, que balançou o carro com as mãos, esse não vai parar em lugar nenhum, sua vida vai ser de cigano, sem raiz e sem pouso".

— Mesmo — Bel, na sala, concordou. — Não lembrava mais… tá certa, foi estranho… Se aquela história… segredo dele… nenhuma de nós duas sabia… garante que não tenha outros?

— Foi Adobim, num foi? — pricurei.

Trote concordou com a cabeça.

— ... sabe... eu penso às vezes? — Léa pricurou cochichando. — ... antes... era mais companheiro, mais presente... carinhoso. Depois... afastou.

— Misericórdia, menina! — Bel quase gritou. — Entendo você, verdade! Sinto do mesmíssimo jeito... época... um pensamento... não desgarrava... me deixava puta... tinha dificuldade em aceitar... diferentes papéis na vida, ele se agarrou... do herói ambientalista... E o líder de brigada, Avemaria... era espaçoso, não queria deixar nem um espacinho pro pai, pro marido...

— Pois é — Léa pareceu desanimada —, já sei como funciona. A questão... dá para sonhar... vai melhorar... será justo, comigo... Inara, esperar... mudança?... como que muda... não souber nem que tem o problema?

— Sim, isso mesmo, verdade — confirmei a lembrança.

— Não sabe mesmo, não. — Bel tamém desanimou na voz. — Não sei contigo... comigo... uma teimosia... dizendo... era o jeito dele... eu tinha conhecido... assim... antes aceitava... jeito dele... depois queria mudar... afe! Que preguiça! — Bel riu. — ... gosto nem de lembrar.

— A última coisa — Trote segurou nos meus dois braço e olhou mais sério pra mim — que o disgramado disse, frente... "O grandão que falava grosso, me ameaçando, falando aquelas ofensas sobre a cadeia... ele não vai ter força pra vencer o vício, esse vai ser o presídio dele."

Não tive necessidade de confirmar minha lembrança. Lembrava sempre do jeito que Jotão ficou naquele dia, falando aquelas coisa pro incendiário que nem era muito da natureza dele, parecia mudado naquela hora, mais grosso, agressivo.

— Como ele tava hoje? — pricurei.

— Hoje ficou bom — Trote respondeu. — Até ontem tava invernado, daquele jeito. Mas hoje, acho que por causa dessa história aqui, ele não bebeu nada, não.

Cocei a cabeça e trisquei de novo no patuá.

— Para mim — a voz de Léa na sala voltou — esse jeito... a gente comentou dele... Parece... sente em dívida, sei lá... se jogar desse jeito na causa, largar até a família... parece que precisa provar alguma coisa... não consegue viver em paz. Mas... amor de Deus... dívida é essa que esse homem acha que tem?

— Trote, essa história que tu veio contar... mó do que aconteceu hoje aqui em casa... — falei confuso.

— Não esqueço do jeito que ele olhava pra tu, dum jeito calmo que me dava uma gastura ruim na barriga. Olhava e falou uma frase estranha, não entendi na hora...

— Que coisa falou?

— Acho que foi: "O fogo da vingança queime o oxigênio dos seus". — Trote tapou a boca com uma mão e os zóio assustado. — Quando entrei na sua casa hoje, lembrei na hora daquele dia, do incendiário e do jeito que ele olhava pra você. E quando vi Inara na crise asmática, lembrei das palavras do disgramado. Digo que esse pó de pemba é coisa dele.

Voltamo pra sala e mãe vinha chegando mais Jotão.

— Ô minha filha — mãe abraçou Léa —, por que é que tu não foi pra minha casa? — Depois abraçou Bel tamém. — E as criança?

— Tão bem, dona Raquel. Preocupa não. Anori colocou a irmã pra dormir — Bel falou e as duas riram.

— Sua bênção, mãe.

— Deus abençoa, meu filho.

— Boa, compadre.

— Êa, Deja — Jotão falou sério. — Como tão as coisas?

— Melhor, graças a vocês — falei apertando o ombro de Jotão.

— Graças a Deus estão todos bem — mãe falou. — Vamo deixar Léa descansar. Essas emoção forte precisa de reparação no sono. Boa noite, meu filho, boa noite, minha filha. — Na mesma hora começou cair uma chuvinha.

— Fica mais um pouco, espera a chuva abaixar, mãe.

— Quem vai pra casa não se molha — ela respondeu rindo, já do meio da rua.

Segui abraçado mais Léa até nosso quarto.

— Inara ainda é pequenina, precisa de um ninho. Eu também preciso, sou sozinha aqui, minha família é você e Inara. É só uma fase, depois passa. Fica por perto, vai? — ela disse baixinho misturado num beijo.

Teve uma vez que a brigada tava na serra, lá pras banda do rio Preto de Mucugê, indo na direção do córrego de Café, e encontramo uma vaca atolada na beira dum córrego. A lama cobria a barriga e pela magreza do animal já fazia uns dia que tava naquela agonia. Ela não tinha marca de ferro e o dono decerto não devia saber do paradeiro do animal, nem ia chegar a tempo de salvar ela. A gente ficou mais de hora tentando desatolar a bichinha, mas nem com a força dos oito home que tava na hora nós conseguimo. Então a brigada começou aquela peleja pra decidir o que a gente devia fazer. Ganhou a sugestão de aliviar o sofrimento dela e fazer um churrasco pros menino que já caminhavam por dias sem comer direito. Eu já tinha matado um bocado de animal, mas naquele dia fiquei cuma impressão estranha, ruim, vendo aquele animal que normalmente é grande, poderoso, naquele estado de fraqueza, uma magreleza, só o couro.

Jotão passou poucos dia bom depois do pó de pemba em casa e logo invernou de vez na cachaça. Já fazia uns dois mês que ele tava assim, e toda vez que eu via meu compadre bebo era um soco que me lembrava daquela vaca atolada. Não tinha sinal do guerreiro forte como um touro, só um fiapo engrunado de gente. Quase todo dia eu ia atrás dele tentar tirar ele da rua, da cachaça. Às vez ele nem me reconhecia.

Bem nessa época a gente recebeu um convite que deixou os menino da brigada tudo animado, feito pinto no lixo, um combate em Minas Gerais.

— Moço, eu vou se for mais Jotão — falei com os guerreiro.

— Jotão não tem condição nenhuma de ir prum combate, meu frente.

— Ele ruim ainda vale por dois ou três.

— Faz pena, mas o que é certo é certo, não vou mentir, invernado assim ele tá um pra nada, não tá valendo nem cinquenta centavos, vou dizer.

— Tu acha que num sei como ele tá? Eu sei bem. Todo dia vejo ele e dói, viu? Mas, assunta, digo que ele tá assim mó de não tá trabalhando, não tá se sentindo útil. A gente coloca ele no movimento de novo, mais nós. Ele cura num instante.

— Isso tá com cara de esparrela, Deja... e das braba.

— Quieta, moço. A gente fica dijunto dele, não dá nem espaço pra fazer besteira. Essa viagem vai ser a arribada de Jotão. Com fé em Deus, depois dela ele larga essa desgraça, com o perdão da palavra.

Depois dumas sete hora de viagem, o motorista parou em Guanambi pra abastecer e almoçar.

Jotão tinha dormido o caminho quase todo, mas nessa parada ele começou ficar alterado. Ele suava e gritava que ali era quente, que aquele calor ia matar ele, matar todo mundo. Que a gente tava indo pro inferno. Ele gargalhava dizendo que a gente devia abraçar o capeta.

— Êa, Jotão. Chega, moço. Deixa disso. Vem mais eu, vamo comer alguma coisa. Tu deve tá com fome, não comeu nada desde sabe lá quando.

— Me solta, Dejanir. — Ele batia com a mão nos meus braço quando eu tentava abraçar ele pra ele ir pro restaurante. — Tu também tá com parte mais o cão. Vocês não me enganam. Eu posso sentir o cheiro.

— Cuidado, Jotão — Cunga provocou. — Por aqui deve ter um que nem Sariguê... toda cidade tem um comedor de cu de bebo.

Jotão partiu pra riba e rumou um sopapo que garrou no pescoço de Cunga.

— Pa porra, Jotão! Bebo dos inferno. Ignorança, seu xibungo! — Cunga bravejou e parece que sentiu o que todo mundo ao redor sentiu, uma surpresa triste por Jotão, que sempre se divertiu com as gaiatice do amigo. Talvez medo do brigadista que sempre foi um irmão, mó de perceber que, mesmo na lama, Jotão ainda era boi brabo.

Eu fiquei mais ele no caminhão durante a parada. Pedi pra trazerem algum de-comer pra ele, mas ele não triscou em nada. Só reclamava de sede, e não era de água.

— Isso aqui não é água — rumou a garrafa longe. — Vocês querem me envenenar. Não posso confiar em vocês, não dá pra confiar em ninguém.

Jotão não parou mais de falar e xingar pelas outras doze horas de viagem até o Parque Nacional das Sempre-Vivas. Entre uma ofensa e um palavrão, ele falava da mãe, contava que a mãe tamém tinha sido envenenada.

Até onde todo mundo sabia, a mãe de Jotão teve problema com cachaça a vida toda e morreu por conta disso. Os filho ficaram espalhado pelo mundo, sem pai nem mãe. O veneno dela foi o mesmo que o filho tava atolado.

Conforme a gente avançava, ele ficava mais brabo, agressivo. Então ele começou a pedir um trago. Ameaçava descer do ônibus em movimento, ameaçava o motorista. E a gente que tentava segurar ele ficava só com os sopapo daquela mão de pilão. Até ninguém mais querer apanhar de bobeira e alguém dar a ideia de usar uma corda que Zia tinha levado na bolsa. Juntou a brigada inteira pra segurar e amarrar o touro. No meio das risada de alguns, caçava lembrança de outra vez que eu tinha ficado tão triste.

— Vão se fuder pra lá, seus xibungos!

Jotão ficou amarrado por uns dia. Não conseguiu participar

de nenhuma missão e a gente tentou deixar ele escondido, pra mó de ninguém do Ibama lá de Minas perceber.

A brigada tinha poucas chance pra mostrar o trabalho fora da Chapada, Jotão daquele jeito podia queimar uma das pouca chance que a gente teve. Nenhum dos brigadista falou nada comigo, mas eu fiquei com muita vergonha de ter dado a ideia de levar Jotão. Acabou que a brigada ficou com dois brigadista a menos, mó de que eu pouco fiz naqueles dias, preocupado de deixar meu compadre preso sozinho num quarto de hotel. Às vez algum outro guerreiro ficava no meu lugar preu ter o gostinho de ajudar num incêndio nas banda de lá, tamém.

Minha vergonha me dava mais vontade de mostrar serviço. Trabalhei feito um cangaceiro, sem descanso, quase sem comer. E a brigada rendeu muito, tanto que a gente controlou um incêndio que os chefe da operação pensavam que só ia apagar com a chuva.

No hotel, Zia bateu no meu quarto.

— Ei, frente. Tem um sujeito lá fora querendo falar mais tu.

— Quem é, Zia?

— Sei não. Mas parece gente de outro Brasil.

Quando encontrei com o sujeito, percebi o que Zia quis dizer.

— Muito prazer, eu ser Roger Fierson — ele esticou a mão falando num sotaque estrangeiro embolado.

— Dejanir de Oliveira Dourado, mais conhecido como Deja.

— Eu ser aqui para agradecer em nome da instituto que eu ser parte. Nós ser parceiro do governo Brasil aqui nessa parque. Thanks to you... o fogo ter fim. Eu ver... vi como você lutar... eu ficar muito impressionado. Nunca ver nada parecido. Parabéns and muito obrigado a todos fighters.

— Me solta, filho duma rapariga — Jotão gritou de dentro do quarto e seu vozerão alcançou o gringo. Dei uma risada sem graça.

— Estar tudo bem?

— Sim, sim. Tudo bem.

— Nossa instituto ter um programa internacional para fogo. Já treinamos muitos fighters do México, El Salvador, Guatemala também. O instituto querer treinar fighters brasileños. Vocês interessados?

Eu não consegui entender tudo que o gringo falava. Além das palavra embolada, meu juízo tamém tava no quarto, escutando as livusia de Jotão, preocupado com Zia sozinho mais ele. Antes d'eu pricurar pro gringo explicar melhor o que ele tinha falado, escutei Zia xingando e a porta do quarto abriu. Num instante Jotão tava dijunto de mim.

— Obrigado, muito obrigado — falei com um riso besta na cara e entreguei a mão pro gringo, avexado, querendo terminar a conversa antes que Jotão fizesse alguma.

— Cês tão pensando que eu sou um bicho? — Eu balanguei a mão pra Jotão ficar quieto. Ele ou não viu ou ignorou. — Quem você pensa que é, seu xilaia?

— Depois a gente conversa, moço.

— Ah! Tá ocupado com esse lordinho, né? Quando conversa com gente rica não pode dar atenção pro amigo pobre. — O tal Roger, assustado, deu um passo pra trás e eu dei um passo de lado pra ficar entre Jotão e o gringo. — Cês podem falar, finge que eu nem tô aqui... Vamo, não queria conversar, então fala, porra! — Ele empurrou meu peito com a mão aberta. O coice me fez dar um passo pra trás.

Abracei Jotão pelas costela e quando virei a cara no rumo do gringo pra pedir desculpa, ele levantou as duas mão, balangou a cabeça e se afastou da gente com umas palavra na língua dele.

Não conseguimo mais segurar Jotão. Só com a promessa duma cachaça ele aceitou entrar no ônibus de volta pra Palmeiras. Depois que ele bebeu um tanto, a gente voltou a amarrar ele.

Na saída do ônibus, o responsável pela operação de combate do Parque Nacional das Sempre-Vivas foi se despedir.

— É, no combate vocês são bons, muito bons. Mas esse triste incidente com o seu colega... deixou o Roger bem mal impressionado. Podem dar adeus às chances de atuarem fora do lugar onde vocês moram, porque todo mundo em Brasília vai saber sobre esse episódio... O que vocês tinham na cabeça, trazendo um alcoólatra para essa missão? — ele pricurou olhando pra Jotão amarrado, babado e com a cabeça caída. — E tem outra, se essa história prejudicar o apoio do instituto dele para o Parque das Sempre-Vivas, aí vocês podem esperar o pior... Boa viagem.

Vez ou outra o pessoal da capital lembrava que a água que eles bebe vem do Paraguaçu. E que o Paraguaçu nasce e engrossa na Chapada. A pouca lembrança deve ser por causa da dificuldade de aceitar que uma das cidade que mais chove no Brasil depende das água do sertão. Um professor de faculdade que eu guiei falou que isso era uma ironia geopolítica baiana. Não entendi e concordei.

Uma ONG de Salvador chegou na Chapada pra organizar uns evento com as brigada e os ambientalista da região, pra mó de discutir o que precisava pra não acontecer tanto incêndio na caixa-d'água da Bahia. A época não era muito boa, em setembro tem muito risco de incêndio, o tempo de pensar em prevenir é antes, bem antes de agosto. Quando chega o tempo da estiagem os brigadista tem que tá com os equipamento na mão, a gandola no ombro, pronto pro pior. Depois que a reunião deles acabou, ni Mucugê, a maior parte da nossa brigada seguiu pro Guiné no carro do ICMBio. Eu mais Zia seguimo na frente, no carro do povo da ONG, pra adiantar a preparação pra festa de aniversário do Parque Nacional.

A conversa do caminho todo foi dessa mudança de Ibama pra ICMBio. Cada um adivinhava o futuro do Parque, das brigada ou dos trabalho com fogo. A gente comentou que na nossa última missão fora, afora a dor de dente que Jotão deu em todo mundo, tamém teve essa surpresa: nós saímo de Palmeiras numa missão do Ibama e voltamo com o ICMBio.

No Guiné a gente conversou com os brigadista de lá, pediu a ajuda deles pra convidar todo mundo do povoado. Enquanto isso nós fizemo um armengue bem na frente do palhoção, juntamo meio mundo de folha seca e uns pedaço de pau velho, amuntuamo no chão pra fingir que era a serra do Sincorá, no Parque.

— Uma maquete do Parque Nacional — explicou a retratista de Boninal que tava registrando a comemoração.

À noite, depois dumas apresentação artística que aconteceram no palhoção, a gente ia fazer uma demonstração do trabalho da brigada. Juntamo uma meia dúzia de brigadista, cada um dum canto, e tocamo fogo nos garrancho seco que fazia a tal maquete do Parque. Esperamo o fogo esquentar bem e começamo a apagar com bomba costal e abafador.

Joás tamém tava e era o mais empolgado com uns grito de força pra empolgar os outro brigadista e principalmente o povo que tava assistindo. Enquanto a gente trabalhava, olhando pra baixo, no rumo do fogo da maquete, dava pra escutar o povo ao redor rindo, batendo palma, soltando uns grito de gaiatice. No tempo duma batida e a próxima erguida do abafador uma claridade maior que a do fogo iluminou a maquete e o povo calou, de repente. Olhei pr'algumas pessoa ao redor, todo mundo iluminado de cima pra baixo olhando pra riba. Joás ainda continuou dando umas batida e gritando: "'Umbora, 'umbora" em cima do silêncio que formou na praça.

Olhei pra riba e um clarão muito forte tava parado, bem no prumo da praça do Guiné. Parecia um farol de carro, um sozinho, mas gigante. Não dava pra calcular a distância que ele tava da gente.

Quando Joás finalmente parou com o abafador e olhou pro céu, a luz seguiu feito um foguete pro oeste, no rumo entre Nova Colina e Boninal.

Sem aquela luz do céu, o fogo voltou a iluminar as pessoa ao redor, mas só por uns instante, mó de que já tinha queimado a maquete praticamente toda.

A conversa que tomou conta de todo mundo na volta pra Palmeira foi o tal "planeta" que tinha aparecido no céu. Cada um tinha uma história de alguma luz estranha, sem explicação, mas ninguém tinha visto uma luz tão perto e tão forte como daquela noite no Guiné. Uns falava que devia ser avião secreto de governo de fora do Brasil, outros lembrava das conversa sobre extraterrestre, falava que esses povo de outro planeta tinha alguma preferência pela Chapada.

— É, a Chapada atrai povo de fora já faz um bocado de tempo — Cunga falou rindo. — Assunta aí como tá Lençóis, o Capão... agora tem mais alternativo do que nativo nesses lugar.

— E não foi a mesma coisa que aconteceu no século retrasado, guerreiro? — pricurei. — E mais antigo até. Tenho pra mim que o povo que fez esse meio mundo de pintura rupestre que tem na Chapada, os originais mesmo, ninguém sabe nem quem eram, mas esse povo tamém foi expulso quando chegaram os índio. E os índio, bem depois, foram expulso e morto pelos garimpeiro, que chegaram de fora, de Minas, sei lá mais de onde.

— Um povo que não conhece sua história está fadado a repeti-la — Firóso falou.

— Que coisa, assim, Firóso? — Cunga pricurou.

— É um pensamento que eu vi num livro. Lembrei dele agora.

O carro parou preu descer perto da rua de casa.

— Ei, Deja — Zia gritou da janela do carro em movimento —, cuidado com os alienígena.

— Quieta, moço — respondi. — Por aqui, gente do nosso planeta mesmo tem feito coisa muito pior.

Em casa era silêncio quando entrei. Resolvi banhar no quintal, numa bica que instalei debaixo da caixa, pra mó de não fazer zuada e acordar as menina. Entrei pela cunzinha e Léa tava lá, sentada.

— Que merda, Deja!

— Oxe, oxe... que foi, branquinha?

— Se você já imaginasse que eu estaria brava e pergunta isso para disfarçar, seria ruim, porque eu me sentiria sendo feita de trouxa. Agora, se você nem imaginava que me encontraria chateada, aí é péssimo, mostra que a separação com Bel não gerou nenhum aprendizado.

— Nem sei mesmo não por que tu tá braba... por que tá comendo minha mente assim?

— Sério mesmo? Preciso explicar?

Ela caçava ni mim algum milagre em forma de resposta. Eu sabia que pedir pr'ela explicar ia desastrar tudo de vez. Arriscar o motivo da brabeza dela e não acertar na primeira tamém daria em trupelo. Cocei a cabeça, cara engiada, a boca abriu, fechou e eu mudo.

— Tu não sabe o que aconteceu lá no Guiné — foi o que saiu na falta de palavra que encaixava melhor no assunto dela.

Pela virada de cabeça e erguida da sobrancelha ela não parecia acreditar que eu tinha falado aquilo.

— Uma luz no céu, gigante, alumiou tudo lá na praça, todo mundo viu. Um óvni, uma nave, um planeta como os antigo fala. Ninguém sabe o que foi, mas foi muito impressionante.

— Se você lembrasse que tem família — na voz dela a poeira dum dia quente da estiagem —, talvez nós estivéssemos lá com você para vermos também. Talvez nós tivéssemos histórias juntos para contar para nossa filha, nossos netos.

— Avemaria, branquinha. Claro que lembro de vocês, num lembro o quê?

— Pois mostra, Deja. Já é o quarto, quinto fim de semana que passo sozinha com Inara. Por acaso o senhor sabe que sua filha teve outra crise de asma durante a noite? Ah! Não sabe. Por que será? — Ela ficou de pé, foi até a porta do quarto e voltou. — Lembra, você e Inara são minha família aqui. Não preciso falar que é importante você estar com a gente. Eu tenho carro, se a gente combina, dá para irmos juntos nesses eventos. E quando não der, não vai ser o fim do mundo, o fim da Chapada, se você passar um tempo com sua família em vez de ir para algum evento da brigada.

Apertei a beirada da pia com as duas mão, com força. Lembrei de pai levantando o telhado. Soltei a pia.

— Desculpa, Léa. Tô nessa mesma treva de novo e nem vi que tinha entrado. Vou esforçar… cuidar mais de vocês, da família.

Ela saiu caminhando no rumo do quarto. Do meio da sala ela disse:

— Ninguém pode dar o que não tem…

Mais tarde passei no Mutirão pra mó de visitar Jotão. Fazia tempo que não via meu compadre. Ele não tava nos melhor dia, invernado fazia alguns mês, parecia uma pele velha, colocada do avesso, cobrindo ele, sem deixar enxergar o outro Jotão, forte, sadio, o vivo. A casa, muito piorada desde a última vez que entrei e dei uma ajeitada. Quase não tinha móvel. Uma porta de madeira, devia ter sido dum quarto, pregada na janela deixava a sala toda com a mesma falta de cor, tudo numa sombra carnuda furada por uns espeto de luz que atravessava uns buraco nas telha. Não dava pra saber o que era roupa, coberta ou pano de limpar. Pensei num licuri com um morotó graúdo, espremido, sem espaço pra mexer, que já comeu toda a bala e mesmo assim não sai do coco. Um morotó sujo da própria imundiça, cheirando a merda, mijo, comida podre e um resto de patchuli que grudou ni Jotão desde novo, quando começou a usar a mezinha que mãe preparou pra ele como perfume.

Nessas época, as conversa com ele às vez num rendia nenhum entendimento. Em outras hora parecia que o Jotão por debaixo da pele achava uma frincha e conseguia conversar mais eu.

— Deja, Deja, meu comandante...

— Como tá, compadre?

— Bom... acho que ótimo. E Anori, como tá? E sua pequena — ele parou um pouco pensando — ... Inara? Fala pra Anori passar aqui, precisa pedir bênção pro dindo dele, Deja.

— Falo, sim. Vou esperar tu sair dessa invernada e venho com os filho tudo.

— Pa porra, Deja. Frescura, não tô com nenhuma doença que passa, não, viu?

— Tem visto algum dos menino?

— Outros viado, esses aí. Nenhum pra visitar o amigo. Se eu tivesse rico tava cheio de puxa-saco aí na porta... Cunga teve aqui dia desses. Chegou na hora que eu tava com um probleminha no joelho, precisava ficar deitado ali no chão da cozinha.

— Trote também teve aqui, que eu sei. E Zia e Firóso, eles me contaram. Tu que não deve se alembrar...

— Lembro, lembro, sim, tá doido? É verdade, teve esses aí também.

— Não é pouca gente...

— Hoje... ontem... não, hoje mesmo, Trote passou aqui mais Zia. Tudo fardado, eles ia pr'algum combate, não lembro onde. Falei que eu ia mais eles, os xibungo não deixaram. Disfarçaram, inventaram uma historinha, que o carro tava cheio, que eu precisava descansar. Tu já viu Jotão precisar descansar, Deja?

— Sem a cachaça, num vi mesmo, não. São, tu é o cão, ninguém acompanha. Eu também não fui, compadre... tô dando um tempo do movimento. Afastei um pouco, segui seu conselho, tá alembrado? Dedicar pra família, Inara ainda tá com um ano e meio, Léa tá começando a arrumar uns trabalho com fisioterapia.

— Qualé nada, moço. A brigada precisa de tu... de nós. Vamo lá mostrar como... quem...

— Depois de Minas... acho que não tava fazendo bem, era ilusão essas bestagem de "frente", líder de brigada. Viu como acabou mais Bel, o sofrimento pra Anori. E depois, mesma coisa, não tava bom pra Léa. Esses dia tive pensando que nem pra natureza o meu jeito de tocar a brigada era bom. Eu só tava pensando ni mim...

— Êa! — Jotão gritou segurando meu ombro, o bafo doce de cachaça forçou a entrada pelas minhas venta. — Para de falar carga-d'água! Vergonha, meu compadre! Ainda bem que é só eu que tô aqui escutando essas merda. Que é que tu tá falando? Ei, ei, olha aqui — ele apontou os próprio zóio —, olha, porra.

— Tô olhando, cacete, faz tempo.

— O que nós fizemo... o que nós fazemo, não é besteira, não. E o que tu faz, Deja... olha pra mim... — eu ainda tava olhando —, Avemaria, não tem tamanho. Ou tu não sabe quanto dessas outras brigada que apareceram depois da nossa não tem sua mão? Quantos desses menino que nunca tinham saído dum povoado deles, que nunca sonharam em viajar, nem pra Mucugê, nem Ibicoara... que esses guerreiro são tudo cria sua, que eles olham pra tu e enxergam um jeito de viver nessa Chapada, que é paraíso pra turista mas é sofrimento prum menino que não pode sonhar com um nada, um jeito que nem o pai, o vô deles, ninguém antes fez.

— Tu tá exagerando...

— Quieta, Deja. Não terminei. E não tô exagerando, nem tô bebo... agora. Agora sei bem o que tô falando, sei bem com quem tô conversando. Esses brigadista, quando eles sobem a serra e apagam um incêndio, eles sentem um pouco o gosto duma vingança, assunta. Ninguém nunca deu nada pr'eles, ninguém espera nada de alguns deles. "Rebanho de maconheiro" é o que falam por aí, né? — Ele riu cobrindo os dente. — "Bando de doido, maluco", não é, não? E lá na serra, tu sabe, eu sei, só nós sabemo, eles fazem a coisa mais incrível que alguém já fez por essa Chapada, por qualquer povoado desse, até duma cidade dessa. Ei, não tem prefeito, não tem deputado, nem governador, Deja, nenhum desses aí já fez alguma coisa grande, importante que nem nós fazemo. E de graça, moço. Quando um guerreirinho desse é brigadista, ele é gente, Deja. Gente que faz pelos outro, não pra receber coisa nenhuma em troca. Ser assim já é melhor que qualquer um pensou antes. E muito disso... eu digo, quase tudo isso não tinha, não, se não fosse tu, o que você faz por nós.

Ele respirou devagar e achei que tinha sido a primeira respiração dele desde que começou a palestrar. Meu juízo sabia que Jotão tava empolgado, que era conversa de bebo. E outra banda, escondejadeira, criança malina que num vê proveito em coisa de juízo, derramava de algum lugar, inundando o corpo todo, um caldo qualquer dum negócio bom, feliz. Talvez mó da esperança no amigo ficar melhor, largar a cachaça duma vez. Ou tamém por causa de Jotão, que sempre foi quieto, ter falado tanta coisa que eu nunca tinha escutado dele antes. O mais certo é que a principal razão era só o gosto qu'eu fiz de escutar aquelas palavra de Jotão.

Agarrei a mão dele e fiquei de pé. Rumei ele pra riba e era mesmo que levantar sozinho um quarto dum boi no gancho, um peso sem jeito, uma força da peste.

— Levanta aí, moço.

Senti o tranco dele me puxando pra baixo, apoiou na mesa, e levantou gemendo, como se subisse uma escada e cada gemido era um degrau.

— Preciso ir, compadre — falei apertando o braço dele com força.

Ele inclinou pro meu rumo até triscar o peito ni mim. Fechou os braço atrás das minhas costa e apertou, feito um mixila.

— Valeu, guerreiro.

— Obrigado, tu.

— Bora mostrar pr'esses menino como é que apaga fogo — ele falou baixinho, como se tivesse sonhando apoiado no meu ombro.

— Larga essa cachaça e eu vou mais tu — disse pra ele já afastando pra sair da sala bagunçada.

— Vou parar... eu paro.

A maçaneta saiu ni minha mão quando abri a porta pra rua. A banda de dentro caiu no meio da trenhada de pano que tava espalhada entre a soleira e a parede. Demorei uns segundos que não acabava mais metendo a mão no meio de uns trapo molhado e fedido.

— Tu não quer passar um tempo mais nós lá em casa, compadre? — pricurei.

Jotão respondeu qualquer coisa que nem um nenê aprendendo falar.

Encontrei a parte da maçaneta, dei uma pancada com a palma da mão e encaixei de novo.

— Volto pra arrumar isso aqui depois, Jotão. Vou indo, guerreiro.

— É cedo, Deja...

Pensei se deixava a porta aberta ou fechada. Fechei sem vontade, cuma gastura, rezando pro amigo não ficar trancado por dentro.

A trilha de Mucugê pro Pati é dos roteiro que guardo só pra alguns cliente, os mais costumado com o rojão da Chapada. É a entrada pro Pati cum trecho mais cumprido, não é pra quem tem pressa de chegar ou tem o juízo lá na frente, no tempo que ainda vai chegar. É pr'aqueles pouco que aprecia o caminho debaixo dos pé, que faz gosto em cada passo que dá só pela alegria, talvez, de tá onde tá.

No meio da tarde, saindo do vale do Cachoeirão com um jornalista de São Paulo, famoso, que eu guiava pela terceira vez na Chapada, encontramo uma equipe do ICMBio. Eles tavam com as camisa preta, o uniforme de urubu de quando eles ia fiscalizar.

— Salve, Deja — o fiscal do Parque que era mais coligado com as brigada chegou pra cumprimentar.

— E aí, doutor. Bom ver vocês por aqui. Algum incendiário na mira? — brinquei, mó dele ser o fiscal que multou o fazendeiro da Chapadinha.

— Esse aqui é dos melhores brigadistas da Chapada — ele me apresentou pros companheiro da equipe que eram de fora da Chapada —, consequentemente, vocês estão de frente para um dos melhores combatentes do Brasil.

Fiquei sem saber o que falar. Misturei um "obrigado" com um "exagero do doutor" e apresentei, todo avexado, o jornalista e os três amigo dele que eu tava guiando.

Os de fora travaram nas prosa sobre os lugar da Chapada

que já visitaram, do que mais gostaram, das dificuldade. Enquanto isso o fiscal me chamou de canto.

— Você tem acompanhado as notícias do país? — ele pricurou.

— Não muito... a gente tá na trilha já faz três dia. Qual é a boa?

— Sem boa. Estamos com alguns incêndios importantes em vários lugares.

— Todo ano é assim, não é, seu zimbama? — falei brincando, copiando o jeito que alguns fala com o pessoal do ICMBio.

— Tem anos melhores, outros nem tanto... Mas a questão é o seguinte, ontem mesmo procurei por você para falar sobre isso, o pessoal da Coordenação em Brasília me perguntou se eu conseguia mandar uma brigada daqui para ajudar na Chapada dos Veadeiros, os incêndios de lá estão graves. Eu não posso mandar nossos contratados, senão ficamos desfalcados e ainda estamos sob risco aqui no Parque também. Mas se vocês quiserem montar uma equipe de voluntários da Chapada, só gente boa, só os melhores guerreiros, eu recomendaria vocês para o chefão em Brasília. Acho que é uma boa chance de mostrarem como é que a banda toca por aqui, não?

— Coisa boa é essa, moço?

— Pensei em você liderar essa equipe. E aí, tem coragem?

— Avemaria, a gente vai montar uma brigada das boa, com os menino de atitude, mesmo.

— Mas, Deja... não pode vacilar. Não dá para repetir o que aconteceu lá em Minas. Pode ser a última chance da Chapada mostrar para Brasília que eles podem confiar em vocês. Que aqui estão os melhores brigadistas do país.

— Moço, fica sossegado, vamo jogar duro. Pra quando é?

— O quanto antes.

O acontecido com Jotão na missão de Minas ficou conhecido. Brasília aproveitou o trevero de Jotão pra confirmar os preconceito deles com a Chapada Diamantina. Por muitos anos, na visão do povo de Brasília, os brigadista da Chapada era tudo um rebanho de maconheiro, uns maluco. Pra sonhar com as missão pelo Brasil a gente tinha que mudar essa fama.

O plano pros meus turista era ficar mais três dia dentro do Vale. Expliquei que tinha surgido essa emergência, a importância disso pra nossa brigada, pra natureza, e sugeri sair naquele dia mesmo, pelo Guiné, mó de que eu precisava passar umas instrução pros companheiro da brigada e depois a gente voltava pra terminar o roteiro. Eles até gostaram da minha sugestão, serviu de desculpa pra eles descansar e recuperar as perna que tava baqueada dos dia de caminhada.

Nesse tempo de descanso contei a novidade pruns guerreiro da nossa brigada. Expliquei que ainda tinha que voltar pra serra, pra terminar a guiada, e eles ficaram de ligar pra alguns brigadista de outros lugar. A gente tinha que montar uma equipe boa, misturando os mais experiente e alguns menino mais novo cheios de apetite pra mostrar serviço.

Em casa teve a conversa com Léa.

— E o pessoal do 15 de novembro? — ela pricurou lembrando que tinha um grupo bom de turista agendado pro feriado.

— Vou passar a guiada pra Trote, se ele resolver que não vai mais nós.

— O dinheiro do feriadão seria bem-vindo.

— A missão da brigada vai render uma nica tamém, quase a mesma coisa.

— Só que na missão vai ser o dobro de dias fora de casa, longe de nós. Ou mais até, te conheço...

— É, tem isso tamém... o que é certo é certo, num vou mentir.

Parei de falar, cocei a cabeça imaginando se ia conseguir mandar alguém no meu lugar pro combate. Léa espiava como se esperava um bolo chegar no ponto certo de tirar do forno.

— Claro que você deve ir, meu nego — ela disse beliscando meu lombo —, sei qual é sua missão na vida. Eu aproveito para passar uns dias em Lençóis, estou morrendo de saudades de Doura.

Continuei a guiada com o grupo do meu amigo jornalista por mais dois dia, enquanto isso Zia e Trote terminaram de montar a equipe que ia pra missão. Voltei pra Palmeiras já era noite de véspa da viagem pros Veadeiros.

Encontrei os menino na casa de Cunga pra mó de fechar os último acerto da viagem. Zia e Trote contaram quem eles tinha convidado pra fechar o grupo dos vinte guerreiro de rocha, que representavam mesmo. Fora dois que eu não conhecia de nome, todos os outro eram brigadista de arrombar, o grupo tava só o ouro.

— Quem é esse Antônio? — pricurei.

— Oxe, é Tom — Zia disse. — Tom de Igatu, tu não se alembra? Tava mais nós naquele combate do Gobira...

— Ah! Sim, Tom, lembro. Trabalha direito, bota quente mesmo. Bem escalado. E esse aí, Jéferson?

— Jéferson é Bola. Bolinha, moço. Do Costela. Ele tá colando mais os menino do Guiné direto. Já combateu com a gente também, umas duas vezes. Menino novo, forte, tá sobrando energia.

— Oxente, Zia. O Bolinha que eu lembro era um menino, de menor eu acho.

— Misericórdia, moço. Ele completa dezoito mês que vem. É a mesma coisa, um mês a mais ou a menos... qual a diferença?

— Era bom outro, não dá pra chamar Leandro ou Tenório?

— Dá não, os dois não podiam — Zia respondeu. — E o Bola até já veio pra Palmeiras, vai dormir aqui pra gente sair amanhã cedo. O rapaz tá empolgado demais, Deja... Gente assim ajuda muito na hora do aperto.

— Ele é novo, mas tem experiência — Trote disse em defesa do de menor. — Apaga fogo desde os quinze, por causa do tio, aquele doido do Capãozinho, sabe? Ele carregava o menino desde cedo pros incêndios que tinham ali naquela região deles. Ele cresceu no movimento, essa viagem vai ser um estímulo retado pra ele.

— Ei, frente — Cunga entrou na sala gritando —, chega aqui mais eu… vamo fechar as ferramentas.

Levantei pra seguir mais Cunga, mas Trote parou na minha frente, mexeu a cabeça, levantou as pestana, perguntando sem falar palavra.

Balanguei a cabeça fazendo sim.

— Bolinha vai mais nós — disse.

Foi bem umas treze hora de chão até a pista de pouso de Alto Paraíso do Goiás, no começo da noite. Chegamo no meio duma reunião com uns figurão do ICMBio, do Ibama, dos bombeiro e das brigada do lugar. O coordenador da operação, um camarada do ICMBio que eu já tinha conhecido num combate na Bahia, deu uma saída rápida da reunião pra receber nossa brigada. Ele pareceu bem animado com nossa chegada, estendeu a mão para cada guerreiro perguntando o nome e, na vez de Bola, segurou a mão do menino e olhou pra mim.

— Quantos anos esse rapaz tem, Deja?

— É homem-feito já, comando — respondi.

— Vocês, brancos, sempre desconfiados da idade de um preto, não é, doutor? — Cunga chegou perto com gaiatice. — Eu mesmo, tô quase nos trinta e tem mulher achando que ainda mamo no peito.

O homem riu e me chamou pra participar da reunião.

— Agora é que vamos começar o planejamento das operações de amanhã.

No meio de um monte de palavra difícil e um bocado de enrolação, entendi que tinha três incêndio acontecendo ao mesmo tempo. Dois dentro do Parque Nacional, na Chapada Alta e o outro perto do Sertão Zen, e um fora do Parque, na

Serra do Segredo, um lugar importante na região e se o fogo escapa de lá tem muito perigo de entrar no Parque tamém.

Falei que nossa brigada podia entrar em combate naquele dia mesmo.

— Talvez não seja prudente, vocês devem estar cansados da viagem e já é noite — ele disse.

— Moço, se a gente cansar só de ficar sentado, então essa brigada não tinha muita serventia num fogo — falei. — Bestagem, doutor, é só dizer pra qual fogo a gente vai, os menino chegaram com fome de fumaça.

A brigada dos Veadeiros tava no combate da Chapada Alta e a gente entraria no outro incêndio que tava dentro do Parque, no tal Sertão Zen.

— Vocês vão entrar por essa trilha aqui, veja — ele apontava prum mapa todo riscado de caneta vermelha —, é a trilha do Morrão pro Sertão Zen. Comecem o combate pelo flanco esquerdo do incêndio, que está mais ou menos aqui. — Riscou o mapa. — Se vocês conseguirem avançar bastante, mas tudo bem se não conseguirem, se evoluírem muito no combate, vão chegar perto da mata do córrego Ferreirinha. A cabeça do incêndio está nessa região. Pronto, amanhã pela manhã, assim que houver teto para voo, vou pedir para o helicóptero retrair vocês nessa área do Ferreirinha. Amanhã vamos tentar outra brigada para combater o flanco direito, do ponto que vocês pararem até o Sertão Zen.

A gente seguiu pra serra e combateu o flanco esquerdo até chegar numa baixada cuma matinha, perto das três da madrugada. Paramo num córrego prum lanche, cigarro e café.

— Ei, os menino! Tô apostando que aqui é o tal córrego do Ferreirinha.

— Se for mesmo — Trote falou e apontou —, então a cabeça é ali.

— É pr'aqui, onde a gente tá agora, que vão mandar o helicóptero amanhã — falei.

— Oxe, ficar aqui parado, nada! Bora tocar... tem muito fogo pela frente ainda.

— Moço, ninguém viajou esse trecho todo pra descansar no meio dum combate.

— Todo mundo bem? — pricurei. E, pelo jeito, o gás da brigada tava novo ainda. — Então bora seguir, vamo pegar essa cabeça!

Naquela hora, se Jotão tivesse mais nós, certeza que ia soltar uma das turrada dele pra animar o pessoal.

A gente matou a cabeça no primeiro espichado do sol e seguimo a linha que tava acesa. Umas sete da manhã o helicóptero do Ibama encontrou nossa brigada no meio do flanco esquerdo. Cheguei pra falar com o piloto.

— Viemos retrair vocês.

— Que coisa, comando?

— Organiza seus homens, vamos levá-los embora.

— Oxe, não... não precisa, a gente tá bem. Ainda tem muito combate pela frente. Traz um rango pra gente ficar até amanhã.

A gente parou pra comer perto das dez, o combate seguiu mais devagar na hora quente do dia, mó do calor que tava açoitando. Se bem que o pior nem era o calor, era a secura do ar. Avemaria, aquele ar seco tirava toda a água do caboclo, feito um pano secando no varal.

No meio da tarde tinha acabado toda a água da brigada, ninguém tinha mais um gole. E o de-comer praticamente acabou.

Quando foi cinco e tanto, faltando só um trecho pequeno da linha de fogo pra apagar, coisa de duas hora de relógio pra gente debelar, escutamo a zuada do helicóptero de novo, caçando a gente. Eles não conseguiram achar um lugar pra pousar e deixaram a aeronave voando baixo, parada no ar. O fiel balançava o braço avexado mandando eu me achegar perto. Sentei na porta da nave, de banda, com as perna pra fora, coloquei o fone na cabeça pra mó de conversar mais o comandante.

— Reúna todos os brigadistas aqui nessa área — ele apontou com o braço o rumo —, vamos retrair vocês e levá-los até o aeródromo. Tem que ser ligeiro, ok? Eu vou ter que permanecer no pairado, por isso vocês precisam ser rápidos e muito cuidadosos.

— Cadê a comida? Não precisa tirar ninguém dos nosso, não, comando. Traz comida e muita água, falta pouco pra gente passar por cima desse fogo.

— Essa é a ordem, rapaz — ele mudou a voz.

— Mar'moço, não tem nenhum militar na nossa brigada, não. A nossa natureza é só sair da área quando a gente apaga tudo. Tu traz pra cá comida e água pros guerreiro que a gente se vira.

— Não vai dar tempo de trazer nada — a voz dele mais alta e nervosa. — Vocês precisam partir conosco, imediatamente.

— Moço, não cabe todo mundo numa viagem só. Se tu vai ter que voltar pra outra viagem, o tempo é o mesmo de trazer comida e água e a gente resolve o trabalho do dia. Não vamo deixar fogo pra trás, não. Nossa brigada só sai quando apaga tudo. Faz assim, comando: tu busca água, muita água, e comida. Joga pra nós aqui, não precisa nem gastar tempo procurando pouso, só joga as coisa que nós pega.

— Não temos mais tempo. O pôr do sol será às dezoito horas, não podemos voar depois...

— Comando, faz o seu melhor, como se seus amigo tivesse no meio do mato dependendo de você pra comer e beber — falei, entreguei o fone pro fiel, pulei pro chão e rumei pra junto dos menino.

A noite quedou sem o helicóptero voltar. Apagamo o resto do fogo na agonia da sede e da fome, mas o incêndio todo tava controlado. Ainda ia faltar o rescaldo, mas o dragão já tava no chão.

Nenhum dos guerreiro fazia ideia donde a gente tava. O palpite de procurar algum córrego ou rio com água tava no juízo de todo mundo. Antes da noite cobrir a Chapada goiana, a gente conseguiu enxergar uma matinha, uma meia légua de distância, com jeito de ser beiradeira dum rio. Rumamo no escuro, na força dum sonho de água. Um fiapo de esperança é combustível pruma caminhada até prum morto de cansado. Do outro lado, se o peão não tem promessa nenhuma, um passinho só já é um tormento. Naquela noite a esperança deixou a gente na mão, não tinha água perto da matinha. Alguns esmoreceram, pensando em comida e mais ainda em água. Bola era o mais fraquejado. De cara fechada, não falou quase nada, só mexeu a língua pra queixar duma dor nas perna e praguejar a passarinha que tinha subido.

Resolvemo dormir perto da matinha, tentar comer e beber do sono. Bola tinha reclamado de dor de cabeça desde a tarde e a noite toda e chegou a fazer vômito duas vez na madrugada.

Perto das sete da manhã a gente escutou uma zuada, era o helicóptero dando umas volta por riba do lugar que conversei com o comandante. Fizemo uma fogueira com muito mato verde pra sinalizar e a nave curvou pro lado onde o sol entra, sem enxergar o começo de fumaça branca subindo. Bola chega desesperou.

Perto das onze o helicóptero voltou e dessa vez nossa fogueira já tava acesa. Rumamo mais mato verde no fogo e a fumaça podia chamar até um dos tal óvni que gosta das chapada. O helicóptero pousou numa área que a gente tinha limpado e começou a embarcar os brigadista, só três de cada vez. Ia precisar de sete pernada pra levar toda a brigada, nesse rojão a brigada chegava no aeroporto umas quatro, um pouco apertado, mas possível de seguir pro próximo incêndio na serra do Segredo.

A questã foi o comandante incutir que tinha que levar Bola até o hospital de Formosa. Essa ideia ia atrapalhar a operação do dia inteiro.

— Moço, tu deixa o Bola mais um dos nosso lá no aeroporto. De lá eles segue de carro pro posto de saúde e o helicóptero continua na operação de combate. A gente vai seguir pro incêndio da serra do Segredo. Se a gente não for na nave só vai chegar na madrugada, talvez só amanhã. O resultado dessa noite vai ser muito importante pra toda a operação.

— Foi você que teve a ideia de não embarcarem no helicóptero ontem, não foi? — o comandante pricurou.

Confirmei com a cabeça.

— Sua ideia de ontem foi ruim... foi péssima. Por sua decisão um dos seus brigadistas ficou sob risco. Tá sem moral para palpitar, brigadista.

O helicóptero deixou todo mundo no aeroporto de Alto Paraíso, menos o Bola, que levaram pro hospital de Formosa. A nave voltou pro aeroporto perto das cinco e ainda ia abastecer. Pra levar a brigada toda pro fogo precisava dumas duas hora e meia de voo. A brigada acabou deslocando por terra mesmo, de carro, e a gente chegou no lugar que começava a trilha pra acessar o incêndio perto da meia-noite. Não tinha nenhum brigadista do lugar pra seguir mais nós e mostrar o caminho, resultou que não conseguimo chegar no fogo naquela noite, só na manhã seguinte.

E durante a noite o fogo atravessou um rio que o pessoal da região importava muito e encostou no morro do Buracão. Antes do meio-dia já tinha gente de jornal, televisão, prefeito, deputado... um bocado de gente importante apertando a mente do coordenador.

A gente se juntou com uns brigadista da região e controlamo o incêndio do morro do Buracão. Mas muito já tinha perdido, queimou um bocado. Deu pra sentir a tristeza dos goiano e a raiva de outros.

O coordenador chegou com a maior brutice mais eu, na frente de toda a brigada e até duns guerreiro que eu não conhecia.

— Vocês trouxeram um menino pro combate? — ele falou alto.

— Moço, tu tá nervoso. Melhor acalmar antes de falar mais nós — respondi.

— Claro que estou nervoso. Olha aí — ele apontava na direção do morro do Buracão — o resultado da irresponsabilidade de vocês.

— Trazer o rapaz foi um erro, tá certo, aceito essa bronca. — Lembrei de Jotão. — Mas o que isso tem a ver com o fogo?

— Se você tivesse esperado no lugar programado, se tivesse voltado com o helicóptero quando ele foi resgatar vocês, o menino não tinha passado mal e não ia ocupar a aeronave naquele momento crucial do dia, do combate.

— Moço, assunta aqui, a gente apagou o primeiro incêndio em menos de vinte horas e a gente tava pronto pra esbagaçar o outro incêndio tamém, no mesmo dia. Não é um resultado pra rumar no mato, não. Esses maletoso da aeronave não sabe nada de combate, só precisava levar água e comida pra nós, só isso... não levou. No outro dia não precisava levar o Bola até Formosa, eu falei pra ele, deixava o Bola no aeroporto que nem os outro e um guerreiro dos nosso ia com ele de carro. Falei pro piloto... falei que a gente tava com pressa de ir pro Segredo, ele ignorou.

— Vocês podem voltar pra Bahia. Já avisei o colega da Chapada Diamantina.

Na viagem de volta parecia que a gente tava levando um defunto no caminhão mais nós. A empolgação da ida virou um desânimo que só descansava quando a revolta acordava.

Em Palmeiras, o analista do Parque contou que tinha escutado uma bronca braba do pessoal em Brasília.

— Me chamaram de irresponsável e inconsequente — ele disse. — Em parte, eles têm razão, mas só agora percebo isso. Antes do acontecido eu não previa que precisaria checar a lista de nomes e idade de cada um que entraria no caminhão. Confiei em vocês... e a vida trouxe a recompensa. Agora os brigadistas da Chapada estão queimados em Brasília.

— Mar'moço, a gente apagou em menos de um dia um incêndio que eles ia demorar pelo menos três… e olha lá.

— Para eles os brigadistas daqui são indisciplinados, Deja. Quem veste a máscara da disciplina para disfarçar o apetite por poder considera essa acusação um pecado capital.

— Não tá muito certo isso de dizer que a gente é indisciplinado… A gente só não quis seguir umas ideia besta. É o fogo que é inimigo, não é? Nosso objetivo é a natureza. Não é esse o objetivo deles lá em Brasília tamém? Apois, devia ser… devia mesmo.

— O caso é: se você sonha em levar a brigada daqui para apagar fogo pelo país, precisa conciliar a garra que vocês já têm com disciplina, ou um pouco mais de obediência à hierarquia. Eu também acho que eles exageram, penso que alguns assistiram muitos filmes de militares americanos e sonhavam em ser daquele jeito. Mas, por outro lado, um pouco de organização, de disciplina iria ajudar vocês também, tenho certeza.

— Aquele negócio que eles falam… — tentei lembrar —, num sei que militar…

— Doutrina.

— Isso, essa doutrina militar é um freio de mão puxado, não deixa ninguém render bem em combate. Pra começar, tem gente que ainda diz que não apaga fogo de noite, que é perigoso…

— Com certeza vocês vão demorar para ser chamados por Brasília novamente.

Cocei a cabeça com força tentando arranhar as coisa errada do passado até que elas apagasse, que ninguém conseguisse entender mais o que elas significava. Pelejei pra acreditar no que tava acontecendo. Era o contrário do meu sonho, era o contrário do que a gente fez por tanto tempo.

— A gente vai fazer melhor na próxima vez…

— Se tiver uma próxima vez. — O analista balançou a cabeça sem coragem de olhar nos meus zóio. — O coordenador daquela operação em Veadeiros tinha pretensões de se tornar o coordenador nacional do setor que cuida dos combates aos incêndios no ICMBio. Depois que um rio importante deles e um tal morro lá queimou todo foi o maior quiproquó em Brasília. Procuraram um bode expiatório para o caso e alguém lá de cima descobriu a história com o menor... Por causa dessa história, também, o coordenador da operação vai responder a um processo administrativo, isso é um negócio grave, bem grave... no mínimo uma dor de cabeça muito chata, e provavelmente ele não vai ser promovido tão rápido como imaginava. Pode sobrar até para mim.

— Avemaria, a gente não deixa. Eu assumo tudo, explico que tu não sabia de nada...

— Obrigado, Deja. Ainda não é certo que vou ser responsabilizado, vejamos... Mas a essa altura, todo mundo que podia convidar vocês para missões especiais já deve conhecer a história e deve acreditar na versão que o coordenador contou.

— Esse pessoal devia pensar em quem pode resolver o problema num incêndio. Não ficar nessa mesquinharia.

— Junta tudo isso que aconteceu agora com a fama da galera da Chapada Diamantina ser muito louca... maconheira... Podemos esperar por alguns anos de geladeira, sem sermos lembrados para missões fora daqui.

— Teve ruim, Léa — falei depois que expliquei os acontecido em Veadeiros e a conversa com o analista do ICMBio. — Foi a ruína, não deu bom, não.

— Nossa, querido! Eu sinto muito. Sei que é uma injustiça, que esse pessoal de Brasília não sabe o que está fazendo, mas levar o menino foi vacilo demais mesmo.

Juntei as duas mão na cabeça e a fuça virada pra baixo.

— Eita, arroz! Desculpa — ela colocou as mão por riba das minha —, eu não tinha nada que dizer isso. Vocês são brigadistas incríveis, se eles não sabem reconhecer, eles não merecem vocês.

— Chega de sonhar com a brigada representando a Chapada por todo canto do Brasil. Acabou. Os menino precisava disso, sabe? Era importante pra todo mundo... Tá perdido, tá acabado.

— Não dá para ter certeza, Deja. As coisas mudam o tempo todo em Brasília, muda diretor, chefe, eles esquecem... Você vai ver.

— Digo que os brigadista de agora são diferente... Não sou desse mesmo tipo, nossa brigada é diferente, mais atrasada, sei lá...

— Mãe de Deus, até parece, meu frente. Vocês não são atrasados coisa nenhuma. Vocês são incríveis. Podem contribuir muito... contribuem. Para a Chapada, para a natureza, para o país, muito mais do que a maioria dessas autoridades, desses que se acham importantes.

— Acho que vou parar um pouco com isso, não sou mais menino... Tenho vocês, o trabalho de guia, outras coisa pra dedicar.

— Quem sabe não é só uma fase? Dizem que há males que vêm para o bem, não é? Vou falar a verdade, não será nada ruim, nesse momento, você se dedicar mais aos trabalhos com turismo, aumentar um pouco o orçamento para a gente comprar um terreninho, construir nossa casa.

— Quis ajudar e fiz merda... Estiorei o futuro da brigada. Capaz de ter sido eu. Fui eu. Culpado.

Um sonho agoniado, ou nem era sonho, só uns pensamento fora de hora, invadindo o terreiro dos sonho, malinou o sono e me acordou. Era meio de madrugada. Continuei sarrabuiado no colchão, estudando meu estado. Léa mexeu, rumou de canto o lençol mó do calor, virou de banda e engatou mais eu, ainda dormindo. A perna roçando minha coxa, bulindo, até aproveitar o embalo duma ribada e passar pra outra banda do meu corpo, com os zóio fechado, esvariada, começou a roçar com o corpo todo por riba de mim. Ela costumava dormir sem calçola cuma camisa véia minha, bastou arriar meu calção um pouco e caçar o encaixe com duas ou três futucada.

Não vi que hora ela deixou de dormir, nem se deixou. Numa hora sozinha, vi o reflexo da luz da rua na bola do zóio dela, de resto ou tava fechado ou a cara tava afundada no meu cangote.

O calor tinha umas camada, esquentando de cada em cada. Feito o baixeiro ou o pelego por riba do animal, depois o suador, depois a sela, às vez o tapete de saco e por riba de tudo o peão. Tinha o calor meio raro pruma noite ni Palmeiras, depois o calor do corpo de Léa juntado mais o meu, a quentura do namoro, mesmo que mansinho, dormido. E por riba de tudo o bafo que me tirou do sono, duma outra qualidade, que ficava dentro, não sei, ou era só imaginado. Dum jeito ou de outro, era esse que tava esquentando o juízo.

Léa deu uma derradeira estremecida, escorregou de lado raspando a boca molhada no meu pescoço, talvez um beijo, e ficou estirada, dormindo como se tivesse tido um sonho engraçado.

A molhação no meu peito tentava, aos pouco, refrescar o corpo, mas quá, não fazia frente pro calor que rompia de dentro. Diferente da caloria num incêndio, na linha de frente, pertinho do fogo, açoita a pele, arde por fora. Mesmo bafo quando duas linha de fogo cerca o caboclo e forma um redemunho de ar grosso, calorento, que tamém esquenta por fora e às vez entra fuça adentro, mesmo assim é de fora.

Um tanto de fogo foi sucedendo no pensamento, até de uns incêndio que eu não sabia que lembrava mais. Aos pouco não era bem da região, da serra ou do gerais que recordava, era duns ramo, duns pedaço de mato, touceira de capim, samambaia, pela-porco, mas cada desse pegando fogo. Recordei o jeito mesminho que cada folhagem dessa recebia o calor até formar chama, retorcer, estalar virando fumaça e cinza. Enxerguei clarinho, o mesmo que tava na minha frente, uns galho ou tronco que sapecava de leve, ou os que a casca virava escama de jacaré e até quando formava carvão completo.

Cada visão dessas, já tinha visto mil vez num incêndio solteiro. Nem sei quantos incêndio já fui, então não sabia contar quantas vez fiquei de frente pruma visão pequena assim sem dar atenção, vexado no combate, sem tempo pra perder vendo fogo labutando mais uma folha, devagar, cuidadoso. E dessa vez, no meio daquele calor, as visão aparecia pra mim como se eu tivesse interesse de menino malinando formigueiro ou casa de cupim. Até vi graça no fogo, queimando devagar, cheio de cor, num arrasta-pé pisando folha, pau e ar como se fosse tudo um só. Algumas labareda tamém aparecia queimando um arbusto num canto ou uma toceira de banda, enquanto eu tava deitado, sem vontade de apagar. Até por debaixo de mim tinha algum fogo estalando uns ramo de coco-raposa, lambendo um tronco caído. Aos pouco, o chão todo era brasa e o lugar, um inferno. No rumo da janela, o fogo aproveitava a resina dum candombá. Na banda da porta, um toco ocado fumava feito chaminé. Não era mais uma ou outra língua de fogo sozinha, tava no meio dum incêndio. Tinha vez que umas labareda consumia uma planta e um instante depois, pelas brecha do fogo, dava pra enxergar que debaixo das labareda não era mais uma planta, era alguma coisa do quarto. Fogo cobria um arbusto, descobria era a cadeira que eu pendurava roupa. O candombá queimava com força, fazendo uma fumaça escura que enrolava feito parafuso e nesse rodopio formava umas fenda na pele da fumaça, pelas fenda não enxerguei mais o candombá, só a porta do quarto queimando, formando carvão nos batente.

Preu dar conta de apagar o incêndio tinha que turrar, pensei. Um som encharcou o peito, incutido em destampar num grito, um grito que não vazava, só estufava mais e mais o diabo do peito, feito cururu inchando, agoniado pra escapar da mão que prende ele e no máximo faz um chiado besta, sem função. Tentei duas vez e só chiei invés de turrar. O incutimento pra soltar o tal grito aumentou a molhação de suor. Cacei uma forma de destampar o grito com força brutal e, do jeito mesmo que alguma coisa segurava o peito, soltou e a turrada saiu, do meio pro fim mas saiu, igualzinho Jotão animando os menino no combate. Ou fui eu que imaginei que turrei, mó de que Léa não acusou ter ouvido e eu tava incapaz, sem levar braço, nem mão, nem perna pra rumo nenhum. Não era que eles tava preso, a questã era que eles não pertencia ni mim. Nem eu pertencia aquele corpo, por isso percebi que ele mexia dum jeito que não era meu jeito. Levantava o braço direito, um braço direito muito mais pesado que o braço que eu tava acostumado, e sentia que o meu continuava parado, colado no colchão, naquela hora tinha dois braço direito saindo do mesmo corpo.

O braço pesado tentava golpear o fogo, feito um abafador, mas tinha vez que o golpe era apeado, parecia que o braço tava debaixo d'água, outra hora era vexado demais e não alcançava fogo nenhum. A quentura agitou mais o corpo, os braço balangava no ar parecendo peão tangendo mosquito, o corpo virava na cama pra mó dum braço conseguir chegar mais perto de algum fogo, tentando apagar o incêndio que queimava um trecho de serra. Cada giro de braço que não alcançava o alvo terminava por atiçar mais as chama e as labareda começaram a subir. A vontade dos braço passou pro fogo do alto, de tanto labutar pra alcançar conseguiram arribar o corpo que tava preso no colchão e ele ficou sentado, golpeando o ar, fazendo uma zuada de saruê quando fica acuado em cada tentativa pra apagar o fogo de copa que queimava o alto das árvore.

O fogo agora queimava de baixo até em cima, mesmo que um forno de fazer avoador, só que assando a pele. Mais ainda, torrando a pedra que carregava no oco do peito, a pedra que instigava todo santo dia alguma maneira de me machucar. O calor tamém foi bastante pra fritar um ovo que aninhou atrás do bucho faz um bocado de tempo, nem sei quando, que é chocado pelo quente da culpa e donde rompe uma justiça vingadeira. O ovo que a gente labutou uma vida pra rumar no mato. Um tentando cunzinhar na cachaça, outro querendo salvar a Criação em troca do mal feito a umas criatura, num esforço retado pra deixar algum espaço preu sentir que o trabalho de mãe teve alguma valia, um tantinho qualquer já era bom. Sentir uma vitória solteira que gorasse o ovo, que deixasse vingar essa vida. Um golpe pra romper o tanto de vez que a vida dizia na minha fuça: "Não vingou".

A fumaça se enfiava na goela a pulso, ardida, compensava um tanto de ano de cana que nem bulia nem queimava mais. Fumaça estranha da pega, sem o barrunfo de serra incendiada que a gente acostumou sentir mais de mil vez. Pior é não ter moral nem pra queixar a sacanagem da vida, de mandar uma fumaça sem cheiro de mato queimado, com futum de fogueira de lixo. Vai ver é de propósito, castigo prum pecador desgraçado... ganhei ingresso pro inferno e foi antecipado. Um fraco que não quer sustentar família... melhor escapar, enfiar a cara no vício pra fugir do rabo, dos erro, da culpa...

Dor desgraçada! Minha pele, capeta. Bora, vamo dançar... não, não é grito, cê tá por fora um eitcho... ar grosso da gota... é minha turrada, cão! Me dá força pro comba... solta meu braço, oxe! Tá queimando, xibungo. Ah! Minha pele... minha... desculpa... esse ar... não dá pra respi... desculpa... respirar... esse cheiro... desculpaaaa.

— Mãe de Deus... que susto, Deja. — Léa levantou assustada. — O que foi, homem?

Levou um tempo pro coração parar de machucar o peito, pro pulmão véio apaziguar mais o ar fresco, sem fumaça. No escuro do quarto, invés d'eu olhar pros braço, trisquei a mão na pele, de levinho mó do medo de furar as bolha de queimadura.

— Você está ensopado de suor. Foi um pesadelo... vem. — Ela me abraçou e tentou me deitar mais ela.

— Preciso fazer uma coisa. Pode dormir, ness'tante volto.

Arribei o calção, apanhei a gandola que tava pendurada na cadeira do quarto e rumei no ombro, calcei a sandália e segui pra rua. Perto da virada do córrego, cismei que tinha um cheiro no ar. Avexei o passo. O céu em cima das casa do Mutirão pareceu mais claro, mais embaçado. Sem perceber tava correndo. Vi umas pessoa apontando de longe alguma coisa na rua do Mutirão. Não fui até a ponte, cruzei o córrego pulando pra dentro do canal e pra riba do muro do outro lado sem nem pensar, escutando as explosão do coração. Tinha um povo olhando pra mim, os zóio sem pestana, arregalado, mexiam a boca e eu não escutava nada fora a zuada das pancada de abafador no juízo, latejando as veia do pescoço em cada abafada que vinha da lembrança dum combate na serra dos Brejões, o céu da cor duma gema de ovo atrás do Pai Inácio e só a forma escura dos melhor guerreiro da brigada, abafando o fogo de ramo.

A corrida virou uma pancada nos braço duns três caboclo que quiseram me segurar, não lembro quem foi, bati sem saber, rompi os braço. Entrei pela janela, que tava toda aberta, vestindo um braço da gandola, o resto do corpo nu.

— Sai daí, pelo amor de Deus…

Uns pedaço de madeira pendendo do telhado queimaram meu ombro. Agachei pra vestir a gandola na hora que uma carga-d'água entrava pela janela, molhando uns tição, parecido a vez que livrei os companheiro com os jato da bomba costal na Folha Larga. Virei a cara mó do calor e vi um pessoal rumando água de balde pra dentro da casa.

— Vai cair tudo. Sai, sai…

A passagem da sala pro quarto tava bloqueada com uma parte do telhado caído, pegando fogo.

— Ajuda! Bora, alguém ajuda. Aqui, bora mais eu… vem — gritei.

Continuei tentando romper a barreira, mó de alcançar o quarto. A borracha da sandália amoleceu e começou grudar no pé, o cheiro de lixo queimando, reparei que me acompanhava desde casa, ficou mais forte.

— Não, Deja. Aí não.

Segurei na parte que não tava queimada dum ripão caído. O cheiro da madeira mesminho da floresta queimando no sul da Bahia. Enfiei o pau no meio da barreira como uma panca e fiz, sem querer, um bocado de telha desabar no chão.

— Ai, Jesus! Por tudo que é mais sagrado, alguém tira esse homem de lá…

— Ruma a água aqui… — gritei. — Aqui, ó. — Mas a água só caía na sala, perto da porta.

— Sai daí, moço — alguém gritava pra mim. — Tá aqui... volta pra cá.

O cheiro de cabelo queimado... voltei pro lado da rua. Entre a janela e a porta tinha uns tubo de ferro e uma muntuera de coisa queimando. Com o braço mesmo rumei tudo de banda...

— Para, não ruma mais água. Para, para — gritei e a voz fraquejou. — Não, não, não...

Tirei a gandola e abafei umas labareda, enquanto uns pingo, de suor ou das lágrima, chiaram na borra quente da espuma do colchão.

O clarão do fogo mostrou que a porta tava sem a maçaneta. Com um pé atrás do colchão rumei o outro na porta e abri um buraco na madeira. O buraco chamou um vento que atiçou o fogo mais ainda. Terminei de derrubar a porta, escutando meio mundo de telha quebrando atrás de mim. Corri pra fora carregando nos braço, sem sopro, Jotão.

Não sei se dá pra marcar a data certa duma tragédia. Às vez parece que a vida toda tem um trançado, feito esteira de palha de licuri. Umas talisca são de alegria, outras dos tempo ruim e até as dos momento de tragédia. Uma trança por riba da outra, mergulha um trecho, depois torna aparecer. O peão pode achar que uma tragédia é novidade, mó de não ter percebido que ela já vinha de antes, sabe lá de quando. Quem sabe quando a ruína começa de verdade? Quando um fim principiou? Um incêndio começa no riscar do fósforo, ou quando alguém vê a fumaça? Ou mais atrás ainda, quando a ideia de tacar o fogo incute no juízo do incendiário, dias ou talvez meses antes? E a data duma morte, sucede no parar do coração ou nos anos tentando se acabar e carregando junto a culpa?

A dúvida é besta, tem quase nenhuma serventia. O tormento mesmo que aglomerou em meu juízo foi o tempo que durou. Achei certo começar a contar aqui, nesse dia de eleição.

Dia um

— Mãe de Deus, que noite péssima! Além da asma da Inara, aquela barulheira da pêga a madrugada toda... Me senti em Campo Grande, na Afonso Pena... tanto carro e moto passando acelerados na rua. O que era aquilo tudo? — Léa pricurou, rumando água fervendo no coador.

— É a política — falei, rumando uma raiz de carapiá na panela.

— Não entendi... o que tem a política a ver com isso?

— Ê doido! E não tem disso lá pras banda do Mato Grosso do Sul, não?

— Nunca ouvi dizer... isso o quê?

— Quando falta poucos dia pra eleição começa a presepada. — Joguei a raiz torrada na água fervente. — O povo passa a noite todinha nesse rojão, um lado tentando pegar o outro comprando voto.

Pelo espanto na cara, Léa pediu mais explicação.

— Se um carro sai duma casa dos malê, o povo dos serra-pau segue atrás pra não deixar esse carro parar ni casa nenhuma, mó de não conseguir comprar voto. E do outro lado é a mesma coisa.

— Eles acham de verdade que isso faz alguma diferença?

— Já é tradição — eu ri —, mas tamém é outro jeito dos chupim raspar uma farinha da cuia... — Léa não entendeu. — Eles enche os tanque das moto e dos carro com dinheiro dos político e não gasta tudo na noite, acaba sobrando um tantinho pro dono do carro.

— Não acredito...

— Zia com certeza tá no meio. E o irmão de Firóso tamém.

— O que é isso? — ela pricurou olhando pro chá de carapiá que eu rumei numa caneca e entreguei pra Inara.

— Avemaria, isso é poderoso. É pra asma. Gripe tamém...

A gente escutou alguém no portão, era Cunga que tinha pedido ajuda de Léa pra ver uns exame dele.

— Bom dia, Cunga — ela cumprimentou. — Toma café com a gente?

— Não tomo o quê? Cheirou lá da rua. Oi, tio — ele brincou com Inara e ela riu —, como tu tá, guerreirinha? Olha aqui, tio. Tu tá magrinha que é só joelho. Se teu pai canguinho não te dá feijão suficiente, vem mais eu que tu engorda é rapidinho.

— Puxou a mãe, Cunga. Eu era dois palitos e uma cabeça.

— Virge Santa, então vocês continuam esse regime aí que o futuro promete. Tu que se prepare, meu frente.

— Léa tava comentando, ness'tante... estranhou o sobe e desce de carro da noite — falei entregando a manteiga pra Cunga.

— Bestagem desses puxa-saco! Deixava o povo vender o voto em paz. Só acontece de cada quatro ano. Assunta, tem família aí que até conta com isso pra fazer uma reforma, arrumar um telhado.

— Ah! Não, Cunga! — Léa falou mais alto, espantada. — Não pode... não está certo. Se a pessoa vende o voto não tem mais moral para reivindicar nada.

— Moço, eu mesmo vendi meu voto pra dois prefeito e uns quatro vereador. — Ele riu e engoliu um pedaço de beiju.

Léa chega cuspiu o café mó da risada.

— Olha aí, seu sacana, o que você me fez fazer! — ela disse, ainda rindo e apontando pro chão lambrecado de café.

— E digo mais: se fosse eu lá, no poder... ah! Não tinha dúvida, eu ia dar minhas bocada também, não ia o quê? E tu não, Deja?

— Desse mal não padeço, tu tá doido. Mãe e pai aprumaram os filho, ensinaram que o bocado de quem, é de mais ninguém e a farofa de José enche o bucho de Zé. Nunca foi preciso, guerreiro, e, Deus arranje, nunca será.

— Tá certo, então, Irmã Dulce — Cunga disse e bebeu um gole de café. — Assunta aqui, mudando o rumo da prosa, tive agora com aquele brigadista do Saco, que tá na brigada do Parque, ele contou que tá rolando um fogo lá na Sibéria, começou ontem e ainda tá rolando. Os contratado vão votar agora pela manhã e vão voltar direto pro combate.

Já fazia quase um ano, desde a missão no Goiás, que eu tinha maneirado um pouco com a brigada, dedicado mais pras guiada, pra Léa, os menino.

— A Sibéria é um lugar esquisito, difícil pra combater, mas não é motivo de agonia. Não é caso pra um nada, aglomeração nenhuma. A brigada contratada tá indo pra lá. Pronto, tudo certo — tranquilizei Cunga. Só não entendi um trem ruim que me bateu quando escutei ele falar daquele fogo. Um tremido na pestana, uma fisgada na passarinha. Senti um cheiro de roupa enfumaçada e puxei a camisa até o nariz pra ver se era de mim que vinha o cheiro, mas não tinha nenhuma roupa por perto que podia ter aquele cheiro. — Bem verdade que tá muito seco, quente demais, pensa aí como deve tá no fogo?

— Tô vendo umas árvore botando flor nova, sinal de chuva — Cunga disse.

— Tem uns sinal da natureza que não é promessa, não, guerreiro. É só esperança. Tamo numa estiagem esquisita.

— Vocês acham que o tempo está diferente? — Léa pricurou.

— Vô tava falando disso, um tempo atrás — Cunga disse. — Segundo o véio, no tempo dele de menino o povo precisava esperar agosto pra secar adobe, por causa que no resto do ano chovia, neblinava, não secava. E agora dá pra fazer adobe em qualquer época, até em janeiro. E o véio doido ainda riu quando falou de janeiro.

— Os mais véio falam disso, sempre — eu disse concordando com o vô de Cunga. — Quem botava roça só contando com as chuva, vivia perdendo as cultura, assim não aguenta, né? O povo fraco não tem dinheiro, só a terra e o trabalho... a vontade. E agora, muita vontade minguou. É meio mundo de gente que desistiu de roça... Povo não consegue irrigar e quando produz é uma coisinha pouca assim. O jeito é mudar, ir pra cidade, contar com o salário dum parente ou a aposentadoria dum véio.

— Ai, triste... Ah! Então é por isso — Léa disse devagar caçando uma lembrança no telhado —, sempre vejo alguma casa de farinha fechada, abandonada, algumas caídas até. E não só as antigas, já vi algumas casas novas, dessas construídas pelo governo. Se os agricultores não estão mais produzindo mandioca, como uma casa de farinha vai produzir farinha?

— Apois... hoje, comprar farinha no mercado sai mais barato do que produzir a farinha na roça — Cunga falou.

— A conversa tá boa... mas eu vou ali resolver umas coisa, depois rumo pro prédio pra mó de votar. Tamém sei que vocês têm um negócio aí dos dois pra resolver. Bota Cunga pra concentrar nisso, Léa, senão arrisca dele falar até de noite e tu perde de votar — falei caminhando pra porta da rua.

— Ei, frente — Cunga chamou —, por falar nisso, e Binho Berada... tu vota nele?

— Tu tá doido! O que é que Berada já fez nessa vida? Aproveitador, nunca trabalhou, vive de vender umas terra que nem dele é. Candidato de bar, quer ganhar a eleição pagando meiota pros bebo da cidade. Digo que nem a mãe confia nele, se ele num vendeu uma terra da própria mãe sem ciência da véia... Assunta!

— Oxe, pensei que vocês tinham sido amigo — Cunga disse —, estudaram junto...

— Isso foi, mas o que é que tem? Uma coisa num tende a outra.

— Podia ser o vereador que ajudava a brigada, pensa aí...

— Se depender de mim... não se elege. E se eleger, que faça seu trabalho. A gente não precisa adular político nenhum, Cunga. Precisamo mostrar pra eles que a brigada é importante. E se eles não entender, quando tiverem no inferno, que fiquem com saudade duma brigada boa como a nossa pra apagar o fogo que vai queimar esses condenado.

— Mãe de Deus, Deja. — Léa cobriu com a mão a mistura de espanto e risada na boca dela. — Que praga horrorosa. Melhor você sair, vai... Passa no rio para refrescar esse coração antes de votar, tá?

— Depois da missão nos Veadeiros ele ficou meio azedo, mesmo — Cunga falou baixinho depois que eu fechei a porta.

— Seu toba, Cunga — gritei da rua imitando o jeito dele xingar quase todo mundo, mesmo brincando.

Dia dois

Toda manhã depois duma eleição pra prefeito, metade da cidade tá de ressaca de tanto festejar vitória. A outra banda, sem opção e sem graça, logo cedo tá na rua trabalhando e curtindo outra ressaca, das preocupação com o ano seguinte, com as conta pra pagar sem o emprego que vão perder na Prefeitura.

Logo cedo passei na oficina de seu Lázaro, que não tinha ressaca por nada mó de que não bebia e nem se envolvia em política. Um véio desamuado, trabalhador quase de segunda a segunda, parava no domingo a pulso. Léa achou que o carro tava cuma zuada estranha e tinha deixado na oficina uns cinco dia antes pra ver se o véio descobria o problema. Fui lá pra ver como andava o serviço.

— Oxente, seu Lázaro — um turista que devia tá no Capão falou com voz da capital —, oitenta reais só pra trocar um parafuso!

— Ô meu filho, você falou que é médico, não é?

O turista confirmou balangando a cabeça desconfiado.

— Pensa aí, um paciente vai no seu consultório e você escreve lá no seu papel, com aquela letra miserável que ninguém entende, o nome de um remédio. O paciente vira e lhe diz: "Oxente, doutor, cem reais por um papel?".

— Ó pa isso, rapaz — o médico falou rindo pra mim. — Esse velho é cheio de sabedoria.

— Meu filho, o serviço foi pouco mesmo, o senhor dê graças a Deus. Agora, você imagina quanto dos meus oitenta e um anos eu precisei pra chegar no seu carro e em cinco minutos descobrir que o problema era só um parafuso? Quanto custa isso, meu filho? Diz aí. E fica à vontade, palavra de homem, o senhor pode pagar o quanto achar que esse conhecimento vale. — O véio Lázaro sabia usar as palavra feito um punhal com a calma dum padre de antigamente. — A chave tá ali, doutor — ele apontou pruma mesa de tábua em cima duma pilha de pneu —, e o senhor pode deixar ali mesmo o quanto o senhor achar que deve pagar. Deus o acompanhe no retorno pra casa, meu filho. — E o véio se virou no rumo duma mangueira do quintal que fazia sombra pro carro de Léa.

O médico disse alguma coisa do passeio enquanto seguia pro carro, eu não entendi o que foi, mas seu Lázaro respondeu: "Não tem de quê, meu filho".

Ele explicava como tinha achado o problema do carro de Léa, falando os nome das peça, todo animado. Parecia outra língua pra mim, mas eu balangava a cabeça como se tivesse entendendo mó do véio não perder a empolgação. A gente tava nesse entendimento quando parou na frente da oficina uma caminhonete do ICMBio.

— Dá licença, seu Lázaro? — o motorista pricurou e o véio confirmou espiando o chegante por riba dos óculo. Era um rapaz novo na cidade mas que eu já tinha encontrado em algumas missão de incêndio. Ele cumprimentou a gente e chegou perto sem jeito. — Desculpa interromper... é que preciso de um serviço com urgência.

— Fica à vontade, guerreiro, já terminamo aqui — falei e fiz que sim pra Lázaro atender o motorista.

— Muito obrigado, Deja. É que nós estamos precisando mandar mais gente lá para o incêndio da Sibéria. Esse aí é o único carro que nós temos aqui em Palmeiras e está com um problema na barra de direção.

— Vixe... num apagaram ainda — pensei alto.

O motorista respirou fundo mexendo a cabeça dum lado pro outro.

— Ainda não. Lugar chato, serra toda garimpada, você sabe como é, né?

— Conheço, sim, já apaguei fogo lá. Já falaram com Cunga ou Trote? Eu tô cumas pendência em casa, não tô muito colado, mas os menino com certeza se anima.

— Sim, falamos com eles ontem. Eles estão mobilizados para hoje e falaram mesmo que você não podia. Vai fazer falta, guerreiro.

Saí da oficina passando a língua por dentro da boca pra mó de tirar um gosto de enxada largada no mato. Caminhei no rumo de casa com a impressão dum dedo grosso, duro, apertando minha cabeça por trás.

Léa percebeu alguma coisa ni mim quando entrei, pricurou o que era e eu só falei que achava o povo idiota de eleger Berada. Depois contei que o carro tava pronto e rumei mais Inara pro Gostoso.

Quase não comi no almoço, senti uma gastura parecida com os dia que trabalhava no açougue de Vital. Passei na sede do Parque pra curiá do incêndio.

— Bora, Deja. Cadê você, homem?

Desconversei e cacei notícia do fogo. Na Sibéria tava complicado, tavam chamando umas outra brigada do sul do Parque pra ajudar. Falaram tamém dum outro incêndio em Lençóis, no Baixio, que ainda precisava confirmar.

— Eles vão ganhar — falei por falar, não tinha como saber, não sabia como tava o fogo. Talvez era só vontade de apagar logo o fogo.

Fiz uma horinha pela cidade e voltei no ICMBio outra vez, sem entender direito que coisa eu caçava por lá. A agonia não cabia dentro do escritório, dava pra sentir até no jardim, mesma assim que já tinha sentido numas pouca vez que os companheiro de trabalho fazia silêncio antes dum boi ser marretado no abate. O fogo do Baixio tava confirmado e além dele tinha um incêndio na serra do Veneno, em Lençóis, e outro na Volta da Serra, fora do Parque mas perto.

— Já tem dezoito brigadistas no combate na Sibéria, estamos mobilizando outros dezoito para hoje ainda. Em Lençóis vão entrar uns vinte, nos dois focos. Na Volta da Serra conseguimos seis — o analista ambiental que tava na sede explicou.

Saí do ICMBio mesmo que um boi escalqueado depois duma marretada no pé do cabeloro, calambeando uns metro antes da derradeira dobrada dos joeio. Fui nesse rojão até em casa.

— Nossa, que cara... viu um fantasma? — Léa disse rindo quando entrei e segurei Inara no colo. — Aconteceu alguma coisa?

— Apois, é isso mesmo, vi uma livusia... sem ser de gente finada, nem um fantasma do passado. Eu vi foi um fantasma do futuro... — E saí mais Inara mó de não explicar nada dos incêndio que tava acontecendo.

Dia três

Levei Inara pra visitar a filhinha de Firóso e Cris no Alto do Eldorado. A gente tava descendo o morro pelo Mandacaru, mó de mostrar a cidade pra Inara. Encontramo Rapa-Maxixe sentado num murundu, absuntado com o zóio no céu.

— Há Deus, como vai, seu Anísio?

— Tudo bem, meu filho. Oi, vô, olha lá. — Mostrou alguma coisa pra Inara nas banda do morro, no rumo do Queimadão.

Tinha um redemunho de vento levantando poeira bem alto, em cima do morro.

— Olha, pai — falei pra Inara —, que bonito lá no céu, tá vendo?

— Vou te contar uma coisa — o véio Rapa-Maxixe falou. — Isso aí me lembrou um negócio que vi no dia 22 de setembro passado, no mesmo dia que marca a morte do Conselheiro, lá de Canudos. Eu vi uma névoa alaranjada que vinha voando, chegando mais e mais perto, de um jeito muito estranho. No começo achei que era uma nuvem de poeira de terra vermelha que o vento carregava. — Ele raspou um bocado de terra do murundu, panhou na mão, soltou por um furinho entre os dedo e a palma da mão e soprou formando uma nuvem das pequenininha. — Mas depois deu pra perceber, no meio da nuvem tinha uns passarinhos. Eles tinham um voo esquisito danado. Quando a mancha chegou mais perto eu vi. Eram uns pássaros adultos, maiores, carregando uns filhotes. Não eram bem filhotes, eram uns jovens. Eles carregavam com a maior dificuldade, voavam sem jeito, quase caindo em cada batida de asa. Durante o voo, aqueles filhotões iam perdendo as penas. E era tanto passarinho voando junto que as penas caindo davam a impressão de uma nuvem avermelhada. Um bocado deles pousou nos pés de pau que tem no meu quintal. Os passarinhos menores estavam bem arrupiados, pareciam adoentados. Alguns acho até que chegaram mortos ou quase.

— Avemaria, seu Anísio. Visão esquisita da peste.

— Pois então, meu filho. Nunca tinha visto aquilo, nem parecido. Mas eu senti... na hora me veio uma sensação ruim, uma agonia, tive até medo. Digo que era um sinal, um agouro de algo pior, ou estava acontecendo mais longe, ou que estava pra acontecer com nós tudo.

Dia quatro

Tinha saído cedo de casa, mó duma guiada pra levar uns menino de Salvador do Capão pra Lençóis pela trilha dos tropeiro. O grupo andou numa pisada boa e na tardinha a gente tava no Grisante. Aquele era o ponto que os turista admiravam a vista da cidade de Lençóis, mas naquele dia o que mais chamou atenção foram as fumaça dos incêndio do Baixio e do Veneno. Esse parecia que tava muito perto da gente. Os turista resolveram ficar por Lençóis pra curtir o Inferninho e no caminho pra rodoviária reparei no caminhão da quitanda de Palmeiras.

— Ainda por aqui, Martinha?

— Nem me fale, menino. Deu um problema no caminhão, faz hora que Zezito tenta arrumar.

— Dor de dente aí, Zezito? — pricurei.

— Foi. Mas conseguimos fazer um armengue e já dá pra chegar em Palmeiras.

— Posso pongar nessa carroceria?

— Avemaria, Deja — Martinha disse —, tu só não vai mais a gente na cabine porque não tem espaço. Cuidado aí em cima, pelo amor de Deus.

— Hein, Deja — Zezito falou alto de dentro da gabina —, viu que fogaréu lá no Veneno? Que coisa feia, não?

— É mesmo! — Martinha gritou. — Que milagre é esse que tu não tá lá apagando esse fogo?

— Tinha essa guiada hoje — falei baixo, com certeza não ouviram e a conversa parou mó do caminhão ter chegado no asfalto e a zuada do vento não ia deixar ninguém conversar da carroceria.

Cheguei em casa de sutilo, pisando como gato pra não acordar as muié, mas Léa chegou na cunzinha logo que eu acendi o fogo pra esquentar um aipim cunzido esquecido na panela.

— Isso são horas? — ela fingiu uma careta brava depois que se apertou nas minhas costa, enfiou a cabeça por debaixo do meu braço e virou a cabeça pra me enxergar de banda de zóio.

— Ô sono de passarinho... não queria acordar tu, nem Inara.

— Preferi te ver. Como foi na trilha?

— Tudo beleza. Uns menino bom pra caminhar...

— Ah! Você tá sabendo sobre uns incêndios? — Na pergunta dela tinha um gole de desacreditar.

— Escutei alguma coisa.

Ela parou e eu senti que enquanto ela olhava pra mim, sem falar nada, os zóio dela tirava umas lasca duma casca que cobria minha cara, pedacinho por pedacinho. As primeira lasca, mais de fora, saía fácil, mas as lasca de baixo era mesmo que tirar casca de ferida que ainda tá grudada na pele.

— Oxe... — Virei a cara de banda. Rumei a água da panela fora.

— O que foi, Deja? — Ela puxou meu queixo até ficar de frente pr'ela. — Você já estava sabendo desses incêndios todos, não foi?

Tornei virar pro fogão, coloquei uns pedaço de manteiga gelada e achei bonito ver tudo derretendo ligeiro.

— Bora comer mais eu? — pricurei.

— O cheiro está ótimo, mas não, obrigada... já escovei os dentes, ia ser só de gula — falou enquanto pegava um prato e uma xícara. — E por que você não foi pra nenhum combate ainda?

— Não deve ser essa livusia toda tamém, não. — Rumei um chá frio mesmo na xícara.

— Não acredito que estou ouvindo você — ela disse "você" dum jeito que lembrou Bel — falar isso. Parece que já são quatro incêndios só dentro do Parque...

— Um é fora.

— Ahn?

— O da Volta da Serra tá fora do Parque ainda... — falei com a boca aberta pra mó de esfriar o aipim.

— Meu Deus! Você já sabia... Você está acompanhando tudo isso já faz tempo, né? Por que não me contou? Por que não foi junto com a brigada?

— Num tô com cabeça... — Empurrei o prato de banda e gastei um tempo olhando pra xícara sem beber. — E tamém tá na hora de dedicar mais pra vocês.

— Ah, meu frente! — ela segurou minha mão antes d'eu rumar a xícara na boca. Lembrei dela dengosa fazendo a mesma coisa num dia do começo de namoro. — Você podia... quer conversar sobre isso?

— Oxe, sobre o quê? Bestagem, num tem nada pra conversar.

— Querido, tem profissionais que podem ajudar você... não é vergonha nenhuma...

— É vem. — Joguei as bola dos zóio pra riba. — Essa é uma qualidade sua, quando tu casqueta cuma coisa, insiste até conseguir — falei rindo. — E gente pobre lá tem dinheiro pra essas coisa, Léa? Minha terapia é a serra.

— Deja, o que você passou... — ela apertou mais minha mão — não foi simples, não foi pouca coisa. Cuida disso, vai... Promete?

— Tu sabe que não faço promessa...

— Me dá sua palavra?

— Sei não. Não é coisa pra mim.

— Não tá fácil para mim também. Não quero comparar, imagino como pode estar dolorido aí dentro, mas eu também cheguei bem perto do limite. Acho que a única forma de não alcançarmos esse limite de novo é se você se cuidar. De verdade.

Não consegui falar. Lembrei duma conversa mais Jotão, sobre Bel. Ele aconselhando deixar o barro secar. Naquele caso, ou ele aconselhou errado, ou eu não segui direito o conselho.

— Ficar quieto não vai resolver seus problemas — ela falou parecida com mãe. — Nem se jogar na brigada, esquecendo a família, para fugir dos problemas da vida aqui embaixo da serra.

— No fogo não dá pra se jogar pela metade, moitero nunca fui... Se não for pra entrar com tudo, melhor nem ir.

— Não é sobre isso... Não peço pra você largar a brigada, nem que pare com sua paixão, só que ela não coloque a família para trás. — Ela apanhou a xícara da minha mão e bebeu um gole. — A questão é quando falta respeito, quando não tem uma conversa de adulto, sai pro mundo, vai pra serra sem procurar saber se nós estamos bem, se vamos ficar bem se você não volta. Fico maluca quando sinto que você esquece que tem uma família.

— Apois sossega, desse mal tu não padece mais... Vou ficar um tempo sem ir pra fogo.

— Tudo é a dose... Não sei nada de incêndio, mas pelo jeito do pessoal do Parque, essa situação não é coisa boba, não. Olha, eu estou mais tranquila com meu curso nesses dias. Fala com a Betânia, certeza que ela pode ajudar com Inara, né? Se havia duas amarras impedindo você, o meu nó eu desato aqui. O nó do Jotão... — a voz fofou, os zóio molharam —, esse é com você e seu compadre. Desata esse e vai para o fogo, guerreiro — ela tentou falar igual os menino e a lembrança de Jotão magoou o gogó. — A Chapada precisa do seu maior brigadista.

Dia cinco

Encontrei o carro do ICMBio levando uma parte da brigada na ladeira do Mandacaru. Eles tavam seguindo pro fogo do Veneno e falaram dum outro carro saindo tamém.

— Bora, frente? — Adobim pricurou.

— Deja tem uns compromissos — Trote falou —, não pode nesses dias.

Balanguei a cabeça concordando sem lembrar de nenhum compromisso pra ajudar na história de Trote.

— Bom combate, guerreiros — apontei pro cordão de conta pendurado no espelho dentro da cabine da caminhonete com uma imagem de santo do lado duma cabeça de alho —, Deus acompanha.

— São Romão Batista — o motorista explicou —, e aqui — ele mostrou uma imagem pequena no meio das conta — é são Cristóvão. Espanta tudo.

Bati a mão no braço de Adobim e o carro arrancou.

Dia seis

Bel tava com uns amigo de Salvador visitando ela e pediu que eu fizesse uma guiada diferente. Eles eram historiador e gostaram quando sugeri da gente visitar as pintura rupestre da Serra Negra e do Matão.

Já fui nessas pintura meio mundo de vez e nunca tinha reparado que num dos painel tem um brigadista. Mostrei pros historiador o desenho que pra mim tava claro, com certeza era uma pessoa segurando um abafador. Eles não falaram, mas fizeram cara de quem não concordou com minha opinião.

Dia sete

Fui pra feira logo cedo mais Anori e Inara. A bichinha tinha passado a noite com a caixa chiando, o peito assoprava fino o ar e de manhã ainda tinha um resto de asma da noite nela.

Léa saiu pra visitar uns cliente no Julião e Corcovado. No almoço Cunga e Trote apareceram e deram notícia que o fogo na Sibéria ainda continuava, junto com o do Baixio e Volta da Serra. Pelo menos o fogo do Veneno eles tinha controlado, mas tavam preocupado de ter deixado só a brigada de Lençóis monitorando a área.

— Amanhã nós vamo pra Sibéria — Cunga falou sem olhar direto pra mim, mas o canto dos zóio esperava qualquer movimento meu.

— É boa ideia, já tem oito dia desse incêndio. Falta uma brigada boa chegar com vontade pra resolver — falei. — Tô indo pra Barriguda, levar os menino e ajudar Ísis num telhado, o carpinteiro invernou e deixou ela na mão.

Dia oito

Os menino tava feito pinto no lixo na roça de Ísis. Malinaram nas galinha, colheram bangarrinha, subiram em pé de pau. Passei o dia despendurado no telhado olhando pro céu embaçado da fumaça que saía da serra pra riba da Barriguda, Tejuco, Guiné, pirraçando mais eu. Instigando, fazendo pensar se mais incêndio tinha começado ou se os que já tinha tava muito crescido.

De noite, Léa mais os menino queriam muito uma fogueira. Fiz, mas achei ruim que nossa fumaça foi juntar com as outra que já tava cobrindo o céu.

Dia nove

Terminei o serviço no telhado de Ísis no final da tarde e rumamo pra Palmeira.

No caminho tinha o vermelhão no lado onde o sol entra e do outro lado o amarelo do fogo na Volta da Serra. Léa parou o carro.

— É grande?

— Não é gigante — entortei a cabeça —, mas depois de tantos dia deve tá complicado.

— Mãe de Deus... o que está acontecendo, meu frente?

Joguei os ombro pra frente e não abri a boca.

— Fala, homem... alguma coisa.

— Digo que é raiva — pelo engiar da cara, ela não entendeu —, o que tá acontecendo, que tu pricurou, pra mim é muito ódio. Muitos fogo são causado por raiva de gente, outras vez é caso de gente que nem sabe disso, mas em todo caso, todo mundo tá na mesma empreita da raiva. Teve muito malfeito nessas serra, anos e mais anos de labuta torta... tiraram floresta, jogaram fora a terra, reviraram cascalho, mataram bicho que ninguém num conta... até gente, teve um bocado de gente matada... pra fazer tudo isso, tacavam fogo, queimaram meio mundo da Chapada. Até ni rio mexeram. Só pode ter um bocado de raiva enterrada nessa serra, embrechada por aí. Quem é que sabe se esse fogo num tá... bestagem minha, não tá nada. Quer dizer, tá queimando as planta, matando os bicho, estiorando a água, mas enquanto tem raiva, muita, em qualquer lugar, num deixa de não ter alguma ruindade. Aqui pra nós essa ruindade tem sido incêndio. Pra mim, o fogo não tá dando cabo da raiva e ela só tem feito fogo. Vou falar um troço estranho, mas a gente tudo tem culpa nisso, nós que não subemo até agora rumar no mato essas raiva que vem dos tempo antigo... — Léa tapou a boca com a mão e eu achei que tinha falado demais.

Ela dirigiu até a Lavrinha sem falar e então riu sozinha.

— Eita, pêga! Para quem não fala muito, você fez um discurso que valeu por um ano.

Trote e Zia passaram em casa mais tarde naquele dia. Fizeram as reportagem dos incêndio tudo. Contaram que dois dia antes tinha começado um fogo pras banda do Roncador, na Fazenda Limão, e no mesmo dia o fogo do Veneno, que já tava controlado, voltou.

— Todo mundo tá achando que tacaram esse fogo de novo — Zia falou.

— Quá, os brigadista tem esse sestro, não faz o trabalho direito, não fica até o final derradeiro do fogo, e depois fica dizendo que foi alguém que tacou de novo.

— Eu também pensei nisso, frente — Trote disse. — Os brigadistas de Lençóis não devem ter se aguentado, não conseguiram ficar no Veneno olhando pra um fogo controlado enquanto no Baixio tinha um incêndio apanhando solto.

— Claro, debandaram antes da hora. Mas não tô criticando, entendo eles. Foi uma aposta, podia ter dado certo, mas não deu. Saíram pro Baixio e o fogo no Veneno ganhou coragem pra sair das fenda e subir a serra outra vez.

— Pior que nós fizemos igual na Sibéria... Nós saímos, mas o fogo não tava extinto, não.

— Não tô acreditando nisso, não — disse coçando a cabeça. — Não foi pra isso que a gente criou essa brigada. Vão acabar envergonhando a gente desse jeito.

— A gente quem, Deja? — Zia pricurou e teve um tempinho sem ninguém falar. Percebi que Trote tava chateado.

— Vai desculpando, viu, Deja? Mas Jotão, que Deus o tenha, ele não pode mais, infelizmente... enquanto você, meu frente, ah, tu pode... pode ir lá mostrar pra nós como se faz. Isso que era o bom, pela memória de finado Jotão, fazer o que vocês, junto, eram os melhores.

No meio da noite Léa acordou espantada e levantou a parte de riba do corpo feito uma ratoeira, chega sentou suando e caçou com a mão onde eu tava na cama.

— Acalma, branquinha — disse segurando a mão dela. — É sonho, tá tudo bem.

— Não — ela disse com a voz garrada na goela —, não está, não. Aquela senhora do Pai Inácio... lembra? Já te contei sobre ela... Ela tava no sonho. Não sei se era no Morro mesmo, ou se foi em alguma outra serra. Estava lindo, tudo... a luz, as serras. Ela só sorria para mim e eu entendi, o sorriso dela dizia que eu tinha feito a escolha certa, ela era a própria Chapada, sabe? — Eu não sabia, mas sabia que era dessas ideia perturbada de sonho. — E de repente o rosto dela ficou embaçado. Chegou uma nuvem que cobriu a gente, ela estava do meu lado, na distância de um braço, e eu não a enxergava direito. Mas não era nuvem, era fumaça. E quando olhei de novo para as serras — Léa apertou meu braço —, era fogo em todas as direções. A fumaça cobriu nós duas e eu não enxergava mais o rosto da senhora, só senti a mão dela segurando na minha. Fiquei com medo dela, fiquei com medo do que estava atrás da fumaça…

Sentei e abracei Léa, afrontada, ainda no tempo de sentir o peito dela enchendo e minguando avexado.

— Num aflige, já passou…

— Vai para o fogo, Deja — ela disse. — Não se preocupa comigo, com a gente. Eu e Bel nos ajudamos com as crianças, falo com Betânia se precisar. Jotão ia querer isso também, certeza.

Dia dez

Olhei pro relógio em riba da geladeira, já fazia uma hora que eu tava enrolando pra não sair de casa de madrugada. Juntei o último tanto de farofa da panela com a mão e rumei pra boca. Vesti a farda de combate, amarrei a camisa véia, enodiada, na cabeça e prendi uma garrafa d'água no cinto. Apanhei uma coberta seca-poço, uns dente de alho pra repelir os inseto, um punhado de caroço de imburana pro caso d'alguma coisa cair mal no bucho, uma raiz de cainca, poderosa contra ofensa de cobra, a lanterna que um turista me deu e rumei tudo pra dentro da capanga feita de perna de calça. Beijei a muié deitada e corri pro escritório do ICMBio.

— Como tá a situação, ainda precisam de gente? — pricurei pros funcionário do Parque.

— Ô se precisamos. Tem fogo pra todo lado… A única boa notícia é que na Volta da Serra tá controlado.

— Aeronave?

— Vai sonhando. — O analista do ICMBio soltou o ar tremendo os beiço, fazendo uma zuada com a boca, um sestro que ele tinha quando duvidava. — A Chapada das fotos, das paisagens maravilhosas é o sonho de todo mundo, mas nunca é prioridade para nada... meio ambiente não é prioridade nesse país. Incêndio florestal no Brasil é só um faz de conta. Sabe aquela expressão "pra inglês ver"? Então...

Falei que achava melhor mandar nossa brigada pra Sibéria, já tinha passado da hora de acabar com aquele fogo, e fui chamar os guerreiro.

Uns guerreiro atrasaram e decidimo almoçar antes de pegar estrada. Entre uma e duas da tarde saímo com sete brigadista em dois carro.

Era quase cinco quando chegamo perto do incêndio.

Só os garimpeiro que já trabalharam na serraria da Sibéria conhece aqueles embrenhado de doido, cheio de engrunado. O fogo não formava linha contínua, era mais espaçado, fogo aqui, aí mais lá na frente fogo ali. Foi preciso muita atenção pra chegar nos foco. A caminhada era devagar, mó dos engrunado, dos canalão e o trabalho tamém, passamo a noite toda futucando as fenda, caçando o coração quente de cada turfa.

Dia onze

Amanheceu o dia e nossa brigada não tinha conseguido sair duma cauda do incêndio. No quente do dia entramo pra debaixo duma loca mó de engolir um de-comer e esticar a espinhela um bocadinho. O rádio sete banda de Cunga ainda tinha bateria e a fita preferida dos guerreiro de Palmeiras tocava sem parar.

— Não tem combate se não tiver feijão, chá e reggae — ele falava toda vez que um brigadista dum outro lugar reclamava de ouvir as mesma música o dia inteiro.

Peguei o trem do amor
A Yerushalaim
Na mala não levo a dor, não
E nem cabe no trem

Rompemo mais meio mundo de canalão e pedra solta a tarde toda rumando na direção da cabeça.

Canta, Bahia, reggae
Nayambing Blues para você, meu rei

Os brigadista chega dançava nessa parte da música, cantando junto e apagando o incêndio.

Lembrei de Jotão rindo dele mesmo toda vez que tentava cantar essa palavra. Depois senti raiva dele, mó dele não tá aqui pra me lembrar toda hora o que eu fiz de ruim e atiçar a turfa que às vez dorme dentro de mim.

Fogo na Babilônia

A parte que todo mundo esperava pra gritar e bater com mais força o abafador.

Tarde da noite enxergamo algumas lanterna numa serra longe, no rumo de Igatu.

Dia doze

O dia seguiu no mesmo rojão de antes, mas os guerreiro pararam mais cedo pra almoçar. O calor vinha castigando demais o grupo pela manhã. Fui buscar água pra cunzinhar e quando voltei tinha dois grupo separado.

Me acheguei perto de Cunga que tava tragando um cigarro com a vontade dum peão que nunca tragou facilidade nenhuma na vida. Pricurei baixinho o que tava acontecendo e ele explicou que um grupo era dos crente, que não fumam um e não gostam de ficar perto dos outro que fuma.

Resolvi mudar a fogueira de lugar dizendo que precisava usar umas pedra que ficava no meio dos dois grupo e pedi pro grupo dos crente cunzinhar o almoço.

De noite os maconheiro fizeram a janta e os menino acharam que nunca tinham comido tão gostoso num combate que nem aquele dia.

Dia treze

A comida que a gente tinha levado pra serra acabou no almoço, depois só sobrou umas bolacha esmigalhada, um resto de pó de café e um tanto de rapadura.

Alguns dos guerreiro foram da ideia de descer pra estrada do Mar de Espanha e voltar pro asfalto. Minha opinião venceu e a gente seguiu na direção de Igatu, pra encontrar os brigadista que a gente tinha visto na noite.

Foi uma ideia ruim toda, não vou mentir. Enfrentamo uma jornada do cão, caminhamo um trecho de serra que parecia um deserto, sem uma poça d'água, nem uma bromélia cum golinho d'água suja pra molhar a goela. Fora os canalão miserável que fazia a gente desviar do rumo o tempo todo e uma linha de fogo toda falhada, queimando por baixo das fenda.

Quando o breu amigou mais a serra, uns pontinho de luz mostraram alguns guerreiro mais perto que longe. A zuada que nossa brigada fez podia assustar um bando de barbado. Funcionou, juntamo mais uns guerreiro de Igatu que tava no rastro da cabeça do dragão. Um deles, garimpeiro conhecedor da região, levou a gente prum poço d'água engrunada, desses tesouro da serra guardado só pra garimpeiro e brigadista. Matamo a sede e os brigadista de Igatu dividiram a comida mais nós. Chega pensei ni Jesus... tivesse nascido baiano, tinha era feito a multiplicação da farinha, o povo ia ter farofa até umas hora.

Todo mundo abastecido, rumamo pra cabeça que tava na serra Alta. No dijuntório o trabalho rendeu bonito, só não deixamo a serra no escuro mó da lua, lutrida, ousada, não deixou nem a toca que os menino encontraram pra dar uma moitada na treva.

Dia catorze

No romper do dia o fogo tava controlado. Explicamo pros companheiro de Igatu que nossa brigada tava estropiada e eles aceitaram ficar na serra, vigiando o incêndio, passar o dia inteiro por lá, passar da hora quente do dia e debelar rápido qualquer reignição.

O sistema de rádio do Parque tava quase sem funcionar já fazia uns mês, por sorte o rádio que a gente levou ainda tinha um restinho de carga e do alto da serra, mesmo com o rádio parecendo uma radiola véia que só chiava, deu pra avisar o pessoal do ICMBio do nosso destino.

Descemo uma parede no rumo do Paraguaçu, chegamo na trilha pra cachoeira da Sibéria e seguimo até o Mar de Espanha, onde os carro resgataram uns bagaço de brigadista. Os dois carro seguiram pra Palmeiras, mas o motorista tinha que entregar algum documento em Andaraí, por isso que seguimo pelo asfalto. Depois um pouco do hospital o carro da frente deu seta e encostou. Não sei explicar, mas olhei pra serra no mesmo instante que as luz acenderam com a freada da caminhonete adiantada. Tinha fumaça começando a espalhar serra acima.

Paramo tamém e conversamo tentando adivinhar o lugar do fogo. Uns guerreiro nosso tava muito esmorecido, precisava seguir pra Palmeiras. Os outros brigadista aceitaram ficar em

Andaraí e combater. Entrei no carro que ia pra Palmeiras, mó de ficar mais Léa e Inara um pouco. A gente caçou algum brigadista da cidade ou outro conhecedor do lugar do fogo. Enxergamo de longe um fardado com a gandola amarela, era um que conhecia de vista, tinha sido garimpeiro e foi dos primeiro guia e brigadista de Andaraí.

— Ali é pras bandas do Bocório... mais pra cima um pouco.

— Tem alguém lá?

— Quatro ou cinco, mas não teve resultado ainda, o fogo só aumentou.

— Metade desse pessoal tá disposto a subir pr'esse combate, era bom um guia, um guerreiro que conhece bem aquela região.

— Não vai todo mundo, não? Metade é pouco, aquilo é tudo fuçado, cheio de uns buraco medonho, muita fenda também... Não sei, não, tô achando que ninguém vai segurar esse fogo aí.

— Cê tá por fora um eitcho, a gente segura, dou a palavra — falei e mudei minhas coisa de carro.

Andaraí quase toda dormia quando a gente chegou. O garimpeiro brigadista resolveu subir a serra mais nós, no outro dia de manhãzinha, umas cinco. A irmã dele cuidava da Casa Paroquial e arrumou da gente dormir no salão de lá. Ele tamém arranjou outros quatro voluntário pra ir mais nós. Era bom ter reforço de nativo, a serra atrás da cidade é um quintal pr'eles.

Dia quinze

Foi só a demora do sol dar as cara pros menino de Andaraí enxergar que o fogo tava mais pra cima do Bocório, era mais pras banda das Três Barra do Bocório.

Quando o sol começou esquentar aquela serra que é puro lajedo e montueira de garimpo, a gente já beirava o Bocório e pouco depois os abafador começaram cantar. O calor daquela pedraria de Andaraí ofendia. Seguimo num avança e volta durante o dia quase todinho.

— Que hora é essa? — mais de um guerreiro pricurou a hora quando chegamo acima do Bocório, mó de que faltava um claro no céu e eles estranharam que ainda era cedo mas parecia que já tava escurecendo. Pro lado onde o sol entra, depois do assentado da serra, tinha um embaçado no horizonte, uma coberta suja por baixo e cum brilho alaranjado por riba. No alinhamento da vista pra Lençóis dava pra ver de onde saía o encardido do céu, das fumaça perto do Roncador e do fogo do Veneno, afora o nosso.

A gente encontrou a Voluntária de Andaraí no assentado dum morro e tinha fogo descendo até o rio. Os brigadista mais descansado ia pegar essa linha que atravessava o rio.

— Que disgrama de fogo! — Abner reclamou. — Num lugar desse?

— O que tu acha, guerreiro? — Cunga pricurou prum voluntário de Andaraí. — Fogo de garimpeiro?

— Quem é que sabe? — a voz saiu do voluntário e até podia ter saído duma pele de cigarra dependurada num galho.

— Aqui em Andaraí garimpo é praticamente genético, não é, parceiro? — Firóso pricurou.

— Se for nativo de Andaraí, perto da minha idade, não tem um que não foi ou que ainda não procure um mosquitinho. Eu mesmo vinha pra serra menino, acompanhando pai, meus tios. Com treze pra catorze eu vinha sozinho, ou mais uns amigos, tentar a sorte na serra. Trabalhei por ali — apontou uma parte da serra, no sentido da trilha pro Pati —, no chamado Mãe do Povo. Naquele tempo tinha muito movimento por aqui. Teve um são-joão, caiu num domingo, até lembro, o brocotô tinha rendido muito serviço, o povo desceu no começo da tarde, mas eu, menino no viço, fiquei pra deixar o cascalho no jeito de trabalhar no dia seguinte. Saí do garimpo, nessa época eu arriscava no Deus me Livre, era uma hora dessa aqui mesmo. No meio do caminho, eu descendo e a noite subindo, ganhando a serra, espraiando aquela luzinha pouca, boa que só pro caboclo trupicar. Quem disse que eu tinha lâmpada? Quá, tinha não. Tinha um fifó na capanga. Parei assim — nessa hora o guerreiro estacou a caminhada, o pessoal que vinha atrás parou junto, ele baixou, triscou o joeio no chão e enfiou a mão na capanga —, panhei o fogo e no mesminho instante que risquei o fósforo, reparei num claro naquela banda. — Apontou prum canto da cidade, lá embaixo da serra. — Um, nada... era bem um bocado. Pocava luz de todo canto da cidade, cada uma subia zanzando devagar até embalar voando no meu rumo, pra cima da serra...

— Sério, guerreiro? Você viu óvnis? — Firóso pricurou.

— Aonde!? Era não. Eram balões e era muito, porque fiquei na dúvida se a claridade no chão vinha do fifó ou dos balões.

— Não lembro disso lá em Palmeiras...

— Apois, aqui em Andaraí quando tava chegando São João vinha gente pra serra, ou pedia pr'algum garimpeiro levar xumbaré pra fazer os balões.

— Que coisa?

— Conhece, não? É uma orquídea, usa o visgo pra colar o papel de seda do balão... de pipa também.

Tava pensando nessa orquídea e nos balão voando pra riba da serra, calculando se aqueles balão não causava incêndio quando caía. Uma voz de televisão véia falou de dentro da minha capanga.

— Brigada em combate, na escuta? — Percebi que era um dos analista do ICMBio chamando no rádio. — Brigada no combate de Andaraí, copia?

Ele pricurou da situação do fogo do Bocório e falou dum incêndio novo, na serra do Lacral, pras banda de Ibicoara.

— Ê tixé! — Cunga gritou.

— É festa, agora — Abner falou baixo do meu lado. Nem sei se ele queria que eu escutasse. — Esses filho da puta.

— Às vez acho que os incendiário combina... — falei pra Abner —, um vê a fumaça dum incêndio lá longe, essa fumaça emprenha a sugesta dele tacar tamém, depois vem outro e outro. Se a gente não apaga logo, mais outros doido desse tipo pode ter essas ideia torta e aí não vai parar mais.

A confusão de claridade da boca da noite tinha acabado de ficar pra trás e o escuro tinha panhado de vez o céu quando escutei o chiado do rádio que vem antes dalguma voz falar. Percebi que aquela zuada causava um baque ni mim, um contrário da zuada dum prato que cai da mão, mó de que no cair do prato, antes de triscar no chão, já dá pra saber que vai quebrar, vai ter zuada e mesmo assim a zuada empurra o caboclo pra riba, um tiquinho que for, um susto besta, se reparar bem, porque era sabido que ia quebrar, então pra que surpresa, por que o susto? Com o rádio, vem antes a zuada e não dá pra saber se o prato vai quebrar, se não escutou mensagem nenhuma ainda, por que assustar com o chiado? Pois esse é o susto mais besta ainda. E eu tava assustando com ele já fazia uns dia. Naquela vez, antes de conversar, sem nem saber quem tava chamando, muita gente tava com rádio naqueles dia, pensei: "Quantos dragão cabia trancado nesse pedaço de inferno, bem debaixo da Chapada? Ainda tem quantos pra escapar...?".

A voz era dum vigilante do ICMBio e a notícia era de mais um dragão que tinha cansado do inferno, outro fogo tinha começado naquela noite, num gerais perto do Pati. Ele tamém falou que o pessoal do Parque tinha solicitado apoio de aeronave. Uns brigadista que tava por perto e oreiavam a conversa fizeram festa com a notícia.

— Moço, vocês não fica contando com o ovo no cu da galinha, não — falei. — Essa notícia ainda não é nada. Só confia quando a nave tiver voando aqui — levantei o dedo —, por riba das nossas cabeça. Não vamo esmorecer com essa notícia, a serra depende da gente e por enquanto temo que vencer com os pé fincado nesse chão. — Levantei uma nuvem de cinza com as batida da bota na área queimada.

Dia dezesseis

Um tanto de brigadista seguiu pra segurar o fogo duma matinha na beira do rio e o resto saiu caçando um bocado de foco espalhado pela serra. Não era linha grande, mas o lugar é cheio de canalão, fenda e uns brugalhau solto que os garimpeiro tiraram das frincha nos tempo antigo. A maior parte da nossa brigada já vinha de uns cinco a seis dia de combate. A gente sabe que nas hora do calorão vale a pena maneirar um pouco e guardar força pro combate da noite, mas até uns macaco véio, tem vez, fica injuriado, com vontade de acabar logo a peleja, voltar pra perto da filha, tenta resolver um fogo que parece besta, mesmo no pinhão do meio-dia. Não resolvi. O fogo tava sapecando, acabei estropiado, disfarçando pros companheiro que tava quase sem ar e cum repuxo na coxa querendo virar câimbra.

Foi o jeito maneirar, voltar pro recua e avança, que é o certo no dia, calculando os movimento das perna pra mó de não dar nó de vez. Essa labuta parou um pouco com a chegada de quatro menino de Andaraí que subiram a serra pra levar mais comida pra gente e a notícia dum incêndio novo, no Gerais do Rio Preto.

O trabalho amarrado do dia fez o fogo dar linha de novo. Só que a noite é dos urutau, dos bacurau e dos brigadista. Rendemo bem, teve hora de não achar mais foco com chama, a gente pisou na linha quase toda, fez a roda do café, do fumo e das resenha e torcemo pro dia não trazer um rojão muito brabo.

Dia dezessete

No clarear do dia tinha sobrado uma linha falhada, só com uns foquinho desgarrado. Perto do meio-dia alguns desses foco se animaram com o calor e foram se juntando, começando uns pedaço de linha maior.

Ninguém tava com coragem de labutar com essas linha de dia, mas a gente podia perder o trabalho todo que já tinha feito se esperasse mais tempo. Cunga e Trote entenderam quando juntei umas coisa na capanga e panhei a bomba costal, fizeram careta mas arribaram.

— Bora, guerreiro, dar esse sangue agora mó de não ter que ficar nesse calor da pega mais uma semana.

Dois voluntário de Andaraí juntaram mais nós. Começamo nesses cinco, mas, aos pouco, os outro se animaram com nosso trabalho e no final da tarde controlamo o danado.

Dia dezoito

No raiar do dia a situação tava melhor que na manhã do dia atrasado. Gastamo a manhã toda vigiando a serra, cuidando das reignição. Depois do feijão que a gente comeu numa toca, pra guerreiro nenhum ficar com saudade das discussão, a brigada rachou numa decisão.

Uma parte dos pessoal queria descer da serra, achavam que o trabalho deles tava resolvido. Outra banda falava que não podia largar o incêndio daquele jeito, a chance do fogo voltar era muito grande.

— Opinião, Deja?

— A ideia tá certa, o incêndio não foi extinto ainda. Só controlamo. — Alguns gritaram comemorando que tinham escolhido o lado certo. — Mas a gente não tá num tempo normal — a zuada parou —, tem o quê? Cinco, seis incêndio acontecendo agora mesmo dentro do Parque? O certo era uma brigada subir pra cá, passar o dia futucando tudo aqui, mó de que a aposta é quase certa, esse fogo pode voltar. Mas tem gente pra mandarem pra cá? Tu acha que tem? — Apontei pra Trote, um dos que tava mais incutido pra ficar na área. — Tem não, guerreiro. Do mesmo jeito num tem muito mais gente pra apagar os outro incêndio. Esse incêndio daqui tem uma chance, pequena mas tem, de não voltar. Já os incêndio aí fora, é certeza que o pau tá torando. É aquele negócio... como é, Firóso, de duvidoso...?

— Não se deve trocar o certo pelo duvidoso — Firóso respondeu, satisfeito.

— Justamente. Nesse caso, o certo é que tem fogo pra gente segurar em outros cinco incêndio. Aqui, pelo menos, tem uma duvidazinha.

A bagunça voltou, os mesmo guerreiro discutia de novo, dessa vez usando umas palavra que eu tinha falado.

— Êa! — gritei. — Tive uma ideia aqui, assunta, os contratado e os voluntário de Andaraí podia ficar aqui, cuidando pr'esse fogo não voltar. E nossa brigada segue pra outro incêndio.

— Fica bom assim, hein?! — Trote falou. — Acho que desse jeito a gente resolve bem.

— Passa mel agora, Trote — um dos voluntário de Andaraí falou.

Trote virou de costa e levantou o dedo pro brigadista. Depois de outras picuinha e um bocado de carinho, os contratado aceitaram minha ideia, mas só dois voluntário de Andaraí quiseram ficar na serra.

— Quieta com isso, cês vão deixar nós ficar só em cinco pessoas? É pouco, repara o tamanho disso aqui — um dos voluntário que ia ficar falou apontando só uma parte do incêndio que dava pra enxergar dali. — E a secura que teve esses dias? Não teve nem os cambueiros de setembro, pelo jeito as trovoadas de outubro também vão falhar. Ó! Nós ficamo, mas arrisca pôr tudo a perder de novo se o caldo entornar.

— Tu tá certo, guerreiro — falei. — Mas, assunta, é melhor ficar só quem tá com sangue nos zóio, se brigadista fica com má vontade, o trabalho não rende... e ainda arrisca jogar o grupo todo pra baixo. Boa sorte, nós tudo tamo muito precisado dela.

Principiamo a descida da serra e eu passei um rádio pra base em Palmeiras pricurando notícia de Inara pro porteiro que atendeu.

— Guerreiro, tu por favor explica pra Léa a situação dos incêndio no Parque, diz que não tem como eu voltar, mas toda hora que der vou dar um jeito de caçar notícia delas.

Dei uma apertada na mente dos voluntário que descia mais nós, falei que precisava de gente no incêndio do gerais, que o Pati era importante pra Andaraí. Isso se não tivesse problema no Bocório de novo. Eles ficaram na cidade, prometeram conversar com outros brigadista pra voltarem pra serra.

— Vocês precisam derrubar aquele dragão — Cunga disse pra empolgar os voluntário de Andaraí.

— Assunta as novidades desses meninos — o voluntário garimpeiro disse pros outro brigadista de Andaraí. — Ficam falando dragão pra cá, dragão pra lá, deixa de bestagem. Dragão aqui pra nós é uma draga das bem grande, como as que ficavam lá no Piranhas, na lagoa do França, as graúdas que apanharam muito diamante, isso, sim, que era dragão.

Sem nenhuma esperança de chuva, a gaiatice do garimpeiro fez o serviço, lavou um pouco do cansaço da turma.

Em Andaraí avisamo o pessoal do ICMBio que a gente já tava na cidade e que a gente ainda tinha disposição pra ir pr'algum outro incêndio. Esperamo mais de três hora pros carro chegar, pelo menos um turista que tinha chegado do Pati ficou impressionado com nosso trabalho e pagou uns sorvete pra brigada toda.

Um dos motorista explicou que o pessoal de Ibicoara tava muito preocupado, pedindo reforço. Disseram que em todo canto, ni todos incêndio, tava precisando de gente, mas talvez em Ibicoara fosse mais difícil encontrar reforço, se a gente concordasse eles levava a gente pra lá.

Sentamo no passeio da praça do centro de Ibicoara assim que descemo do carro, perto duns meninote rindo, presepando, tocando violão. Quando o pessoal da Secretaria Municipal chegou perto pra receber nossa brigada deu pra perceber que eles tava feliz com nosso reforço, mas mesmo assim tinha uma agonia esquisita, um cheiro de coisa ruim pra acontecer que levantou um muro de aflição e abafou as risada dos menino atrás da gente.

Eles acharam tarde pra seguir pra região do incêndio e caçaram uns pouso pra gente nas casa duns voluntário da cidade.

Dia dezenove

Perto das cinco da manhã os carro saíram pro rumo do Mundo Novo, Brejão.

Seguimo pra lá, mas no Canta Galo uma moto avexada quase cai tentando parar depois que viu o carro do ICMBio. O piloto engolia umas palavra, não entendemo quase nada, só que era pra gente correr mais ele, mó de que tinha alguma coisa cumas criança e o fogo.

O caso era um ônibus escolar que ficou travado em cima da ponte do Brejão, cercado pelo fogo. O motorista não conseguiu seguir pra frente e antes de dar ré o calor fez ele levar os menino pra banda de trás do ônibus.

Por uma graça da Chapada, tinha uma motobomba na carroceria duma caminhonete, que o pessoal da Secretaria pediu pra gente levar pra brigada em combate. Apanhei logo as mangueira, ligamo a bomba no córrego bem debaixo da ponte e baixamo as labareda que cercava o carro, foi o jeito das criança conseguir escapulir seguindo um caminho molhado que eu fazia com a mangueira.

Uns minuto depois deu pra atravessar a ponte e seguir pro lado do Brejão. Por todo lado, era cinza e fumaça. Algumas pessoa tava na beira da estrada, caçando entender o que tinha acontecido.

— Ô meu véio, foi um trupelo brabo esse aí, não foi? — Cunga falou apontando pro pasto atrás dum trabalhador que corria as estaca queimada da cerca.

— Misericórdia, meu filho. O estrago foi tamanho... eu tô que nem creio. Hoje, manhãzinha, vi um fogo, esse mesmo, naquela ponta de serra — apontou pras banda do Lacrau —, mas, moço, tava a uma légua daqui, longe demais. Esse fogo não chegava por aqui com menos de dois dias, de jeito nenhum. — Ele apoiou no trecho de cerca que segurava só um pedaço de estaca, todo preto, flutuando no arame, mó de que a parte de baixo da estaca tinha desaparecido, devorada por um fogo com fome de comer estanho. — Quem é que pode? Chegou aqui com três horas de relógio. O vizinho ali — ele apontou com os beiço e mexeu a cabeça triste —, a mula dele, uma beleza de animal, toda boa, a bichinha tava amarrada num mourão... o infeliz nem pensou em soltar, o fogo tava numa lonjura danada, quando deu por si, tava era tarde, a coitada morreu queimada.

No carro foi uma enxurrada de lamúria, de quase todo mundo, ainda mais dos que era peão, acostumado a montar e a querer bem esses animal. Depois teve uma parede de silêncio, parede dos adobão de lembranceira, tristeza pilada à vez de barro e cortada em fôrma doída e cada amigo desenformando um Jotão acordo cada juízo, cada jeito que guardou aquele trovão. E onde guardou, mó de que é ali, no guardado, que a dor espeta, esparrama, pesa, inda que é mesmo ali onde tamém sente vazio.

— O senhor sabe onde tá a brigada? — Abner pricurou.

— Ontem de noite tinha um pessoal pra lá, mas com certeza já devem ter saído, porque ali ficou longe do fogo agora. Foi vento demais, nunca ninguém viu fogo correr desse jeito aqui, não. Essa cerca aqui — ele esticou o arame e viu que os dedo manchava de carvão —, o patrão gastou mais de sete mil, terminei semana passada. Tava um serviço bom, coisa de primeira... perdeu tudo, só dá pra aproveitar os arames.

A gente saiu quieto de perto do morador, cada um lapidando seu juízo.

— Moço, perder uma mula assim... prejuízo significativo — disse Firóso. — Uma lástima!

— Essa cerca estruída tinha custado quase vinte salário do véizim — Zia calculou. — E durou uma semana solteira.

Não comentei nada. Ninguém mais precisava ficar com as visão que eu tinha, com os detalhe que eu imaginava do que Jotão passou nos derradeiro minuto, ninguém mais merecia, de tanto pensar, de tanto sonhar, acabar sem saber se o que vinha no juízo era lembrança ou invenção.

Antes da gente chegar no alambique do Brejão uma Cio apanhada de gente apareceu com a cara de frente pra nós. Os dois carro puxaram pro lado, o nosso chega amassou uns pé de cana da beira da estrada, faltou um cabelinho de rã pra um não triscar no outro. A Cio carregava os brigadista que tava no combate. Falaram que o combate agora era em outro canto.

A gente desceu do carro, me acheguei pra perto dos menino e no pegar na mão dos companheiro deu pra sentir a situação do combate. Tinha mão avexada, agoniada pra seguir logo pro fogo; mão desesperançosa, sabedora de missão sem futuro. Um ou dois aperto forte, umas mão que no segurar falava pra mim: "É, guerreiro, tu conhece bem a lenha que nós tamo levando lá em cima... Tu não é de ficar em macio de carro, não é?".

— Ainda é pouca gente — falou um guerreiro do Brejão.

— Então o jeito é trabalhar por dez — falei. — E logo.

Combate fácil não existe. Mas tem uns menos fácil que outros. O vento que lambia a serra naquele dia parecia o sopro do capeta, chega deitava o fogo.

Muitos combatente no incêndio de Ibicoara era dos povoado próximo, Brejão, Baixão, Mundo Novo, Canta Galo, Campo Redondo e tamém da cidade. Gente com coragem, que na precisão não faz conta dos passo. Quem vive avizinhado com a seca não é de alarmar com tragédia pouca, mas poucos vivente tem costume com o fogo, de combater incêndio, os trabalhador que tavam mais a gente na serra gastaram muita energia nas primeira hora e o adversário que nós enfrentava era desses de ganhar aos pouco, com paciência.

— Tu é doido, o fogo tá rápido demais — um dos voluntário do Mundo Novo falou —, nem veado na carreira pega.

— Deixa acalmar mais — segurei o braço dele na hora que ele fez de partir pra dentro do fogo —, o fogo tem a hora dele e a gente tem a nossa. A sabedoria é esperar — falei pensando na câimbra no Bocório.

Muitos voluntário da região desceram da serra no começo da noite mó do cansaço, ou porque tinham trabalho no outro dia cedo. Sobrou uma brigada pequena prum combate esquisito, mó da noite que ventou igual o dia e o fogo continuou ligeiro do mesmo jeito de antes. Tentamo desviar a cabeça do fogo pra salvar alguns lugar mais importante, mas aquele combate noturno não rendeu muito, não.

Dia vinte

Os dia normal da Chapada, quase sempre, amanhece com a serra nevada, o céu carregado, os turista até acorda desanimado, pensando que vai chover. Só no meio da manhã que o sol esquenta e se amostra pro povo cá embaixo. Naqueles dia de outubro tava diferente, o sol saía pocando do chão coarando o azul purinho do céu.

Foi só raiar o dia e o fogo esbagaçou nosso serviço todinho e ainda deixou distância. A brigada desanimou. Esse é o serviço do fogo, se a gente desanima, ajuda o fogo e perde o combate. Pricurei pro brigadista do Mundo Novo se ele conhecia a serra, conversamo e resolvemo atalhar o fogo numa área que tinha mais lajedo. Afastamo da linha e começamo a abrir um aceiro ligando os lajedo do lugar. Os guerreiro dos povoado de Ibicoara tinha muito jeito na enxada, parecia uns trator capinando. Quem não tava com enxada deitava e saía rolando pra mó de amassar o mato e atrapalhar alguma coisinha o fogo. Apostamo uma corrida mais o fogo, ou a gente fechava a faixa do aceiro antes do flanco direito do incêndio chegar, ou ele caçava as falha do aceiro e escapava da gente.

Dá uma agonia entregar um tantão de serra de mão beijada pro fogo. Às vez, vale mais cepar os pé de café pra produzir mais, mesmo que depois de dois ano, do que labutar com os cafeeiro véio dando uns grãozinho pouco a vida toda. O fogo chegou no aceiro no finzinho de tarde e bem nessa hora o vento descansou um pouco. Era a chance da gente bamburrar. Caímo pra cima e a luta alcançou a lua. Todo mundo tava no bagaço, mas pelo menos matamo aquele flanco que ameaçava entrar no Parque Nacional. Faltava só as outras três banda do incêndio.

Dia vinte e um

Cada brigadista tem seus ponto fraco num combate, que aperta a mente do peão ou deixa o cabra com raiva. Tem uns que fraqueja quando o calor é muito, outros queixa de sede ou fome. Às vez o mal é a fumaça que não deixa respirar. Pra alguns o pior é dormir pouco e ainda por cima no sereno, em cima de pedra, passando frio. Pra mim, o ruim é ter tanta gente sã, forte de trabalho nesses povoado ou nas cidade, que vive da água da serra e são poucos que cola no movimento quando a Mãe tá precisando de ajuda.

Começamo os trabalho do dia como todo trabalho tem que começar, com café e gaiatice. Depois seguimo com os pouco brigadista que restou pro lado da cabeça do incêndio. No esquentar do sol alguns foco pocava na linha que a gente já tinha controlado. Tava riscoso perder o trabalho da noite quando escutamo a zuada duma brigada nova chegando mais nós.

Enxergar as gandola amarela limpinha dá uma alegria, mó de representar sangue novo que chega pra reforçar no combate. Mas tamém, no mesmo tempo, dá uma desconfiança. Gandola limpa, sem nódea, se não é nova, deve tá vestindo brigadista moitero que sobe a serra e nem chega perto do fogo, num trisca ni carvão.

Era um pessoal da cidade de Ibicoara. Conhecia dois, o mais velho era um parceiro das antiga. O outro era um rasta do Capão que tava visitando um amigo no Campo Redondo.

— E aí, rapaziada? — o rasta cumprimentou.

— Moço, que estrago. — O veterano de Ibicoara apontou com a cara pra área queimada que ia até sumir de vista. — O pessoal do ICMBio falou que já perdemo quinze mil hectare no Parque até ontem, fora os incêndios de fora, que nem aqui.

— Foi pau-viola — respondeu um companheiro do Brejão. — Nós era pouco e tinha um mundaréu de fogo.

— E qual a estratégia agora? — o líder de Ibicoara pricurou pro do Brejão. E o guerreiro do Brejão olhou pra mim pricurando com os zóio a resposta.

— Pr'aquele fogo ali — eu disse e apontei pruma fumaça branca que subia duma baixada —, acho que dá pra mandar uns quatro...

— Ei, herói, na moral, dá um tempo aí — o rasta falou por riba da minha voz —, deixa os nativos falarem, essa galera que mora por aqui é quem tem legitimidade pra falar qualquer coisa.

— Oxe, que nada! — o brigadista do Brejão disse. — Se não fosse Deja, capaz da gente não ter apagado tudo que apagou.

— Esse aí gosta muito é de se amostrar — o rasta falou sem olhar pro meu rumo.

— Êa, guerreiro! — falei caminhando pra perto dele. — Quando a gente fala com novilha não tem problema olhar bem nos zóio dela. Mas se tu tá perto dum touro inteiro, às vez não é bom encarar o bicho nos zóio mesmo, não. — Ele levantou a cara do chão e quis olhar pra mim. Alguns dos outro brigadista se achegaram mais perto, cabreiros de acontecer qualquer coisa. — Num sou nem novilha nem touro, guerreiro. Sou brigadista, o mesmo que você. Já tive mais tu num combate ou outro, tu bate certo um abafador, faz um bom trabalho. Esquece minhas presepada, sei que eu besto de vez em quando mesmo. A Chapada vai precisar de todo brigadista bom que nós temo por aqui. Se tu tem qualquer coisa pra me dizer, ou boa, ou ruim, pode me olhar nos zóio e o amigo vai ter meu respeito.

O pessoal do Brejão seguiu logo pra fumaça que eu tinha falado, pro lado da cabeça do incêndio, fui mais eles. Os brigadista que tinham chegado recente dividiram uma parte pra segurar as reignição da linha que a gente tinha segurado na noite, outra parte foi segurar um fogo antes dele embalar numa subida de serra.

Parte da cabeça do incêndio morreu sozinha numas roça e numas estrada da comunidade, outra parte nós abafamo.

A brigada novata tamém fez um ótimo trabalho. No começo da noite faltava um nada pra controlar o incêndio todo e os dois grupo se encontraram num emburrado dumas moita fechada. O rasta, de abafador, tava apanhando das labareda alta que as moita formava quando eu voltei duma caminhada boa pra encher a bomba costal. Joguei água e baixei as labareda que tava sapecando o rasta. Ele urrava em cada pancada do abafador até apagar tudo. Depois da última abafada quase não dava pra ver o amarelo da gandola dele, nem a pele da cara sem carvão, mas o branco dos dente chega reluziu enquanto o guerreiro me olhou nos zóio comemorando feito menino a vitória.

Os brigadista de Ibicoara ia continuar na serra, fazer o rescaldo e garantir o trabalho. Então avisei pelo rádio a situação e pricurei se tinha como mandarem um transporte pra levar nossa brigada de volta pra Palmeiras, a gente já tava onze dia naquele rojão, os companheiro precisava trocar a cueca, dar um chero nas nega, adular a família, se explicar pros patrão. O vigilante do ICMBio contou que o fogo do Gerais do Rio Preto tinha sido controlado. A gente chega comemorou, mó de que agora só restava o fogo do Veneno pra resolver. O vigilante tamém explicou que naquela hora, tarde da noite, não ia conseguir carro. Mas no outro dia, o mais cedo que desse, os veículo chegava pra buscar a gente. Arranjamo pouso na casa de farinha da Pedra Branca. Tinham torrado farinha naquela tarde, então, pelo menos, numa boa parte da noite a casa ainda ficou quentinha e o cheiro de farinha nova temperou nosso sono.

Dia vinte e dois

Os voluntário já sabem que na Chapada o transporte nunca chega na hora combinada. Mesmo assim, a bronca sempre come quando os motorista chega. A gente só foi sair da Pedra

Branca depois do meio-dia e a viagem até Palmeiras ia durar umas quatro hora. O mínimo que podiam fazer era caçar algum de-comer pra brigada. Almoçamo na cidade e seguimo o trecho até Palmeiras. No caminho, depois da entrada de Cascavel, avistamo uma fumaça na altura do Capão do Correia. Em Palmeiras descobrimo que aquela fumaça era de dois incêndio novo, Capão do Correia e Chapadinha.

Em casa, no começo fui adulado por Léa mó do meu estado esbagaçado, com bolha nos pé e nos dedo das mão, o nariz cunzido e uns arranhão na cara.

— Mãe de Deus! O que é isso? — Léa pricurou no banho, com os zóio estalado de ver o ranho preto escorregando pro ralo.

— Um pedacinho da serra... — quis rir, tenho pra mim que num ri mó do cansaço —, num deixa de ser.

— Se do seu nariz saiu assim, imagina como tá seu pulmão.

— Tá que nem a Sibéria, o Veneno... — falei mais baixo que a zuada do chuveiro. — Amanhã fica alvo de novo, preocupa não.

Depois do banho, ela furou as bolha com linha de costura e agulha, passou umas pomada e fez massagem.

— Que bom você de volta — ela falou esfregando um óleo nuns nó dolorido das minhas costa. — Não quero deixar Inara na casa dos outros todo dia enquanto estou fora trabalhando.

— Oxe, dos outro não. É a família dela.

— Eu sei, não é isso. Sou muito agradecida por sua irmã, por dona Raquel... claro. Uma bênção ter esse apoio. Mas isso era para ser de vez em quando, não todo dia. Não foi para isso que quis ter uma filha. Nós é que temos que cuidar dela.

As palavra dela tavam mais pesada que a mão nos dolorido do corpo.

Fui mais Inara na casa de Bel, buscar Anori.

— Viva Deus e Nossa Senhora! Meu filho ainda tem pai — Bel disse ajoelhada com as mão junta apontando pro céu quando abri a porta.

— Tu é besta, moço. Deixa de drama.

— Oi, tia, cadê meu abraço? — Bel disse pra Inara ainda ajoelhada e elas se abraçaram. Anori chegou correndo e saltou pra cima na confiança que eu apanhava ele. Apanhei.

— A bênção, pai — ele disse entregando a mão pra mim.

— Deus abençoa, meu filho — falei depois de beijar a mão dele e ele beijar a minha. — Bora dormir mais nós lá em casa? — pricurei com palavra pra Anori e com os zóio pra Bel.

— Apanha lá uma roupa — Bel disse pra Anori e os irmão rumaram pro quarto. — Onde tu tava?

— Quando? Depende... três ou quatro dia em Ibicoara. Antes, Andaraí. E antes, Mucugê. Tem muito fogo, em várias parte.

— Ai, Deus. Puta merda! — Ela apertou as bochecha com as mão, virou de costa e rumou uma camisa de Anori que tava no chão pro ombro. Virou de novo pra mim, mas talvez tivesse olhando pr'alguma serra ou gerais que tinha na lembrança. — E tu tá bem? — pricurou e dessa vez tava olhando pra mim mesmo.

Teve uma vez, na beira do rio Preto, na altura do Pau-Ferro, eu tava ajudando um primo encontrar uns animal que tinha escapulido. Era dia dum sol quente, nada de chuva, nem trovão. Escutamo um pipoco, do alto do morro, e o pipoco virou uma zuada que rasgou a encosta do morro até a beira d'água. Uma pedra que soltou e desceu rolando, jogando lasca pra todo lado, quebrando uns pé de pau e amassando todas planta do caminho. Tem hora, que nem depois da pergunta de Bel, que uma zuada aparece em meu juízo. Dá pra pensar que antes não tinha nada, não tinha aquela agonia, antes tava quieto e de repente desaquietou. Que nem a pedra no morro. Só que tem outra parte ni mim que desconfia, fica açoitando o juízo pr'ele pensar que a zuada tem sempre, não tem é o serviço de escutar.

A pergunta de Bel, se eu tava bem, foi a alavanca que empurrou a pedra morro abaixo. Não sabia a resposta, pensava que eu sempre tava como tinha que tá. Estranhava quem pensava nessas coisa e achava mais estranho ainda que eu quase nunca pensava nisso. Ou nunca. Fora os fogo, eu tava bem. Não tinha moléstia de saúde nem comigo nem com os filho. Os trabalho de guia tavam aumentando nos último tempo.

— Tá brabo, Bel. — Ela estranhou o jeito que falei. — Não vai dar bom essa temporada, não. Todo dia tem incêndio novo, já faz uns vinte dia. Tu sabe que não sou de ficar bem se a Chapada não tá bem. Tamém tem Jotão. — A lembrança do compadre veio fácil, sem pensar, mas não foi fácil pra goela deixar sair o nome do amigo. Bel apertou os beiço e raspou a mão perto dos zóio. — Tem Léa, tamém. Não tá bom. Não é de agora, tu deve saber. Faz tempo que ela vem achando ruim... aquelas mesma coisa que tu. — Cocei a cabeça. — Mas eu tento, tô tentando. Até deixei de ir pruns fogo... Nesse começo de mês, mesmo, demorou preu engatar, mó de que eu quis ficar mais elas... Vocês são complicadas... Num sei, não, viu?

— Pa porra, Deja. Complicada? Tu que é teimoso... — Os menino voltaram do quarto e ela segurou a bronca que eu sabia ia nascer daquela boca braba. — A vida tem sido boa com você, como tu vai aproveitar essa segunda chance? O mínimo que tu podia fazer, em retribuição mesmo, era aprender alguma coisa.

— Papá... vem ver. — Inara puxou meu braço e segui mais ela.

Os irmão dormiram no quarto de Inara. Fechei o trinco da porta, Léa fez um risinho, pricurando se eu queria descansar. Caí na cama puxando ela no caminho, a vontade de namorar ganhava da ruindade no corpo. Só que acabou perdendo pra preocupação com Inara. Escutamo as tosse dela com dificuldade pra respirar. Levamo a bichinha pra nossa cama e foi a noite toda com o peito assobiando.

Dia vinte e três

Léa não tinha conseguido fazer a feira no sábado, então aproveitei que era dia de chegar mercadoria nova na quitanda e fui comprar algumas coisa mais os menino.

No caminho tava reparando no céu turvado cobrindo Palmeiras quando duas caminhonete dos bombeiro passaram no rumo do Capão. Estranhei, mó de que os bombeiro tava cuidando do fogo de Lençóis. Fiz uma feira pequena e fui até o ICMBio tirar a pulga de trás da oreia. Tirei a pulga e a oreia toda junto, o fogo do Veneno tinha ganhado a serra, cresceu pro rumo da serra dos Cristais, mais de sete quilômetro longe do lugar que tinha começado.

Cunga tamém apareceu e soube da notícia. A agonia da situação tirou alguma coisa que sempre deixou ele engraçado, no lugar ficou o zóio esbugalhado, preocupado.

Nem dez minuto passaram e chegou um carro com uns brigadista de Lençóis. Disseram que nas banda de Lençóis já tava tudo perdido. Agora era tentar salvar o Morrão.

O desespero dos guerreiro de Lençóis contaminou Cunga. O maior presepeiro da nossa brigada tava derrubado e pra aliviar um pouco a tristeza ele panhou uma garrafa d'água que deixaram num banco da varanda. Reparei que um guerreiro de Lençóis pensou em falar alguma coisa, parou, olhou pros lado e quando decidiu falar Cunga já tinha rumado um gole grosso pra dentro, bebeu meia garrafa.

— Ei, *man* — o brigadista de Lençóis disse e segurou a garrafa antes de Cunga beber outro tanto —, já tá valendo, aí já foi.

O rapaz pegou a garrafa rindo e passou pros companheiro de brigada. Cada um deu sua garguelada, a garrafa seguiu de mão em mão até secar.

— Bora mais os menino, Deja? — Cunga pricurou avexado.

— Vamo organizar com os outro da brigada, assim a gente sai completo e ajuda mais. — Minhas mão ficaram fria, molhada e o sangue me empurrava dum lado pro outro, feito água balangando dentro duma pipa na carroceria de uma C10, de tanto chacoalhar arrisca derrubar o vaso. Precisava ajeitar as coisa em casa antes. Tamém fiquei cismado com a tal água que Cunga bebeu. Pensei em dar um jeito de segurar ele ni Palmeiras.

— Você acabou de voltar, Deja.

— A situação tá feia, Léa. Muito. Qualquer demora, poucos minuto que for, pode ser a ruína.

— Escuta, você passou uns dez, onze dias fora de casa. Por mim estaria tudo bem, se não fosse sua filha estar tendo essas crises. — O queixo dela tremia. — Agora é hora de cuidar da sua família. Não queria ter que lembrar disso.

A pedra rolando morro abaixo tornou a zoar ni mim, dessa vez ela esbagaçava alguma coisa por trás das costela.

— Não dá... Eu preciso, Léa. É o Morrão. Eu sei, tinha que ficar mais tu, mais Inara. — Eu apertava a cabeça com força, tentando forçar o pensamento ficar só numa banda, parar de pular de galho em galho, com dúvida sobre o que era certo, ou o que era menos errado... Inara, a família, o Morrão... Um redemunho de raiva piorava tudo, raiva dos incendiário, raiva daquele feiticeiro filho do cão, raiva de mim mesmo e culpa... — Assunta, se a gente não segurar o fogo essa noite, nós perde. Então, é só essa noite, amanhã tô de volta, de dia ainda. Prometo. Vai desculpando, branquinha... É o Morrão.

Abner tirou a Formosa da oficina antes de arrumarem ela, mó de que não tinha carro do ICMBio disponível. Ele tava preocupado com a Toyota, mas todo mundo tava mais preocupado com o fogo.

De longe enxergamo o Gerais do Morrão coberto de fumaça. O Morrão era uma ilha se erguendo num mar de fumaça. O fogo despontava na beirada da serra dos Cristais e parecia que tinha fogo já dentro da Folha Larga.

Tinha meio mundo de gente caminhando avexado na trilha das Águas Claras na direção do Morrão, um tanto era brigadista, mas muita gente da comunidade foi pra lá pra ajudar, gente que não tinha roupa, nem bota e nem equipamento certo pra apagar fogo.

O Gerais do Morrão era a direção da cabeça desse incêndio, uma cabeça que, pelo jeito que descia a serra, ia chegar gigante no Gerais. Nossa brigada chegou perto das Águas Claras pra tentar segurar o fogo no rio. Mas a cabeça do dragão tava fumando demais e era difícil respirar, mesmo longe. Depois que a linha terminou de descer a serra e triscou no Gerais, o bicho panhou. O fogo andou ligeiro demais. Da serra até o rio, onde a gente esperava ele, que dá um pouco mais de quinhentos metro, não demorou nem dez minuto e o fogo passou por cima do rio que nem olhou. As labareda deitava mó do vento fazendo umas língua de fogo de mais de sete metro. Não tinha guerreiro que segurava aquilo. Depois de passar do rio, com mais quinze minuto ele começou a subir o Morrão.

Algumas pessoa agacharam mó da fumaça e talvez porque as perna fraquejaram. Muita gente inconformada misturava as lágrima de fumaça com as de tristeza. Talvez tenha sido assim tamém quando o filho de garimpeiro viu o pai ser forçado a tirar a roupa e ficar preso, junto com outros companheiro de trabalho, no meio da rua. A confusão e a raiva de ver quem sempre foi herói ser maltratado, amarrado, sem ninguém poder fazer nada.

Um pessoal chegante do Capão lamentou o golpe sobre o símbolo da Chapada. Escutei muita coisa e não pensei em nada. A derrota do Morrão teve muita zuada e muito silêncio, junto.

A tarde acabou e o fogo seguiu com menos correria no rumo da serra dos Ventos. Vários brigadista seguiram atrás, digo que tinha muita gente com raiva, querendo descontar a sarrabuiada que toda a Chapada tinha levado do fogo naquela noite.

Cunga era o mais animado, seguiu na frente chamando os outro guerreiro de cinco em cinco minuto.

— Hoje eu tô voando. Hoje eu tô voando, olha aí — ele repetiu algumas vez.

No pé da serra dos Ventos ele resolveu seguir sozinho por um caminho sem carreiro, dizendo que ia chegar mais rápido e que esperava a gente lá em cima.

Da subida da serra, noite escura, a gente enxergava o desenho quase completo do Morrão formado pelas brasa nos candombá que iam queimar por muitas hora ainda.

No alto da serra dos Ventos parece que o fogo entregou os ponto, como se tivesse terminado o serviço do dia. Cacei notícia de Cunga, ninguém tinha visto ele desde a subida da serra. Falei pra Abner e Trote procurarem Cunga e avisei que eu precisava seguir pra casa e ia pela trilha até a Conceição e depois até Palmeiras.

Pisei em casa perto das duas da madrugada. Tirei o coturno na rua pra mó de não acordar Léa e Inara com a zuada da pisada. Inara continuava com o peito chiando, mexendo muito do lado da mãe, na nossa cama. Léa sentou pra ajeitar nossa filha. Talvez me viu parado na porta se eu não fosse um fantasma, se tivesse mesmo ali e não em cada trecho de serra queimado, se não tivesse no Morrão, queimado mais ele... ou mais Jotão, nós dois... Se o fogo serve pra isso, queimar a culpa, por que ele pagou primeiro se no que a gente fez junto minha culpa é maior que a dele?

Dia vinte e quatro

Acordei com as galinha e preparei o café. Escutei Inara gralhar, achando que já sabia conversar mais a mãe. Nem precisou chamar as duas, o cheiro do café e do cuscuz fizeram o serviço.

Léa chegou na cunzinha com cara de sono e umas olheira funda e escura. Inara tava animada, mas tamém não tava no normal dela.

— Inara piorou muito essa noite.

— Tu ficou ruinzinha, foi, pai? — Peguei Inara no colo. — Ô minha bichinha.

— Essa foi a pior, até agora. Também com aquele tanto de... não sei como você aguenta. — Pricurei com os ombro do que ela tava falando. — A fumaça... ontem Palmeiras estava debaixo de um céu apocalíptico, Mãe de Deus. Essa crise com certeza se agravou com essa fumaça.

— Ness'tante tu fica bem, viu, pai? — Coloquei Inara na cadeira. — Ó o cuscuz, nê. — Ela começou a comer de mão. — Vai tamém, branquinha?

— Uhum. Nossa, várias pessoas que trabalham no Capão voltaram de lá arrasadas ontem. Da estrada viram o Morrão pegando fogo... Muita gente ficou emocionada, abalada mesmo. E você, como está?

— Uns ano atrás, fui banhar na cachoeira do Gibão, que entra pela ladeira de Data, chamada assim, no Guiné de Baixo. Numa pedra no meio da cachoeira tava um rabudo... — Ela engiou o nariz sem saber do que eu tava falando. — É um roedor muito próximo do rato silvestre, um rato silvestre grandão... Apois, nunca entendi como aquele bicho parou ali, mas ele não tinha era jeito de sair. Ele ia até uma beirada, voltava pra outra banda da pedra, de qualquer lado era água e forte. Ontem lembrei dele quando olhei aquela linha de fogo vindo pra riba da gente, tinha bem uns quatro quilômetro de fogo vindo com fome, querendo abraçar o Morrão e a gente no meio do caminho, pra nada, um rabudo besta sem num ter nem pra onde ir.

— Eita, arroz! Tô imaginando que situação vocês passaram... — ela disse com cara de mãe —, agora, esse tal rabudo não sabia como ia sair daquela enrascada — mudou a cara e falou que nem vó —, não sabia como diabos se meteu naquela pedra, duvido que ele tenha aprendido alguma lição disso, que ele tenha crescido e se encorajado a fazer ainda melhor em uma próxima vez. E o mais importante, aposto nossa casa que esse bichinho não foi parar ali porque estava sacrificando a própria vida pela vida das plantas, animais e dos outros — terminou cum beijo de muié.

Depois do café lembrei de Cunga e fui na casa dele pra saber notícia.

Encontrei uns seis guerreiro na frente da casa, rindo alto.

— Assunta aqui, Deja! Vê só o causo de Cunga dessa vez.

— Fica aí, vocês... No toba dos outros é refresco, né?

Zia começou a contar a história, Cunga tava desenxabido no início, mas tamém animou e continuou a contar daquele jeito dele que ele subiu a serra dos Ventos e desgarrou da gente. Ele deve ter chegado no assentado da serra bem depois que a gente já tinha debelado a linha, mó de que ele chegou no alto e viu tudo escuro. O doido começou a romper serra fora de carreiro, torando no peito unha-de-gato, xiquexique, croá. Ele não sabia explicar o motivo, só contou que tava com uma energia retada e era o corpo que comandava. Ele nem tinha vontade de nada, só fazia andar e desbravar. Nessa pisada, chegou na Conceição perto da alvorada e de lá seguiu pela trilha até Palmeiras. Resultado foi que ele bateu em casa quase nu, mó de que as roupa que ele vestia viraram uns trapo rasgado que mal cobria o corpo.

Os outro comentava que Cunga agora tava doido de vez, que talvez nem dava pr'ele ir pra combate mais nós.

— Tu tomou o tal do ácido — falei.

— Que coisa, Deja?

Contei as coisa que tinha visto, da tal garrafa que Cunga tinha bebido. Falei dumas história de uns brigadista usar umas gota de um tal ácido nos combate, mó de que dava energia pra aguentar mais o rojão, dizia eles. Juntei as peça e entendi que Cunga tinha tomado, e muito, daquela água batizada.

Dia vinte e cinco

Inara tinha melhorado bem na noite trasada e não teve mais nenhum sinal do problema na noite passada.

Nos dois dia que passei ni Palmeiras o fogo na Chapadinha foi controlado, controlaram o do Capão do Correia, mas começaram dois fogo novo, no Timbozinho e no Machobongo, lugar que dá os maior incêndio da Chapada.

Dia vinte e seis

Tava voltando da feira e Alívio me atalhou na porta de casa.

— Tu tava sumido, moço. Falaram que você tava pra São Paulo.

— Quieta com aquilo, Deja. Aquilo não é lugar pra mim, não.

— Bora entrar?

— A demora é pouca. Os meninos que mandaram te avisar, nós vamos pro Machobongo.

— Moço, eu vou. Que hora cês marcaram?

— Daquele jeito... Começamos a mobilizar agora, a gente queria sair antes do meio-dia.

— Daqui pro Campo Alegre dá umas três hora, bora almoçar aqui e sair pra chegar na serra umas quatro ou cinco...

Léa falou que tinha sentido um troço esquisito, uma coisa ruim quando disse pr'ela que ia pro fogo.

— Não sei explicar... Acho melhor você ficar com a gente mais um pouco. Ainda estou preocupada com Inara.

— Ela tá boazinha, já passou.

— Fiquei pensando se ela não fica mal quando você se afasta, ela é muito apegada a você.

— Aquele lugar é complicado, branquinha. Toda ajuda conta.

— Talvez eu esteja exagerando... ela está bem mesmo... acho que o pior deve ter passado. Fica em contato, viu? Por favor.

Na subida da serra o rádio falou dum novo fogo perto de Igatu.

Final da tarde a gente terminou a subida dos Três Morrinho e despontou no Gerais do Machobongo. Sempre que a brigada enxerga de perto, pela primeira vez, uma linha de fogo, acontece gritaria, uns pragueja de mentira, outros desafia o fogo. No Machobongo, naquele dia, não. Eu não lembrava de já ter visto alguma coisa assim antes, a falta de zuada. Digo que até Jotão, que era o mais zuadento, talvez tinha calado, mó do baque de ver tanto fogo, a gente não via nem o fim da linha, chega sumia de vista e olha que aquele gerais é gigante.

Não teve nem discussão pra decidir pra que lado a gente seguia, acho que os menino sabia que, pra qualquer lado, nossa força era pequena pr'aquele tanto de fogo. E sem discutir, escutando a zuada do fogo que ainda tava uns dois quilômetro longe, a gente só fez andar, seguindo direto no rumo da boca de fogo gigante, aberta, que esperava sem pressa as carne dura de brigadista chegar.

Se a gente seguisse num grupo só, arriscava o fogo ganhar de volta o pedaço que a gente apagasse. O jeito foi dividir em dois grupo menor, dois bucadinho de formiga enfrentando Satanás.

O trabalho de dia foi só abrir o buraco na linha. No avançar da noite a brigada rendeu melhor, com o calor mais maneiro e o vento mais manso. Encontramo uma brigada de Ibicoara que vinha da direção do morro da Tesoura. Eles contaram que tinha um pessoal de Mucugê defendendo a banda do fogo que perigava seguir rumo Capão do Correia.

No final da madrugada todas as brigada se encontraram na altura dos Três Morrinho. Se apagamo seis, oito quilômetro de fogo, as ponta solta do incêndio deve ter ganhado uns dois ou mais ainda na madrugada. E quando chegasse o dia, certeza que o fogo ia querer de volta os pedaço que a gente tomou dele.

Dia vinte e sete

O sol arribou bruto, chegou sem licença, empurrando a noite que tava na frente e fazendo vento no seu carreiro. O fogo gostou da influência e avançou ligeiro, trupelando tudo que a gente trabalhou na noite.

Os brigadista olhava de longe e talvez admirava como o fogo era muito mais competente no trabalho dele do que a gente no nosso.

A maior parte dos brigadista ficou moitando de manhã, esperando o sol esfriar um pouco.

No começo da noite a gente escutou uma conversa no rádio falando dum fogo novo no rio Preto em Mucugê. Ali eu já tinha perdido as conta dos incêndio ativo dentro do Parque.

O rojão de alguns dia subindo serra e combatendo incêndio ia curtindo o couro da preocupação, passando do ponto e deixando o pelego duro. Num lado, era bom. Com tanto fogo em vários lugar, que ia adiantar? A providência era concentrar no fogo que eu tava combatendo, um pouco do jeito que pobre tem que fazer com a vida mesmo. Um apuro por vez.

Dia vinte e oito

Num gerais muito plano que nem o Machobongo, a vista que a gente tinha da parte mais baixa do terreno, no meio da fumaça, desanimava. Não dava pra perceber quanto de fogo a gente já tinha apagado, nem quanto de fogo ainda corria solto na serra.

Foi só o sol botar o nariz pra riba no céu, depois de romper atrás dos morro, pras banda do Samina, e um vento vexado começou a soprar. O lazarento vem de longe, lá do mar, uns quatrocento quilômetro de lonjura, devia chegar na Chapada cansado, tranquilo. Não sei que diabo acontece que ele chega nessa serra e ainda tem apetite pra soprar forte, atiçando o fogo, bagunçando tudo. Juntou mais um calor esquisito, antes das seis da manhã, e o desânimo fundou na turma.

Os brigadista passaram o dia descansando, esperando a hora de tentar um milagre outra vez. No meio da tarde recebi um recado de Léa pelo rádio. Ela pediu preu voltar urgente, Inara tava piorando.

As conversa em todo canto dava conta que não dava mais pra gente, que aquela o fogo ia ganhar, falavam das história do combate da noite, quase sempre nas vez que o fogo tirou a casca dele e saiu ganhando.

Pensei ni Inara, fiquei agoniado, avexado pra resolver aquele fogo. Queixei a Abner um café, pedi pra fazer bastante e no maior capricho que ele podia. Depois saí pelos grupo avisando do café, pedindo pra chegarem no fogo pra buscar o quente.

— Ô os menino, chega junto aqui mais nós.

Alguns vieram, a maioria sentou mais longe, no capim.

— E o café, como tá?

Eles acharam que tava bom.

— Que gosto tem, guerreiro? — pricurei prum brigadista de Ibicoara.

— Café…

Olhei pr'outro brigadista, de Mucugê, caçando outra resposta. Ele balangou a cabeça sem saber. Mirei ni Trote, tamém não quis arriscar.

— Lá no fundo, antes do café — bebi um gole —, antes da rapadura. Na água… prova aí. — Esperei, uns pouco provaram, outros nem entenderam. — Sente o gosto que tem na água? Um bocado de amigo nosso, essa hora, tá em casa, dando um chero na nega…

— Ô saudade — Cunga disse e os outros riram.

— Mas esse povo — eu continuei —, o pessoal que não sobe serra atrás de fogo, quando um desses apanhar um gole d'água da serra, ou até em casa, mó de que a água da cidade tamém vem da serra, mesmo se o caboclo ferver dessa água pra fazer um café, se quiser ele vai sentir na água um gosto, esse mesmo gosto que tô sentindo aqui, nesse café. O gosto de suor. O nosso suor. Vou falar por mim, não sei vocês, meus filho vão saber, eu vou contar pr'eles, que a água que eles bebe é devido, mormente a Deus, mas, abaixo Dele, é por causa de nós, esse rebanho de…

— Ói, cuidado, Deja.

— Esse rebanho de doido — os brigadista riram. — A gente sabe que só louco pra chegar cara a cara com o fogo, chegar tão perto que queima a pestana, tão perto que se vacilar ainda leva um beijo de dragão.

Eles riram de novo, apontando um guerreiro de Mucugê que tava com o nariz em pururuca, queimado do fogo.

— Ninguém daqui vai sair no jornal nem na televisão, que jornalista só fala de bombeiro. Vocês sabem disso, quá! Ninguém daqui vai ficar famoso, ou alguém veio pra cá por isso? Mas toda vez que um daqui subir essa serra, esse Sincorá véio, essa Chapada mãe vai lhe dar um abraço. Repara. E o vento vai falar baixinho na oreia dum guerreiro: "Obrigado, meu filho".

— Tem fogo demais aí, Deja.

— Não tá fácil mesmo, não. O que é certo é certo. Se a gente não extinguir esse incêndio inteiro, então bora defender um córrego, um capão de mata, uma moita com ninho da beija-flor. Tudo que tu conseguir fazer, meu irmão, é tudo.

— Nada nada que é ruim, né não, peãozada?

— Bora queimar as pestana!

Foi até bonito. As brigada trabalharam certo, todo mundo junto, e cada pedaço bom que a gente avançava dava mais atitude pra seguir forte. Se um esmorecia os grito dos parceiro do lado emprestava o gás pra vencer uma ladeira, enfrentar uma fumaça na cara e abafar mais um trecho.

Na madrugadinha, paramo num lado dum canalão dos pequeno, calculando o melhor caminho pra chegar na linha do outro lado. Um brigadista de Mucugê me chamou de canto, foi me dizer que tinha entendido. Ele contou que tinha um filho pequeno e a história de família que o menino ia conhecer, ele já sabia, era a história do avô, garimpeiro de Andaraí que quase morreu no garimpo quando o gerente de serra acusou ele de roubar um diamante. Fizeram o homem engolir óleo diesel e sessar a própria merda.

— Agora eu vou jogar essa aí que tu falou, do suor na água, muito melhor.

O combate rendeu muito, a gente abafou meio mundo de fogo. Se a noite tivesse duas hora a mais talvez desse... talvez eu descia a serra e arrumava um jeito de chegar em casa pela manhã. Talvez eu conseguia deixar os companheiro e o fogo pra trás mó de cuidar da família. Quem sabe com mais um dia de combate, bem-feito como foi naquela noite, a gente não resolvia o incêndio e ficava valendo os dia tudo que passamo naquele perrengue fora de casa?

Dia vinte e nove

Chegou uma hora que os dia naquele Machobongo parecia tudo igual. A gente olhando pro fogo, esperando uma brecha que quase nunca aparece e quase sempre dava em trabalho perdido. De noite o trabalho rende, a gente reclama que não tem mais brigada, outro reclama que a calça rasgou, que o coturno abriu, que demorou pra começar a combater o incêndio e que só tinha sobrado pra nós enxugar gelo.

Cada dia novo parecia que mostrava fumaça num rumo diferente, mais espalhado.

Não dava pra enxergar o incêndio inteiro, mas tinha fumaça pras banda do Capão do Correia, da Chapadinha e do Bom Jardim.

Dia trinta

De repente, no começo da manhã, a gente escuta a zuada dum helicóptero. Os menino tava tão cansado que não teve muita comemoração. O apoio aéreo era uma esperança que todo brigadista na Chapada teve naquela temporada, só que vários dia antes. O helicóptero chegou depois de dezessete dias que o pessoal do Parque tinha pedido… Talvez foi tarde demais.

Depois de arrodear várias vez o lugar que a brigada tava, a nave pousou. Fui conversar mais o piloto. Ele falou que o pessoal do ICMBio tava preocupado com nossa brigada, mó de que não conseguia falar com a gente desde ontem de manhã. A missão dele era levar a gente pra base, pra descansar.

Firóso, Zia, Abner, Trote e Cunga ficaram quieto, olhando pra mim ou pra fumaça mais longe ou pro chão. Todo mundo quebrado e tamém bravo de sair sem apagar o fogo.

— Moço, nossa brigada não é disso, sair sem debelar o incêndio.

— A gente descansa, junta mais uns por Palmeiras e volta com mais gás.

— Sejamos realistas — Firóso falou gastando suas palavra difícil —, essa não vai dar pra gente.

Expliquei pro piloto que tinha alguns da nossa brigada que tinham seguido pra um outro rumo, a gente precisava reunir mais eles. O comandante pediu preu ir na primeira viagem pra ajudar a encontrar eles.

A máquina decolou, subiu e seguiu pro rumo do morro do Chapéu pra tentar encontrar os outro guerreiro. Do alto a gente enxergou a linha inteira. O piloto disse que tinha uns vinte quilômetro de fogo e que já tinha queimado vinte e três mil hectares no Parque Nacional.

Encontramo os companheiro, o copiloto marcou o ponto deles pra voltar mais tarde e seguimo no rumo da estrada perto do Tremedal, onde tinha uns carro esperando a gente. Quando a nave pousou, os outros três brigadista que tava mais eu no voo desceram. Eu resolvi voltar, ficar na serra. Não ia conseguir deixar a Chapada com aquele tanto de fogo.

— Moço, tu vai pra casa — Trote falou. — Léa deve estar precisando, já faz três dias que ela pediu pra você voltar.

— O frente é cabeça-dura, Trote — Cunga disse. — Se ele já escolheu acho difícil mudar de ideia. Mas, assunta, Deja. Eu vou pra Palmeiras e fico por perto de Léa e Inara, posso ajudar em qualquer coisa. Sei que você só foi me tirar do circo por causa da brigada — ele riu —, mesmo assim foi bom, tu me salvou daquela e de algumas outra... ainda fico te devendo um troco.

A maior parte da brigada foi pra Palmeiras. Trote, Alívio e Abner ficaram mais eu e pedimo pro piloto levar a gente no rumo do Bom Jardim, onde o fogo tava correndo mais solto.

— Uma notícia boa para vocês — o piloto falou —, o incêndio de Igatu foi controlado.

— Moço, boa notícia pra nós agora é chuva.

Dia trinta e um

Gastamo até a última fresca da madrugada pra não deixar o fogo chegar na Pantomia. Se o fogo chegasse nas mata do vale o prejuízo era demais. Empurramo a linha no rumo das nascente do rio Bom Jardim.

Quando o helicóptero chegou na área onde a gente tava, pedimo pra levar a gente entre o Capão do Correia e o Gobira, onde a fumaça tava mais forte. Os tripulante falaram que não acreditava que só tinha quatro guerreiro naquela área, tinha muito fogo no final de tarde, e agora, tudo apagado.

Poucas hora depois que a nave deixou a gente no outro ponto, ela voltou com uns brigadista de Brasília que tinham chegado pra reforçar os combate.

Os lugar que a gente andava parecia ser muito ousado pros brasiliense. Alguns dos combatente até tinha apetite, queria colar mais nós, só que na maioria eles ficava mais pra trás e não tinha o sangue nos zóio das brigada da Chapada. Eles falaram que mais outras brigadas de outras região do Brasil tavam chegando.

Dia trinta e dois

Na manhã seguinte, mesmo que tivesse ainda muito fogo, resolvemo voltar pra Palmeiras. Já fazia muito tempo que a gente tava em serra, sem tomar banho, juntando bolha e queimadura. E eu precisava ver Léa e os filho. Pelo rádio, pedi pra avisar Léa que eu tava indo.

Dia trinta e três

Na estrada pro Guiné, seguindo pra casa, encontramo com um carro que tava levando uns brigadista de volta pra Lençóis, eles tinham acabado de sair do combate no Gerais do Rio Preto.

Outra brigada borocoxô.

— Perdemos a luta, *man*! — o brigadista da garrafa com ácido disse.

— Qual é a situação lá em cima, guerreiro? — pricurei.

— Queimou o Gerais inteiro, foda — ele respondeu. — O fogo desceu pelo Arrodeio e foi até o Gume do Pati. Ficaram alguns brigadistas do Guiné e uma brigada de Goiás que chegou ontem. Mas é muito fogo e poucos brigadistas experientes. Nós estamos voltando porque o grupo já está exausto, estava até perigoso. Meu receio é o fogo chegar naquelas matinhas perto do Cachoeirão.

— Ainda tem um gole? — Apontei pruma garrafa que parecia a mesma que Cunga pegou e bebi o tanto que restava.

O carro seguiu, mas o desânimo deles juntou mais o nosso e ficou um tempo incutido em mim.

— Vou ficar — falei.

— Quieta, Deja. Para com isso. Nós tamo tudo morto, bora descansar pra depois voltar com mais força.

— Vai ver sua filha, homem.

— Se queima essa floresta... — falei —, nem sei quanto tempo pra recuperar... arrisca minha filha nem conhecer essa matinha e as outra. Quando queima gerais, é ruim, mas até que recupera mais rápido... Na Chapada sobrou poucas floresta, não podemo perder mais nenhuma, cada matinha conta. Vou ficar e é pela minha filha, tamém. Aqui, na serra, de abafador na mão, faço mais por ela...

— Vá pa porra, seu cabeça-dura — Trote falou e jogou a mochila dele que tava no carro no chão da estrada. — Vou ficar também.

— Moço, eu tô quebrado, não vou mentir — Abner disse. — E também preciso fazer alguns fretes, ganhar uma nica, já tô não sei quantos dia sem nenhum cascalho.

— Eu vou me picar também — Alívio falou olhando pros próprio pé —, quem sabe nós volta depois. Preciso ver mãe, dar as caras pro patrão...

Subimo a serra pelos Aleixos. No assentado da serra deu pra ver o tanto que o fogo tinha trabalhado por lá. Atravessamo o Gerais do Rio Preto no rumo do Cachoeirão por dentro da área queimada, foram quase quatro quilômetro pisando em cinza. No vale do Cachoeirão encontramo uns brigadista de fora meio perdido, sem saber direito o que fazer. Explicamo que a gente conhecia bem o lugar e eles juntaram mais nós num ataque duma cauda que ameaçava cair num valo cheio de pedra solta e umas árvore criada, bem grossa e alta. Não era um fogo difícil, tava contra o vento, mas tinha muita fenda, frincha e pedra solta. Alguns dos brigadista de fora, quando descia a pirambeira, fazia rolar umas pedra que quase garrava em algum peão mais embaixo e isso foi assombrando o povo, ainda mais de noite, no escuro, escutando a zuada duma pedra descendo sem saber o rumo... É de fazer o cabra se borrar mesmo.

— Ainda que eu ande pelo vale da sombra da morte... — um guerreiro do Goiás falou baixo, talvez não fosse pra ninguém escutar.

Conseguimo defender esse valo e progredimo na direção da matinha perto do cânion onde a gente encontrou os guerreiro do Guiné. Na beirada da mata o fogo começou a queimar as raiz dumas árvore, tava iniciando o fogo de turfa. Caçamo um último gás pra cavar e molhar bem essas área.

— Deja, na escuta? — uma voz chamou pelo rádio.

— Na escuta. Quem tá chamando?

— É Cunga, moço.

— Positivo, prossiga. Alguma coisa, Cunga?

— Moço... é Léa... Inara.

— Tá cortando a mensagem. Fala logo.

— Inara piorou...

— Como? Eu já chego... amanhã cedo...

— Elas foram pra Salvador.

— Como é isso?

— Ela achou melhor... tu não chegava... ela foi internar Inara.

— Entendido. Diz que... amanhã tô aí.

— Bom combate. Câmbio final.

— Quer ir embora agora? — Trote pricurou.

— Vai adiantar o quê? Bora terminar aqui, depois a gente segue.

Dentro de mim a zuada dos pensamento. Das dúvida. Adiantava ou não ir pra Palmeiras? Se eu tivesse mais elas, será que Inara tinha arruinado? Léa tinha exagerado. Pra que Salvador? Será que foi pirraça, raiva mó d'eu não ter voltado pra casa? Já era hora de aceitar, eu não dava pr'esse negócio de ser pai, de família, pra lidar com gente.

Tanta zuada abafava as voz dos brigadista e os estalo do fogo. Até que umas labareda subiram pra cima dumas árvore, clarearam um bom tanto da serra e taparam as voz que tava perturbando no juízo. Fazia tempo que não passava por esse silêncio no meio dum incêndio. O bicho panhando ao redor e eu mergulhado num poço, escutando a água duma cachoeira fervilhando por dentro de mim ao invés da zuada que vem por fora, exagerada. Ou mãe tapando minhas oreia quando pai chegava com desaforo em casa. Mesmo assim foi com o fogo que estalava abafado por dentro de mim, sem exagero, enquanto lá fora eu sabia da força e do assombro dele. Rumei na direção desse fogo.

— Espera, não vai, não — Trote segurou meu braço e, pela cara, gritou. Só escutei uma voz baixinha.

— Bora, se esse fogo cair vai começar um incêndio na mata do Cachoeirão, lá embaixo.

— Ali não dá pra nós, não, Deja. Espera... não vai — um brigadista do Guiné disse.

— Na beira daquele cânion é loucura. Tu pode morrer — outro guerreiro tamém falou.

Eu fui e os grito dos guerreiro pra mim parecia uns sopros de jiboia ficando pra trás.

O fogo queimava umas arvorezinha dentro dum canal e atrás, na beira do despenhadeiro, tinha um lajeado coberto por um tapete de capim e umas canela-de-ema incendiando. Era a hora dum guerreiro ajudar com uma bomba costal, mó de dar uma baixada nas labareda preu atravessar o canal. Tentei abrir uma passagem com o abafador mesmo, mas o chão dentro do canal era brasa pura, parecia uma turfa, não quis arriscar pisar e afundar as perna na brasa. O canal tinha o tamanho dum homem de largura, segurando na ponta do cabo do abafador consegui apagar um pouco do fogo do outro lado. Encaixei cada ponta do abafador num lado do canal e pulei pra outra margem usando o abafador de apoio pra não cair dentro da turfa.

O corpo desequilibrou pendendo pra dentro do canal e as mão empurrando o cabo pra me jogar pro outro lado, fazendo força com cuidado pra não quebrar ou escapar a madeira. Pra riba, as labareda alta queimando na copa das árvore, dos lado tinha fogo pra frente e pra trás nas parede do canal e por baixo, as brasa da turfa. Tinha entrado num forno. Ou numa cova.

Outro dia Bel tinha me falado que a vida tem sido boa comigo e depois pricurou como eu ia aproveitar essas chance da vida. Lembrei disso lá, despendurado no canal. Entendi a chance de queimar o pecado, ficar sem dever uma banda de cobre. Acertar toda a minha conta em vez de transformar cada dia numa parcela da dívida. Assar meu crime naquele braseiro nem era um preço muito caro. Desde aquele dia de são Sebastião, ir pro fogo quietava a zuada que apertava minha mente e parece que o fogo percebeu isso e quis romper com essa história. Tava na hora de encarar os erro sem a sabedoria dos momento que eu tinha encontrado pra me aliviar da culpa.

Foi pensar nisso e enxerguei um brigadista dentro do canalão, um pouco abaixo donde eu tava. Apurei as vista e reconheci Jotão pisando no braseiro e olhando pra mim, balangando a cabeça dizendo não, só porque eu pensei de descer e ficar mais ele. Depois ele virou a cara pra riba e eu virei tamém.

Aquele dia nunca saiu do meu juízo. Eu sempre tive certeza que lembrava de tudo que a gente fez, de cada detalhe, mas nunca deixei a visão terminar de se formar outra vez pra mim, nem pra confirmar se eu lembrava mesmo de tudo. No canal, cercado de fogo, deixei que tudo aparecesse, o lugar, as roupa de Jotão, de Benito e a cara dela. Principalmente a cara dela nas chama que me cercava. Talvez as outras imagem tava mais em mim do que no fogo.

Encarar ela ardia mais que a quentura do fogo e eu sabia que não era hora de ligar pra ardido. Deixa queimar. Entendi que ela falava sem boca, nem palavra. Ela ferida mó da confiança quebrada. Ela enlouquecida se culpando pela maldade que eu fiz. Maluca sem entender meu feito, mó de que eu disse, muitas vez, que gostava dela, que era feliz mais ela. Com raiva de ter sido menina, sem malícia e ter bebido tudo que a gente ofereceu e depois aceitou sair da boate e ir pra beira do rio mais nós. Na cara dela a tristeza maior do mundo de não ter feito o que ela sabia, mesmo beba ainda sobrava uma certeza... dava pra saber que o certo tava nela e o mal tava em mim, na minha cara, dando risada e falando que ela podia fazer, podia deixar, que ela devia se entregar.

Aquela cova que eu tava metido, apoiado no abafador e quase sem ar, talvez não era uma cova. Mais certo que eu tava dentro da barriga duma fêmea prenha. Não como bebê, com uma vida pela frente, pura, inocente. Mas numa gravidez de homem-feito, torto, culpado. O ventre que, dezenove anos atrás, foi negado pelo mesmo covarde que abusou e depois levantou desconfiança. Que crescia junto e menos que a vergonha duma mulher abusada, que o medo duma mãe rejeitada. Que gerou um filho e a tristeza que matou o filho.

Um vento soprou com força nas minhas costa e atiçou o fogo que tava na beira do cânion. Agarrei numa pedra pra sair do canal e subi rápido na direção duma canela-de-ema que tombou acesa, feito uma tocha despendurada pela raiz perto de cair uns duzentos metro sobre a floresta do vale embaixo.

O abafador não alcançava a canela-de-ema. Desci prum platô bem na beirinha da pirambeira, segurando cuma mão na base duma candeia-de-bolota e a outra esticada pra mó de alcançar a canela-de-ema. Faltou coisa de um palmo, por isso mudei a posição, segurei com as duas mão na candeia, estiquei as perna e prendi a planta acesa com os pé. A raiz da canela-de-ema não desgarrava do chão, tive que fazer mais força e a candeia pendeu pro lado do despenhadeiro. Dei um puxão derradeiro que soltou umas pedra ao redor da raiz da canela-de-ema. O fogo começou a abrir um buraco na calça e queimar minha pele, truce a planta rápido pra mão esquerda e rumei ligeiro pra área queimada, enquanto a mão direita aguentava o corpo e puxava a candeia pro rumo da queda. Subi feito um calango pro platô de cima e terminei de apagar o fogo do capim e duns arbusto.

Enxerguei as lanterna dos brigadista e, rumando pra onde eles tava, repeti a manobra do abafador pra atravessar o mesmo canal da ida. No meio do salto uma árvore tombou por cima de mim. Agachei com o susto e senti o calor do tronco em brasa chegando perto. O tronco parou uns três dedo de distância de mim e um segundo depois quebrou no meio garrando no meu ombro e triscando na minha cara. Quase na mesma hora uma chuva chiou na brasa do tronco e molhou minha cara. Trote rumou água com a bomba costal e me puxou pelo braço.

Na descida da serra um vento fresco, talvez chegante das banda de Piatã, esfriou a queimadura no meu rosto. Uma pingueira mansa abria uns furo na poeira que cobria o vidro do carro. Com pouco, algumas se juntava e rompia pra baixo desenhando umas garatuja de barro no para-brisa. Sinal que, depois de um bocado de mês, a chuva até que enfim encontrou o rumo da Chapada. Molhou as ferida, de gente e da terra. Lavou as cinza. Pensei que era bom se tivesse lavado um bocado da culpa entranhada nessa serra do Sincorá.

No dia que a chuva apagou os incêndio me levaram pro hospital em Mucugê. Fizeram uns curativo cheio de pomada e atadura. Em Palmeiras fui direto pra casa de mãe trocar de tratamento. Enquanto Betânia passava babosa nas queimadura, mãe preparava uma mezinha boa pra sanar pele.

A televisão dava notícia do fim dos incêndio. O governador exibiu o tanto de milhão gastado pelo governo, orgulhoso com a maior operação que a Bahia já tinha feito. O chefe do Parque Nacional tentou explicar os carro quebrado que fizeram falta, os rádio quase sem funcionar, a demora de dezessete dia pra chegar a aeronave. Ele calculou que, depois de trinta e seis dia de fogo sem parar, tinha queimado um terço do Parque. Um brigadista do Capão e outro de Lençóis esculhambaram a falta de planejamento e a incompetência do governo, esbravejando que a culpa de tanto fogo era o desrespeito das autoridade.

O médico de Salvador disse que Inara tinha passado a noite muito bem, já podia voltar pra Palmeiras. Elas chegaram em casa de noite. Coloquei Anori e Inara pra dormir e encontrei Léa na sala.

— Vou me separar de você.

Às vez, quando trabalhava mais véio Vital, pensava como era pro porco depois da facada no sangrador, se ele sentia que o corpo tava esvaziando de sangue, se sabia que ligeiro perdia a vida. Pensei se devia ser parecido comigo escutando Léa falar aquilo. Não fiquei surpreso, não vou mentir. Mesmo assim não esperava, ou não queria ou nem pensei direito no que Léa vinha passando.

— Sei que não é a melhor maneira de falar. Pensei tanto nessa conversa, mas nunca apareceu um jeito certo de começar. Acho que dizer logo foi a maneira de não brigar... caramba, Deja. Que porcaria! Você sabe que minha família aqui era você. Só você. Se você me abandona...

— Mas não abandonei — falei pensando que toda vez que fui pra serra, que tava num fogo, lembrava de Léa, Inara, Anori. E lembrar deles, do jeito que pensava neles, não era de abandono.

— Chamar o cachorro de gato não vai fazer ele miar. Você não pensa que fez, talvez acredite que não fez, mas o resultado, pra mim, foi esse, fui abandonada... algumas vezes.

— Essa temporada foi fora do normal, branquinha. Eu nunca tinha visto tanto fogo. Teve algumas vez que...

— Não estou falando sobre essa temporada, sobre essas últimas semanas. Não só... fala uma coisa, por acaso de agora em diante não vai mais existir incêndio na Chapada, é? Ou você vai ser um pai e marido exemplar?

Lembrei das várias conversa com Bel. Como eu sempre achei que tava ficando melhor e toda vez descobria que não, que tava era destiorando. Agora com Léa, outra vez, mesma coisa, a vergonha, o aperto doído de descobrir que eu não tinha melhorado muito... não tinha melhorado nada naqueles ano. Mesmo assim, a resposta que tinha no juízo era sim, eu podia ser um pai melhor, um marido melhorado, talvez sim, mó das conta que tinha acertado naquele incêndio.

— Antes não quis esperar até o ponto de sentir raiva de você. Parece que não consegui... quem sabe mais tarde, depois desse embrulho... vamos ver se saímos amigos, pelo menos por Inara. — Ela puxou a camisa pra enxugar os zóio. — Pena que só agora percebi nossa incompatibilidade... não é que me arrependo da nossa filha, Deus me livre. É só que... — colocou as duas mão na cara vermelha —, não queria ter uma filha em um relacionamento que o pai não fosse amigo, companheiro mesmo.

Não consegui falar que eu tava pronto, que eu ia dedicar mais. Ia ser o mesmo que uma promessa... Não sei prometer. E mesmo que prometesse, até que cumprisse, eu tava atrasado. Uns anos atrasado.

— Eu fui ingênua. Acredita que eu cheguei a pensar, no início...? — Ela riu balangando a cabeça, como quem não quer acreditar numa tolice que fez. — Lembro de ter admirado tamanha dedicação, tanta responsabilidade nos combates... e sonhei que eu poderia receber essa mesma paixão que você dedica à brigada, ao fogo.

— Oxe, mas eu penso que foi assim mesmo. Dediquei a vocês tamém, o máximo que eu tinha pra dar.

— Algumas vezes, tentando entender você, pensava na sua entrega para o fogo como sua cachaça, que você escolheu não beber lá atrás.

Pensei ni pai, ni Jotão... não só mó da cachaça, que os dois bebia até arruinar... foi mais as lembrança das falha de cada um deles, as tantas vez que não prestaram prum nada na família, pra ajudar quem carecia deles.

— Uma pena, meu frente. Perdemos nossas chuvas e chegou a seca. Eu quero... preciso sair da estiagem.

Anori e Inara sempre pelejavam pra decidir quem dormia em qual banda da barraca. A gente vinha saindo um bocado pras trilha, acampando quase toda lua, desde a separação mais Léa.

Depois que eles dormia eu rumava pro lado de fora, esperando o céu apagar as estrela e as ideia desentocar, na moda de inseto da noite. A madrugada nublada instigava, mó de não ter nem estrela pra surrupiar os pensamento. O treveiro era um colchete aberto deixando as lembranceira agourenta, urutau, passar. Num bocado de vez, depois de arrodear meio mundo de assunto, amuava sempre num exato ponto, onde o arrochador apertava a mente pra mó das ideia frouxa não escapulir das bruaca no balangar duma serra pedregosa. Salivava amargo, sentindo que depois de tanto combate na vida eu podia, devia ter aprendido qualquer coisa. O fogo bem capaz que ensinava. Qual coisa?

Muitas missão ninguém não dá conta, mesmo. Esse era um ensinamento que quase sempre ruminei e teimei muito tempo sem aceitar. Azar o meu, mó de que, aceitando ou não aceitando, a regra veio, só fiz trupicar mais feio em cada lição. E sobrou a labuta mais a dúvida que ficou incutida mais eu, se tivesse entendido antes podia ter escolhido a missão que merecia mais dedicação e aquelas que dava pra aceitar perder?

Bel, Anori, Léa, Inara, Jotão, a brigada, o fogo. E eu. E a consciência.

Se teve vez que apagar fogo parecia um jeito de tapar um oco, outras vez, quase todas, o apetite de ir pro combate vinha do coração topado de cabimento. Depois dum incêndio, quando a brigada se desmanchava, quando chegava a hora de cada brigadista desgarrar dos outro e seguir seu rumo sozinho, vinha o oco mostrar que tava ali, que nunca deixou de tá. Era só aparecer outra missão e a gente começar se embolar pra formar uma brigada, o oco era entuiado, ficava cheio até topar. A falta virava sobra.

Muitas vez, fui pra fogo só pra mó de ficar mais perto desse milagre. Digo que cada brigadista é cada explicação pro incutimento nos combate. Talvez que algum tamém tem ilusão que o fogo servia pra cauterizar alguma ferida. Bestagem, um engano na vida, amputar o braço pra salvar a mão.

Não é um nem dez ano nessa labuta de voluntário, queimando pestana, engolindo fumaça. Nem sei contar quantos incêndio combati. Pra lá dos muito. Em nenhum desses posso falar, sem a peia de mentir, que alguma culpa foi queimada. Quá!... nada. Talvez que esse é o aprendido, se teve algum. Se a dívida foi um qualquer peão, que tangia minha opinião, prafrentemente deixo de banda... vou escolher uma rédea certa pra me guiar.

Não. Mais certo que vou seguir sem cabresto.

E sem ilusão, mó de que nessas terra do Sincorá, mais cedo ou mais tarde, o fogo aparece e um comichão vai me empurrar pro combate. E eu tando com saúde, vou. Se aprendi qualquer coisa, vou e é com uma causa sozinha. Pisando livre. Dançando as marretada debaixo das costela.

capa
Elisa v. Randow
obra de capa
Traumas, metáforas e suspensão II,
de Fabricio Lopez
reprodução de obra de capa
Filipe Bern
composição
Jussara Fino
preparação
Márcia Copola
revisão
Jane Pessoa
Ana Alvares

Dados Internacionais de Catalogação na Publicação (CIP)

Casella, Pablo L. C. (1978-)
Contra fogo / Pablo L. C. Casella. — 1. ed. — São Paulo : Todavia, 2024.

ISBN 978-65-5692-573-8

1. Literatura brasileira. 2. Romance. 3. Ficção contemporânea. I. Título.

CDD B869.3

Índice para catálogo sistemático:
1. Literatura brasileira : Romance B869.3

Bruna Heller — Bibliotecária — CRB-10/2348

todavia
Rua Luís Anhaia, 44
05433.020 São Paulo SP
T. 55 11 3094 0500
www.todavialivros.com.br

fonte
Register*
papel
Pólen natural 80 g/m²
impressão
Geográfica

FSC
www.fsc.org
MISTO
Papel | Apoiando o manejo florestal responsável
FSC® C019498